醒世恒言

全民阅读经典小丛书

[明] 冯梦龙 ◎ 著

冯慧娟 ◎ 编

吉林出版集团股份有限公司

版权所有　侵权必究

图书在版编目（CIP）数据

醒世恒言 / （明）冯梦龙著；冯慧娟编 . —长春：吉林出版集团股份有限公司，2016.1（2025.1重印）
（全民阅读·经典小丛书）
ISBN 978-7-5581-0117-5

Ⅰ . ①醒… Ⅱ . ①冯… ②冯… Ⅲ . ①话本小说—小说集—中国—明代 Ⅳ . ① I242.3

中国版本图书馆 CIP 数据核字 (2016) 第 031356 号

XING SHI HENG YAN

醒世恒言

作　　者：	［明］冯梦龙　著　冯慧娟　编
出版策划：	崔文辉
选题策划：	冯子龙
责任编辑：	刘虹伯
排　　版：	新华智品
出　　版：	吉林出版集团股份有限公司 （长春市福祉大路 5788 号，邮政编码：130118）
发　　行：	吉林出版集团译文图书经营有限公司 （http://shop34896900.taobao.com）
电　　话：	总编办 0431-81629909　　营销部 0431-81629880 / 81629881
印　　刷：	吉林省金昇印务有限公司
开　　本：	640mm × 940mm 1/16
印　　张：	10
字　　数：	130 千字
版　　次：	2016 年 7 月第 1 版
印　　次：	2025 年 1 月第 4 次印刷
书　　号：	ISBN 978-7-5581-0117-5
定　　价：	48.00 元

印装错误请与承印厂联系　电话：18604312011

前言

中国古典文学发展到明代,世俗文学兴起,在白话小说的基础上,明人又搜集整理和拟作了不少的"话本"。所谓"话本",即说书艺人使用的一种底本,是以俚语记述市民生活的一种文学形式,不少人称之为俗文学。在这些话本中,以冯梦龙所编选的"三言"为最。

冯梦龙(1574-1646),字犹龙,号墨憨斋主人,长洲(苏州)人。冯梦龙出身于书香门第,自幼受儒学熏陶,并深受袁宏道所推崇的民间文学的影响,逐渐成为晚明主情、尚真、适俗文学思潮的代表人物和通俗文学的一代大家。天启年间,冯梦龙先后编选"三言",为话本小说的集大成之作。

"三言"是《喻世明言》《警世通言》《醒世恒言》三部小说集的总称,每集40篇,共120篇,标志着我国白话短篇小说在说唱艺术的基础上,从文人的整理加工到文人独立创作的开始。它"极摹人情世态之歧,备写悲欢离合之致",是数百年小说创作的一个结晶,也是旧时市民文化心理的积淀,由北宋到明万历朝,时间绵延约700年。这120篇短篇以短小精悍、通俗幽默的底色历述了世俗的人情百态,再现了旧社会的种种生活场景,勾勒出了一幅幅精彩真实的市民社会风情画。

"三言"中所体现的思想是平民化、市民化的,其中商人成了时代的宠儿,它打破了歧视商业的传统思想,而让商人作为正面人物频频亮相,如《徐老仆义愤成家》《卖油郎独占花魁》,都是将小商小贩作为主角来加以塑造、歌颂。明中后期，商贾在百姓心目中地位的提高，在"三言"中得到很好的体现。

另外，歌颂婚恋自主、宣扬男女平等的作品仍在"三言"中占最大比重，如《崔待诏生死冤家》《闹樊楼多情周胜仙》《杜十娘怒沉百宝箱》《玉堂春落难逢夫》，诸如此类的爱情婚姻故事，或哀艳动人，或曲折入胜，在人类的自然需求欲望上，作品反映出平民的健全理智和正常情感，尊重女性的意识得到提升。除此之外，其中的一些篇章抨击了贪官酷吏的凶残暴虐，赞扬了清官的廉政爱民，如《张廷秀逃生救父》《乔太守乱点鸳鸯谱》等。

当然"三言"中也有糟粕，比如过多的封建道德说教，宣扬因果报应等。虽然如此，作为市民文学代表作的"三言"，仍不失为一组优秀的白话小说集，广大读者开读"三言"尽可从中汲取有益的营养。

《醒世恒言》是"三言"中的第三本，刊刻于天启七年（1627年），有人认为此部是冯梦龙模仿说书人口气创作的，内中多为明朝故事，从中可看到明代社会百态，是考察明时社会的重要参考资料。所谓恒言，即是习之不厌、流传可恒久者。

我们在校勘时，尽量遵循原著，只对其中明显的讹误慎加改正，以便广大读者更好地欣赏这一古典名著。

《醒世恒言》取材广泛，内容丰富，考虑到普及的需要，我们选取了其中最具代表性的篇章，以供读者阅读，希望本书能对您的学习和生活有所裨益。

编　者

目录

两县令竞义婚孤女……………………〇〇一

三孝廉让产立高名……………………〇一一

卖油郎独占花魁………………………〇一八

灌园叟晚逢仙女………………………〇四三

大树坡义虎送亲………………………〇五七

钱秀才错占凤凰俦……………………〇六五

乔太守乱点鸳鸯谱……………………〇八〇

刘小官雌雄兄弟………………………〇九六

苏小妹三难新郎………………………一〇八

金海陵纵欲亡身………………………一一八

马当神风送滕王阁……………………一四五

醒世恒言

两县令竞义婚孤女

风水人间不可无,也须阴骘两相扶。
时人不解苍天意,枉使身心着意图。

话说近代浙江衢州府,有一人,姓王名奉,哥哥姓王,名春。弟兄各生一女,王春的女儿名唤琼英,王奉的叫做琼真。琼英许配本郡一个富家潘百万之子潘华,琼真许配本郡萧别驾之子萧雅,都是自小聘定的。琼英年方十岁,母亲先丧,父亲继殁。那王春临终之时,将女儿琼英托与其弟,嘱付道:"我并无子嗣,只有此女,你把做嫡女看成。待其长成,好好嫁去潘家。你嫂嫂所遗房奁衣饰之类,尽数与之。有潘家原聘财礼置下庄田,就把与他做脂粉之费。莫负吾言!"嘱罢,气绝。殡葬事毕,王奉将侄女琼英接回家中,与女儿琼真作伴。

忽一年元旦,潘华和萧雅不约而同到王奉家来拜年。那潘华生得粉脸朱唇,如美女一般,人都称玉孩童。萧雅一脸麻子,眼眍齿龅,好似飞天夜叉模样。一美一丑,相形起来,那标致的越觉美玉增辉,那丑陋的越觉泥涂无色。况且潘华衣服炫丽,有心卖富,脱一通换一通。那萧雅是老实人家,不以穿着为事。常言道:"佛是金装,人是衣装"。世人眼孔浅的多,只有皮相,没有骨相。王家若男若女,若大若小,那一个不欣羡潘小官人美貌,如潘安再出;暗暗地颠唇簸嘴,批点那飞天夜叉之丑。王奉自己也看不过,心上好不快活。不一日,萧别驾卒于任所。萧雅奔丧,扶柩而回。他虽是个世家,累代清官,家无馀积,自别驾死后,日渐消索。潘百万是个暴富,家事日盛一日。王奉忽起一个不良之心,想道:"萧家甚穷,女婿又丑;潘家又富,女婿又标致。何不把琼英、琼真暗地兑转,谁人知道?也不教亲生女儿在穷汉家受苦。"主意已定,到临嫁之时,将琼真充做侄女,嫁与潘家,哥哥所遗衣饰庄田之类,都

两县令竞义婚孤女

把他去。却将琼英反为己女,嫁与那飞天夜叉为配,自己薄薄备些妆奁嫁送。琼英但凭叔叔做主,敢怒而不敢言。谁知嫁后,那潘华自恃家富,不习诗书,不务生理,专一嫖赌为事。父亲累训不从,气愤而亡。潘华益无顾忌,日逐与无赖小人酒食游戏。不上十年,把百万家资败得罄尽,寸土俱无。丈人屡次周给他,如炭中沃雪,全然不济。结末迫于冻馁,瞒着丈人,要引浑家去投靠人家为奴。王奉闻知此信,将女儿琼真接回家中养老,不许女婿上门。潘华流落他乡,不知下落。那萧雅勤苦攻书,后来一举成名,直做到尚书地位;琼英封一品夫人。有诗为证:

目前贫富非为准,久后穷通未可知。
颠倒任君瞒昧做,鬼神昭鉴定无私。

看官,你道为何说这王奉嫁女这一事?只为世人但顾眼前,不思日后,只要损人利己。岂知人有百算,天只有一算。你心下想得滑碌碌的一条路,天未必随你走哩,还是平日行善为高。今日说一段话本,正与王奉相反,唤做《两县令竞义婚孤女》。这桩故事,出在梁、唐、晋、汉、周五代之季。其时周太祖郭威在位,改元广顺。虽居正统之尊,未就混一之势。四方割据称雄者,还有几处,共是五国三镇。那五国?

周郭威,南汉刘晟,北汉刘旻,南唐李昪,蜀孟知祥;
那三镇?
吴越钱镠,湖南周行逢,荆南高季昌。

单说南唐李氏有国,辖下江州地方。内中单表江州德化县一个知县,姓石名璧,原是抚州临川县人氏,流寓建康。四旬之外,丧了夫人,又无儿子,止有八岁亲女月香,和一个养娘随任。那官人为官清正,单吃德化县中一口水。又且听讼明决,雪冤理滞,果然政简刑清,民安盗息。退堂之暇,就抱月香坐于膝上,教他识字,又或叫养娘和他下棋、蹴鞠,百般顽耍,他从旁教导。只为无娘之女,十分爱惜。一日,养娘和月香在庭中蹴那小小球儿为戏。养娘一脚踢起,去得势重了些,那球击地而起,连跳几跳的溜溜滚去,滚入一个地穴里。那地穴约有二三尺深,原是埋缸贮水的所在。养娘手短,揽他不着,正待跳下穴中去拾取球儿,石璧道:"且住!"问女儿月香道:"你有甚计较,使球儿自走出来么?"月香想了一想,便道:"有计了!"即教养娘去提过一桶水来,倾在穴内。那球便浮在水面。再倾一桶,穴中水满,其球随水而出。石璧本是要试女孩儿的聪明,见其取水出球,智意过人,不胜之喜。

闲话休叙。那官人在任不上三年,谁知命里官星不现,飞祸相侵。忽一夜,仓中失火，急救时，已烧损官粮千馀石。那时米贵，一石值一贯五百。乱离之际，军粮最重。南唐法度，凡官府破耗军粮至三百石者，即行处斩。只为石璧是个清官，又且火灾天数，非关本官私弊，上官都替他分解保奏。唐主怒犹未息，将本官削职，要他赔偿。估价共该一千五百馀两。把家私变卖，未尽其半。石璧被本府软监，追逼不过，郁成一病，数日而死。遗下女儿和养娘二口，少不得着落牙婆官卖，取价偿官。这等苦楚，分明是：

屋漏更遭连夜雨，船迟又遇打头风。

却说本县有个百姓，叫做贾昌，昔年被人诬陷，坐假人命事，问成死罪在狱，亏石知县到任，审出冤情，将他释放。贾昌衔保家活命之恩，无从报效。一向在外为商，近日方回。正值石知县身死，即往抚尸恸哭，备办衣裳棺木，与他殡殓。合家挂孝，买地营葬。又闻得所欠官粮尚多，欲待替他赔补几分，怕钱粮干系，不敢开端惹祸。见说小姐和养娘都着落牙婆官卖，慌忙带了银子，到李牙婆家，问要多少身价。李牙婆取出朱批的官票来看：养娘十六岁，只判得三十两，月香十岁，倒判了五十两。却是为何？月香虽然年小，容貌秀美可爱；养娘不过粗使之婢，故此判价不等。贾昌并无吝色，身边取出银包，兑足了八十两纹银，交付牙婆，又谢他五两银子，即时领取二人回家。李牙婆把两个身价，交纳官库。地方呈明石知县家财人口变卖都尽。上官只得在别项那移赔补，不在话下。

却说月香自从父亲死后，没一刻不啼啼哭哭。今日又不认得贾昌是什么人，买他归去，必然落于下贱，一路痛哭不已。养娘道："小姐，你今番到人家去，不比在老爷身边，只管啼哭，必遭打骂。"月香听说，愈觉悲伤。谁知贾昌一片仁义之心，领到家中，与老婆相见，对老婆说："此乃恩人石相公的小姐，那一个就是伏侍小姐的养娘。我当初若没有恩人，此身死于缧绁。今日见他小姐，如见恩人之面。你可另收拾一间香房，教他两个住下，好茶好饭供侍他，不可怠慢。后来倘有亲族来访，那时送还，也尽我一点报效之心。不然之时，待他长成，就本县择个门当户对的人家，一夫一妇，嫁他出去，恩人坟墓也有个亲人看觑。那个养娘，依旧教他伏侍小姐，等他两个作伴，做些女工，不要他在外答应。"月香生成伶俐，见贾昌如此分付老婆，慌忙上前万福道："奴家卖身在此，为奴为婢，理之当然。蒙恩人抬举，此乃再生之恩。乞受奴一拜，收为义女。"说罢，即忙下跪。贾昌那里肯要他拜？别转了头，忙教老婆扶起道："小人是老相公的子民，这蝼蚁之命，都出老相公所赐。就是这位养娘，小人也不敢怠慢，何况小姐！小人怎敢妄自尊大。暂时屈在寒家，只当宾客相待。望小姐勿责怠慢，小人夫妻有幸。"月香再三称谢。贾昌又分付家中男女，都称为石小姐。那小姐称贾昌夫妇，但呼贾公、贾婆，不在话下。

原来贾昌的老婆，素性不甚贤惠。只为看上月香生得清秀乖巧，自己无男无女，有心要收他做个螟蛉女儿。初时甚是欢喜，听说宾客相待，先有三分不耐烦了；却灭不得石知县的恩，没奈何，依着丈夫言语，勉强奉承。后来贾昌在外为商，每得好绸好绢，先尽上好的寄与石小姐做衣服穿。比及回家，先问石小姐安否。老婆心下渐渐不平。又过些时，把马脚露出来了。但是贾昌在家，朝饔夕飧，也还成个规矩，口中假意奉承几句。但背了贾昌时，茶不茶，饭不饭，另是一样光景了。养娘常叫出外边杂差杂使，不容他一刻空闲。又每日间限定石小姐要做若干女工针黹还他；倘手迟脚慢，便去捉鸡骂狗，口里好不干净哩。正是：

　　人无千日好，花无百日红。

养娘受气不过，禀知小姐，欲待等贾公回家，告诉他一番。月香断不肯，说道："当初他用钱买我，原不指望他抬举。今日贾婆虽有不到之处，却与贾公无干。你若说他，把贾公这段美情都没了。我与你命薄之人，只索忍耐为上。"忽一日，贾公做客回家，正撞着养娘在外汲水，面庞比前甚是黑瘦了。贾公道："养娘，我只教你伏侍小姐，谁要你汲水？且放着水桶，另叫人来担罢！"养娘放了水桶，动了个感伤之念，不觉滴下几点泪来。贾公要盘问时，他把手拭泪，忙忙的奔进去了。贾公心中甚疑，见了老婆，问道："石小姐和养娘没有甚事么？"老婆回言："没有。"初归之际，事体多头，也就搁过一边。又过了几日，贾公偶然近处人家走动，回来不见老婆在房，自往厨下去寻他说话。正撞见养娘从厨下来，也没有托盘，右手拿一大碗饭，左手一只空碗，碗上顶一碟腌菜叶儿。贾公有心闪在隐处看时，养娘走进石小姐房中去了。贾公不省得这饭是谁吃的，一些荤腥也没有。那时不往厨下，竟悄悄的走在石小姐房前，向门缝里张时，只见石小姐将这碟腌菜叶儿过饭。心中大怒，便与老婆闹将起来。老婆道："荤腥尽有，我又不是不舍得与他吃！那丫头自不来担，难道要老娘送进房去不成？"贾公道："我原说过来，石家的养娘，只教他在房中与小姐作伴。我家厨下走使的又不少，谁要他出房担饭！前日那养娘噙着两眼泪在外街汲水，我已疑心，是必家中把他难为了，只为匆忙，不曾细问得。原来你恁地无恩无义，连石小姐都怠慢！见放着许多荤菜，却教他吃白饭，是甚道理？我在家尚然如此，我出外时，可知连饭也没得与他们吃饱。我这番回来，见他们着实黑瘦了。"老婆道："别人家丫头，那要你恁般疼他，养得白白壮壮，你可收用他做小老婆么？"贾公道："放屁，说的是什么话！你这样不通理的人，我不与你讲嘴。自明日为始，我教当直的，每日另买一分肉菜供给他两口，不要在家火中算帐，省得夺了你的口食，你又不欢喜。"老婆自家觉得有些不是，口里也含含糊糊的哼了几句，便不言语了。从此贾公分付当直的，每日肉菜分做两分。却叫厨下丫头们，各自安排送饭。这几时，好不齐整。正是：

人情若比初相识，到底终无怨恨心。

贾昌因牵挂石小姐，有一年多不出外经营。老婆却也做意修好，相忘于无言。月香在贾公家，一住五年，看看长成。贾昌意思，要密访个好主儿，嫁他出去了，方才放心，自家好出门做生理。这也是贾公的心事，背地里自去勾当。晓得老婆不贤，又与他商量怎的。若是凑巧时，赔些妆奁，嫁出去了，可不干净？何期姻缘不偶，内中也有缘故：但是出身低微的，贾公又怕辱莫了石知县，不肯俯就；但是略有些名目的，那个肯要百姓人家的养娘为妇，所以好事难成。贾公见姻事不就，老婆又和顺了，家中供给又立了常规，舍不得担阁生意，只得又出外为商。未行数日之前，预先叮咛老婆有十来次，只教好生看待石小姐和养娘两口。又请石小姐出来，再三抚慰，连养娘都用许多好言安放。又分付老婆道："他骨气也比你重几百分哩，你切莫慢他。若是不依我言语，我回家时，就不与你认夫妻了。"又唤当直的和厨下丫头，都分付遍了，方才出门。

临岐费尽叮咛语，只为当初受德深。

却说贾昌的老婆，一向被老公在家作兴石小姐和养娘，心下好生不乐。没奈何，只得由他，受了一肚子的腌臜昏闷之气。一等老公出门，三日之后，就使起家主母的势来。寻个茶迟饭晏小小不是的题目，先将厨下丫头试法，连打几个巴掌，骂道："贱人，你是我手内用钱讨的，如何恁地托大！你恃了那个小主母的势头，却不用心伏侍我？家长在家日，纵容了你。如今他出去了，少不得要还老娘的规矩。除却老娘外，那个该伏侍的？要饭吃时，等他自担，不要你们献勤，却担误老娘的差使！"骂了一回，就乘着热闹中，唤过当直的，分付将贾公派下另一分肉菜钱，干折进来，不要买了。当直的不敢不依。且喜月香能甘淡薄，全不介意。

又过了些时，忽一日，养娘担洗脸水，迟了些，水已凉了。养娘不合哼了一句。那婆娘听得了，特地叫来发作道："这水不是你担的。别人烧着汤，你便胡乱用些罢。当初在牙婆家，那个烧汤与你洗脸？"养娘耐嘴不住，便回了几句言语，道："谁要他们担水烧汤！我又不是不曾担水过的，两只手也会烧火。下次我自担水自烧，不费厨下姐姐们力气便了。"那婆娘提醒了他当初曾担水过这句话，便骂道："小贱人！你当先担得几桶水，便在外面做身做分，哭与家长知道，连累老娘受了百般呕气，今日老娘要讨个帐儿。你既说会担水，会烧火，把两件事都交在你身上。每日常用的水，都要你担，不许缺乏。是火，都是你烧；若是难为了柴，老娘却要计较。且等你知心知意的家长回家时，你再啼啼哭哭告诉他便了，也不怕他赶了老娘出去！"月香在房中，听得贾婆发作自家的丫头，慌忙移步上前，万福谢罪，招称许多不是，叫贾婆莫怪。养娘道："果是婢子不是了！只求看小姐面上，不要计较。"那老婆愈加忿怒，便道："什么小姐，小姐！是小姐，不到我家来了。我是个百姓人家，不晓得小姐是什么品级，你动不动把来压老娘。老娘骨气虽轻，不受人压量的，今日要说个明白。就是小姐，也说不得，费了大钱讨的。少不得老娘是个主母，贾婆也不是你叫的。"月香听得话不投机，含着眼泪，自进房去了。

那婆娘分付厨中，不许叫"石小姐"，只叫他"月香"名字。又分付养娘，只在厨下专管担水烧火，不许进月香房中。月香若要吃饭时，待他自到厨房来取。其夜，又叫丫头搬了养娘的被窝到自己房中去。月香坐个更深，不见养娘进来，只得自己闭门而睡。又过几日，那婆娘唤月香出房，却教丫头把他的房门锁了。月香没了房，只得在外面盘旋。夜间就同养娘一铺睡。睡起时，就叫他拿东拿西，役使他起来。在他矮檐下，怎敢不低头。月香无可奈何，只得伏低伏小。那婆娘见月香随顺了，心中暗喜，蓦地开了他房门的锁，把他房中搬得一空。凡丈夫一向寄来的好绸好缎，曾做不曾做得，都迁入自己箱笼，被窝也收起了不还他。月香暗暗叫苦，不敢则声。

忽一日，贾公书信回来，又寄许多东西与石小姐。书中嘱付老婆："好生看待，不久我便回来。"那婆娘把东西收起，思想道："我把石家两个丫头，作贱勾了，丈夫回来，必然厮闹。难道我惧怕老公，重新奉承他起来不成？那老亡八把这两个瘦马养着，不知作何结束！他临行之时，说道：'若不依他言语，就不与我做夫妻了。'一定他起了什么不良之心。那月香好副嘴脸，年已长成。倘或有意留他，也不见得。那时我争风吃醋便迟了。人无远虑，必有近忧，一不做，二不休，索性把他两个卖去他方，老亡八回来也只一怪，拚得厮闹一场罢了。难道又去赎他回来不成？好计，好计！"正是：

眼孔浅时无大量，心田偏处有奸谋。

当下，那婆娘分付当直的："与我唤那张牙婆到来，我有话说。"不一时，当直的将张婆引到。贾婆教月香和养娘都相见了，却发付他开去，对张婆说道："我家六年前，讨下这两个丫头。如今大的忒大了，小的又娇娇的，做不得生活，都要卖他出去，你与我快寻个主儿。"原来当先官卖之事，是李牙婆经手。此时李婆已死，官私做媒，又推张婆出尖了。张婆道："那年纪小的，正有个好主儿在此，只怕大娘不肯。"贾婆道："有甚不肯？"张婆道："就是本县大尹老爷，覆姓钟离，名义，寿春人氏，亲生一位小姐，许配德安县高大尹的长公子，在任上行聘的。不日就要来娶亲了。本县嫁装都已备得十全，只是缺少一个随嫁的养娘。昨日大尹老爷唤老媳妇当官分付过了，老媳妇正没处寻。宅上这位小娘子，正中其选。只是异乡之人，怕大娘不舍得与他。"贾婆想道："我正要寻个远方的主顾，来得正好！况且知县相公要了人去，丈夫回来，料也不敢则声。"便道："做官府家陪嫁，胜似在我家十倍，我有什么不舍得。只是不要亏了我的原价便好。"张婆道："原价许多？"贾婆道："十来岁时，就是五十两讨的，如今饭钱又丢一主在身上了。"张婆道："吃的饭是算不得帐。这五十两银子在老媳妇身上。"贾婆道："那一个老丫头，也替我觅个人家便好。他两个是一伙儿来的，去了一个，那一个也养不家了。况且年纪一二十之外，又是要老公的时候，留他甚么！"张婆道："那个要多少身价？"贾婆道："原是三十两银子讨的。"牙婆道："粗货儿，直不得这许多。若是减得一半，老媳妇到有个外甥在身边，三十岁了。老媳妇原许下与他娶一房妻小的，因手头不宽展，捱下去。这到是雌雄一对儿。"贾婆道："既是你的外甥，便让你五两银子。"张婆道："连这个小娘子的媒礼在内，让我十两罢！"贾婆道："也不为大事，你且说合起来。"张婆道："老媳妇如今先去回复知县相公。若讲得成时，一手交钱，一手就要交货的。"贾婆道："你今晚还来不？"张婆道："今晚还要与外甥商量，来不及了，明日早来回话。多分两个都要成的。"说罢，别去，不在话下。

却说大尹钟离义，到任有一年零三个月了。前任马公，是顶那石大尹的缺。马公升任去后，钟离义又是顶马公的缺。钟离大尹与德安高大尹，原是个同乡。高大尹生下二子，长曰高登，年十八岁；次曰高升，年十六岁。这高登便是钟离公的女婿。自来钟离公未曾有子，止生此女，小字瑞枝，方年一十七岁，选定本年十月望日出嫁。此时九月下旬，吉期将近。钟离公分付张婆，急切要寻个陪嫁。张婆得了贾家这头门路，就去回复大尹。大尹道："若是人物好时，就是五十两也不多。明日库上来领价，晚上就要过门的。"张婆道："领相公钧旨。"当晚回家，与外甥赵二商议，有这相应的亲事，要与他完婚。赵二先欢喜了一夜。次早，赵二便去整理衣褶，准备做新郎。张婆到家中，先凑足了二十两身价，随即到县取知县相公钧帖，到库上兑了五十两银子。来到贾家，把这两项银子交付与贾婆，分疏得明明白白。贾婆都收下了。少顷，县中差两名皂隶，两个轿夫，抬着一顶小轿，到贾家门首停下。贾婆初时都不通月香晓得，临期竟打发他上轿。月香正不知教他那里去，和养娘两个，叫天叫地，放声大哭。贾婆不管三七二十一，和张婆两个，你一推，我一拟，拟他出了大门。张婆方才说明："小娘子，不要啼哭了！你家主母，将你卖与本县知县相公处，做小姐的陪嫁。此去好不富贵！官府衙门，不是耍处，事到其间，哭也无益。"月香只得收泪，上轿而去。轿夫抬进后堂。月香见了钟离义，还只万福。张婆在旁道："这就是老爷了，须下个大礼！"月香只得磕头。立起身来，不觉泪珠满面。张婆教他拭干了泪眼，引入私衙，见了夫人和瑞枝小姐。问其小名，对以"月香"。夫人道："好个'月香'二字！不必更改，就发他伏侍小姐。"钟离公厚赏张婆，不在话下。

　　可怜官室娇香女，权作闺中使令人。

　　张婆出衙，已是酉牌时分。再到贾家，只见那养娘正思想小姐，在厨下痛哭。贾婆对他说道："我今把你嫁与张妈妈的外甥，一夫一妇，比月香到胜几分，莫要悲伤了！"张婆也劝慰了一番。赵二在混堂内洗了个净浴，打扮得帽儿光光，衣衫簇簇，自家提了一碗灯笼，前来接亲。张婆就教养娘拜别了贾婆。那养娘原是个大脚，张婆扶着步行到家，与外甥成亲。

　　话休絮烦。再说月香小姐，自那日进了钟离相公衙内，次日，夫人分付新来婢子，将中堂打扫。月香领命，携帚而去。钟离义梳洗已毕，打点早衙理事，步出中堂，只见新来婢子，呆呆的把着一把扫帚，立于庭中。钟离公暗暗称怪，悄地上前看时，原来庭中有一个土穴，月香对了那穴，汪汪流泪。钟离公不解其故。走入中堂，唤月香上来，问其缘故。月香愈加哀泣，口称不敢。钟离公再三诘问，月香方才收泪而言道："贱妾幼时，父亲曾于此地教妾蹴球为戏，误落球于此穴。父亲问妾道：'你可有计较，使球自出于穴，不须拾取？'贱妾答云：'有计。'即遭养娘取水灌之。水满球浮，自出穴外。父亲谓妾聪明，不胜之喜。今虽年久，尚然记忆。睹物伤情，不觉哀泣。愿相公俯赐矜怜，勿加罪责！"钟离公大惊道："汝父姓甚名谁？你幼时如何得到此地？须细细说与我知！"月香道："妾父姓石名璧，六年前，在此作县尹。为天火烧仓，朝廷将父革职，勒令赔偿，父亲病郁而死。有司将妾和养娘官卖到本县贾公家。贾公向被冤系，感我父活命之恩，故将贱妾甚相看待，抚养至今。因贾公出外为商，其妻不能相容，将妾转卖于此。只此实情，并无欺隐。"

今朝诉出衷肠事，铁石人知也泪垂。

钟离公听罢，正是兔死狐悲，物伤其类："我与石璧一般是个县尹。他只为遭时不幸，遇了天灾，亲生女儿就沦于下贱。我若不闻不见，到也罢了。天教他到我衙里，我若不扶持他，同官体面何存！石公在九泉之下，以我为何如人！"当下请夫人上堂，就把月香的来历细细叙明。夫人道："似这等说，他也是个县令之女，岂可贱婢相看。目今女孩儿嫁期又逼，相公何以处之？"钟离公道："今后不要月香服役，可与女孩儿姊妹相称，下官自有处置。"即时修书一封，差人送到亲家高大尹处。高大尹拆书观看，原来是求宽嫁娶之期。书上写道：

婚男嫁女，虽父母之心；舍己成人，乃高明之事。近因小女出阁，预置媵婢月香。见其颜色端丽，举止安详，心窃异之。细访来历，乃知即两任前石县令之女。石公廉吏，因仓火失官丧躯，女亦官卖，转展售于寒家。同官之女，犹吾女也。此女年已及笄，不惟不可屈为媵婢，且不可使吾女先此女而嫁。仆今急为此女择婿，将以小女薄奁嫁之。令郎姻期，少待改卜。特此拜恳，伏惟情谅。钟离义顿首。

高大尹看了道："原来如此！此长者之事，吾奈何使钟离公独擅其美！"即时回书云：

鸾凤之配，虽有佳期；狐兔之悲，岂无同志？在亲翁既以同官之女为女，在不佞宁不以亲翁之心为心？三复示言，令人悲恻。此女廉吏血胤，无惭阀阅。愿亲家即赐为儿妇，以践始期；令爱别选高门，庶几两便。昔蓬伯玉耻独为君子，仆今者愿分亲翁之谊。高原顿首。

使者将回书呈与钟离公看了。钟离公道："高亲家愿娶孤女，虽然义举；但吾女他儿，久已聘定，岂可更改？还是从容待我嫁了石家小姐，然后另备妆奁，以完吾女之事。"当下又写书一封，差人再达高亲家。高公开书读道：

娶无依之女，虽属高情；更已定之婚，终乖正道。小女与令郎，久谐凤卜，准拟鸾鸣。在令郎停妻而娶妻，已违古礼；使小女舍婿而求婿，难免人非。请君三思，必从前议。义惶恐再拜。

高公读毕，叹道："我一时思之不熟。今闻钟离公之言，惭愧无地。我如今有个两尽之道，使钟离公得行其志，而吾亦同享其名。万世而下，以为美谈。"即时复书云：

以女易女，仆之慕谊虽殷；停妻娶妻，君之引礼甚正。仆之次男高升，年方十七，尚未缔姻。令爱归我长儿，石女属我次子。佳儿佳妇，两对良姻；

一死一生,千秋高谊。妆奁不须求备,时日且喜和同。伏冀俯从,不须改卜。原惶恐再拜。

钟离公得书,大喜道:"如此处分,方为双美。高公义气,真不愧古人,吾当拜其下风矣。"当下即与夫人说知,将一副妆奁,剖为两分,衣服首饰,稍稍增添。二女一般,并无厚薄。到十月望前两日,高公安排两乘花花细轿,笙箫鼓吹,迎接两位新人。钟离公先发了嫁妆去后,随唤出瑞枝、月香两个女儿,教夫人分付他为妇之道。二女拜别而行。月香感念钟离公夫妇恩德,十分难舍,号哭上轿。一路趱行,自不必说。到了县中,恰好凑着吉日良时,两对小夫妻,如花如锦,拜堂合卺。高公夫妇欢喜无限。正是:

　　百年好事从今定,一对姻缘天上来。

再说钟离公嫁女三日之后,夜间忽得一梦,梦见一位官人,幞头象简,立于面前,说道:"吾乃月香之父石璧是也。生前为此县大尹,因仓粮失火,赔偿无措,郁郁而亡。上帝察其清廉,悯其无罪,敕封吾为本县城隍之神。月香吾之爱女,蒙君高谊,拔之泥中,成其美眷,此乃阴德之事,吾已奏闻上帝。君命中本无子嗣,上帝以公行善,赐公一子,昌大其门。君当致身高位,安享遐龄。邻县高公,与君同心,愿娶孤女,上帝嘉悦,亦赐二子高官厚禄,以酬其德。君当传与世人,广行方便,切不可凌弱暴寡,利己损人。天道昭昭,纤毫洞察。"说罢,再拜。钟离公答拜起身,忽然踏了衣服前幅,跌上一交,猛然惊醒,乃是一梦。即时说与夫人知道,夫人亦嗟讶不已。待等天明,钟离公打轿到城隍庙中,焚香作礼,捐出俸资百两,命道士重新庙宇,将此事勒碑,广谕众人。又将此梦备细写书,报与高公知道。高公把书与两个儿子看了,各各惊讶。钟离夫人年过四十,忽然得孕生子,取名天赐。后来钟离义归宋,仕至龙图阁大学士,寿享九旬。子天赐,为大宋状元。高登、高升俱仕宋朝,官至卿宰。此是后话。

且说贾昌在客中,不久回来,不见了月香小姐和那养娘。询知其故,与婆娘大闹几场。后来知得钟离相公将月香为女,一同小姐嫁与高门。贾昌无处用情,把银二十两,要赎养娘送还石小姐。那赵二恩爱夫妻,不忍分拆,情愿做一对投靠。张婆也禁他不住。贾昌领了赵二夫妻,直到德安县,禀知大尹高公。高公问了备细,进衙又问媳妇月香,所言相同。遂将赵二夫妻收留,以金帛厚酬贾昌。贾昌不受而归。从此贾昌恼恨老婆无义,立誓不与他相处,另招一婢,生下两男。此亦作善之报也。后人有诗叹云:

　　人家嫁娶择高门,谁肯周全孤女婿?
　　试看两公阴德报,皇天不负好心人。

三孝廉让产立高名

紫荆枝下还家日，花萼楼中合被时。
同气从来兄与弟，千秋羞咏《豆萁诗》。

这首诗，为劝人兄弟和顺而作，用着三个故事，看官听在下一一分剖。第一句说"紫荆枝下还家日"。昔时有田氏兄弟三人，从小同居合爨。长的娶妻叫田大嫂，次的娶妻叫田二嫂。妯娌和睦，并无闲言。惟第三的年小，随着哥嫂过日。后来长大娶妻，叫田三嫂。那田三嫂为人不贤，恃着自己有些妆奁，看见夫家一锅里煮饭，一桌上吃食，不用私钱，不动私秤，便私房要吃些东西，也不方便，日夜在丈夫面前撺掇："公堂钱库田产，都是伯伯们掌管，一出一入，你全不知道。他是亮里，你是暗里。用一说十，用十说百，那里晓得！目今虽说同居，到底有个散场。若还家道消乏下来，只苦得你年幼的。依我说，不如早早分析，将财产三分拨开，各人自去营运，不好么？"田三一时被妻言所惑，认为有理，央亲戚对哥哥说，要分析而居。田大、田二初时不肯，被田三夫妇内外连连催逼，只得依允。将所有房产钱谷之类，三分拨开，分毫不多，分毫不少。只有庭前一棵大紫荆树，积祖传下，极其茂盛，既要析居，这树归着那一个？可惜正在开花之际，也说不得了。田大至公无私，议将此树砍倒，将粗本分为三截，每人各得一截，其余零枝碎叶，论秤分开。商议已妥，只待来日动手。

次日天明，田大唤了两个兄弟，同去砍树。到得树边看时，枝枯叶萎，全无生气。田大把手一推，其树应手而倒，根芽俱露。田大住手，向树大哭。两个兄弟道："此树值得甚么！兄长何必如此痛惜！"田大道："吾非哭此树也。思我兄弟三人，产于一姓，同爷合母，比这树，枝枝叶叶，连根而生，分开不得。根生本，本生枝，枝生叶，所以荣盛。昨日议将此树分为三截，树不忍活活分离，一夜自家枯死。我兄弟三人若分离了，亦如此树枯死，岂有荣盛之日？吾所以悲哀耳。"田二、田三闻哥哥所言，至情感动："可以人而不如树乎？"遂相抱做一堆，痛哭不已。大家不忍分析，情愿依旧同居合爨。三房妻子听得堂前哭声，出来看时，方知其故。大嫂二嫂，各各欢喜，惟三嫂不愿，口出怨言。田三要将妻逐出，两个哥哥再三劝住。三嫂羞惭，还房自缢而死。此乃"自作孽不可活"。这话阁过不题。再说田大可惜那棵紫荆树，再来看时，其树无人整理，自然端正，枝枯再活，花萎重新，比前更加烂熳。田大唤两个兄弟来看了，各人嗟讶不已。自此田氏累世同居。

有诗为证：

　　紫荆花下说三田，人合人离花亦然。
　　同气连枝原不解，家中莫听妇人言。

第二句说"花萼楼中合被时"。那花萼楼在陕西长安城中，大唐玄宗皇帝所建。玄宗皇帝就是唐明皇。他原是唐家宗室，因为韦氏乱政，武三思专权，明皇起兵诛之，遂即帝位。有五个兄弟，皆封王爵，时号"五王"。明皇友爱甚笃，起一座大楼，取《诗经·棠棣》之义，名曰"花萼"。时时召五王登楼欢宴。又制成大幔，名为"五王帐"。帐中长枕大被，明皇和五王时常同寝其中。有诗为证：

　　羯鼓频敲玉笛催，朱楼宴罢夕阳微。
　　宫人秉烛通宵坐，不信君王夜不归。

第四句说"千秋羞咏《豆萁诗》"。后汉魏王曹操长子曹丕，篡汉称帝。有弟曹植，字子建，聪明绝世。操生时最所宠爱，几遍欲立为嗣而不果。曹丕衔其旧恨，欲寻事故而杀之。一日，召子建问曰："先帝每夸汝诗才敏捷，朕未曾面试。今限汝七步之内，成诗一首。如若不成，当坐汝欺诳之罪。"子建未及七步，其诗已成，中寓规讽之意。诗曰：

　　煮豆燃豆萁，豆在釜中泣。
　　本是同根生，相煎何太急。

曹丕见诗感泣，遂释前恨。后人有诗为证：

　　从来宠贵起猜疑，七步诗成亦可危。
　　堪叹釜萁仇未已，六朝骨肉尽诛夷。

说话的，为何今日讲这两三个故事？只为自家要说那三孝廉让产立高名。这段话文，不比曹丕忌刻，也没子建风流，胜如紫荆花下三田，花萼楼中诸李，随你不和顺的弟兄，听着在下讲这节故事，都要学好起来。正是：

　　要知天下事，须读古人书。

三孝廉让产立高名

这故事出在东汉光武年间。那时天下乂安，万民乐业，朝有梧凤之鸣，野无谷驹之叹。原来汉朝取士之法，不比今时。他不以科目取士，惟凭州郡选举。虽则有博学宏词、贤良方正等科，惟以孝廉为重。孝者，孝弟；廉者，廉洁。孝则忠君，廉则爱民。但是举了孝廉，便得出身做官。若依了今日事势，州县考个童生，还有几千封荐书。若是举孝廉时，不知多少分上钻刺，依旧是富贵子弟钻去了。孤寒的便有曾参之孝，伯夷之廉，休想扬名显姓。只是汉时法度甚妙，但是举过某人孝廉，其人若果然有才有德，不拘资格，骤然升擢，连举主俱纪录受赏，若所举不得其人，后日或贪财坏法，轻则罪黜，重则抄没，连举主一同受罪。那荐人的，与所荐之人休戚相关，不敢胡乱。所以公道大明，朝班清肃。不在话下。

且说会稽郡阳羡县，有一人姓许名武，字长文，十五岁上，父母双亡。虽然遗下些田产童仆，奈门户单微，无人帮助。更兼有两个兄弟，一名许晏，年方九岁，一名许普，年方七岁，都则幼小无知，终日赶着哥哥啼哭。那许武日则躬率童仆，耕田种圃，夜则挑灯读书。但是耕种时，二弟虽未胜耰锄，必使从旁观看。但是读书时，把两个小兄弟坐于案旁，将句读亲口传授，细细讲解，教以礼让之节，成人之道。稍不率教，辄跪于家庙之前，痛自督责，说自己德行不足，不能化诲，愿父母有灵，启牖二弟，涕泣不已。直待兄弟号泣请罪，方才起身，并不以疾言遽色相加也。室中只用铺陈一副，兄弟三人同睡。如此数年，二弟俱已长成，家事亦渐丰盛。有人劝许武娶妻，许武答道："若娶妻，便当与二弟别居。笃夫妇之爱，而忘手足之情，吾不忍也。"由是昼则同耕，夜则同读，食必同器，宿必同床。乡里传出个大名，都称为"孝弟许武"。又传出几句口号，道是：

阳羡许季长，耕读昼夜忙。
教诲二弟俱成行，不是长兄是父娘。

时州牧郡守，俱闻其名，交章荐举，朝廷征为议郎。下诏会稽郡，太守奉旨，檄下县令，刻日劝驾。许武迫于君命，料难推阻，分付两个兄弟："在家躬耕力学，一如我在家之时，不可懈惰废业，有负先人遗训。"又嘱付奴仆："俱要小心安分，听两个家主役使，早起夜眠，共扶家业。"嘱付已毕，收拾行装，不用官府车辆，自己雇了脚力登车，只带一个童儿，望长安进发。不一日，到京朝见受职。长安城中，闻得孝弟许武之名，争来拜访识荆，此时望重朝班，名闻四野。朝中大臣探听得许武尚未婚娶，多欲以女妻之者。许武心下想道："我兄弟三人，年皆强壮，皆未有妻，我若先娶，殊非为兄之道。况我家世耕读，侥幸备员朝署，便与缙绅大家为婚，那女子自恃家门，未免骄贵之气，不惟坏了我儒素门风，异日我两个兄弟娶了贫贱人家女子，妯娌之间，怎生相处？从来兄弟不睦，多因妇人而起。我不可不防其渐也。"腹中虽如此踌论，却是说不出的话，只得权辞以对，说家中已定下糟糠之妇，不敢停妻再娶，恐被宋弘所笑。众人闻之，愈加敬重。

况许武精于经术，朝廷有大政事，公卿不能决，往往来请教他。他引古证今，议论悉中窾要。但是许武所议，众人皆以为确不可易，公卿倚之为重，不数年间，累迁至御史大夫之职。

忽一日，思想二弟在家，力学多年，不见州郡荐举，诚恐怠荒失业，意欲还家省视。遂上疏，其略云：

臣以菲才，遭逢圣代，致位通显，未谋报称，敢图暇逸。但古人云："人生百行，孝弟为先。""不孝有三，无后为大。"先父母早背，域兆未修；臣弟二人，学业未立；臣三十未娶。五伦之中，乃缺其三。愿赐臣假，暂归乡里，倘念臣犬马之力，尚可鞭笞，奔驰有日。

天子览奏，准给假暂归，命乘传衣锦还乡，复赐黄金二十斤，为婚礼之费。许武谢恩辞朝，百官俱于郊外送行。正是：

报道锦衣归故里，争夸白屋出公卿。

许武即归，省视先茔已毕，便乃纳还官诰，只推有病，不愿为官。过了些时，从容召二弟至前，询其学业之进退。许晏、许普应答如流，理明词畅。许武心中大喜。再稽查田宅之数，比前恢廓数倍，皆二弟勤俭之所积也。武于是遍访里中良家女子，先与两个兄弟定亲，自己方才娶妻，续又与二弟婚配。

约莫数月，忽然对二弟说道："吾闻兄弟有析居之义。今吾与汝，皆已娶妇，田产不薄，理宜各立门户。"二弟唯唯，惟命。乃择日治酒，遍召里中父老。三爵已过，乃告以析居之事。因悉召僮仆至前，将所有家财，一一分剖。首取广宅自予，说道："吾位为贵臣，门宜綮戟，体面不可不肃。汝辈力田耕作，得竹庐茅舍足矣。"又阅田地之籍，凡良田悉归之己，将硗薄者量给二弟，说道："我宾客众盛，交游日广，非此不足以供吾用。汝辈数口之家，但能力作，只此可无冻馁，吾不欲汝多财以损德也。"又悉取奴仆之壮健伶俐者，说道："吾出入跟随，非此不足以给使令。汝辈合力耕作，正须此愚蠢者作伴，老弱馈食足矣，不须多人费汝衣食也。"

众父老一向知许武是个孝弟之人，这番分财，定然辞多就少。不想他般般件件，自占便宜。两个小兄弟所得，不及他十分之五，全无谦让之心，大有欺凌之意。众人心中甚是不平，有几个刚直老人气忿不过，竟自去了。有个心直口快的，便想要开口说公道话，与两个小兄弟做乔主张。其中又有个老成的，背地里捏手捏脚，教他莫说，以此罢了。那教他莫说的，也有些见识，他道："富贵的人，与贫贱的人，不是一般肚肠。许武已做了显官，比不得当初了。常言道：疏不间亲。你我终是外人，怎管得他家事。 就是好言相劝，料未必听从，枉费了唇舌，到挑拨他兄弟不和。倘或做兄弟的肯让哥哥，十分之美，你我又呕这闲气则甚！若做兄弟的心上不甘，必然争论。等他争论时节，我们替他做个主张，却不是好！"正是：

事非干己休多管，话不投机莫强言。

原来许晏、许普，自从蒙哥哥教诲，知书达礼，全以孝弟为重，见哥哥如此分析，以为理之当然，绝无几微不平的意思。许武分拨已定，众人皆散。许武居中住了正房，其左右小房，许晏、许普各住一边。每日率领家奴下田耕种。暇则读书，时时将疑义叩问哥哥，以此为常。妯娌之间，也学他兄弟三人一般和顺。从此里中父老，人人薄许武之所为，都可怜他两个兄弟，私下议论道："许武是个假孝廉，许晏、许普才是个真孝廉。他思念父母面上，一体同气，听其教诲，唯唯诺诺，并不违拗，岂不是孝？他又重义轻财，任分多分少，全不争论，岂不是廉？"起初里中传个好名，叫做"孝弟许武"，如今抹落了武字，改做"孝弟许家"，把许晏、许普弄出一个大名来。那汉朝清议极重，又传出几句口号，道是：

假孝廉，做官员；真孝廉，出口钱。假孝廉，据高轩；真孝廉，守茅檐。假孝廉，富田园；真孝廉，执锄镰。真为玉，假为瓦，瓦登厦，玉抛野。不宜真，只宜假。

那时明帝即位，下诏求贤，令有司访问笃行有学之士，登门礼聘，传驿至京。诏书到会稽郡，郡守分谕各县。县令平昔已知许晏、许普让产不争之事，又值父老公举他真孝真廉，行过其兄，就把二人申报本郡。郡守和州牧，皆素闻其名，一同举荐。县令亲到其门，下车投谒，手捧玄纁束帛，备陈天子求贤之意。许晏、许普，谦让不已。许武道："幼学壮行，君子本分之事，吾弟不可固辞。"二人只得应诏，别了哥嫂，乘传到于长安，朝见天子。拜舞已毕，天子金口玉言，问道："卿是许武之弟乎？"晏、普叩头应诏。天子又道："闻卿家有孝弟之名。卿之廉让，有过于兄，朕心嘉悦。"晏、普叩头道："圣运龙兴，辟门访落，此乃帝王盛典。郡县不以臣晏臣普为不肖，有溷圣聪。臣幼失怙恃，承兄武教训，兢兢自守，耕耘通读之外，别无他长。臣等何能及兄武之万一。"天子闻对，嘉其谦德，即日俱拜为内史。不五年间，皆至九卿之位。居官虽不如乃兄赫赫之名，然满朝称为廉让。忽一日，许武致家书于二弟。二弟拆开看之，书曰：

匹夫而膺辟召，仕宦而至九卿，此亦人生之极荣也。二疏有言："知足不辱，知止不殆。"既无出类拔萃之才，宜急流勇退，以避贤路。

晏、普得书，即日同上疏辞官。天子不许。疏三上，天子问宰相宋均道："许晏、许普，壮年入仕，备位九卿。朕待之不薄，而屡屡求退，何也？"宋均奏道："晏、普兄弟二人，天性孝友。今许武久居林下，而晏、普并驾天衢，其心或有未安。"天子道："朕并召许武，使兄弟三人同朝辅政何如？"宋均道："臣察晏、普之意，出于至诚。陛下不若姑从所请，以遂其高。异日更下诏征之。或访先朝故事，就近与一大郡，以展其未尽之才，因使便道归省，则陛下好贤之诚，与晏、普友爱之义，两得之矣。"天子准奏，即拜许晏为丹阳郡太守，许普为吴郡太守，各赐黄金二十斤，宽假三月，以尽兄弟之情。许晏、许普谢恩辞朝，公卿俱出郭到十里长亭，相饯而别。

　　晏、普二人，星夜回到阳羡，拜见了哥哥，将朝廷所赐黄金，尽数献出。许武道："这是圣上恩赐，吾何敢当！"教二弟各自收去。次日，许武备下三牲祭礼，率领二弟到父母坟茔，拜奠了毕，随即设宴，遍召里中父老。许氏三兄弟，都做了大官，虽然他不以富贵骄人，自然声势赫奕。闻他呼唤，尚不敢不来，况且加个"请"字？那时众父老来得愈加整齐。许武手捧酒卮，亲自劝酒。众人都道："长文公与二哥三哥接风之酒，老汉辈安敢僭先！"比时风俗淳厚，乡党序齿，许武出仕已久，还叫一句"长文公"。那两个兄弟，又下一辈了，虽是九卿之贵，乡尊故旧，依旧称"哥"。许武道："下官此席，专屈诸乡亲下降，有句肺腑之言奉告。必须满饮三杯，方敢奉闻。"众人被劝，只得吃了。许武教两个兄弟次第把盏，各敬一杯。众人饮罢，齐声道："老汉辈承贤昆玉厚爱，借花献佛，也要奉敬。"许武等三人，亦各饮讫。众人道："适才长文公所谕金玉之言，老汉辈拱听已久，愿得示下。"许武叠两个指头，说将出来。言无数句，使听者毛骨悚然。正是：

　　斥鷃不知大鹏，河伯不知海若。
　　圣贤一段苦心，庸夫岂能测度。

　　许武当时未曾开谈，先流下泪来。吓得众人惊惶无措。两个兄弟慌忙跪下，问道："哥哥何事悲伤？"许武道："我的心事，藏之数年，今日不得不言。"指着晏、普道："只因为你两个名誉未成，使我作违心之事，冒不韪之名，有玷于祖宗，贻笑于乡里，所以流泪。"遂取出一卷册籍，把与众人观看。原来田地屋宅，及历年收敛米粟布帛之数。众人还未晓其意。许武又道："我当初教育两个兄弟，原要他立身修道，扬名显亲。不想我虚名早著，遂先显达。二弟在家，躬耕力学，不得州郡征辟。我欲效古人祁大夫内举不避亲，诚恐不知二弟之学行者，说他因兄而得官，误了终身名节。我故倡为析居之议，将大宅良田、强奴巧婢，悉据为己有。度吾弟素敦爱敬，决不争竞。吾暂冒贪饕之迹，吾弟方有廉让之名。果蒙乡里公评，荣膺征聘。今位列公卿，官常无玷，吾志已遂矣。这些田房奴婢，都是公共之物，吾岂可一人独享！这几年以来，所收米谷布帛，分毫不敢妄用，尽数开载在那册籍上。今日交付二弟，表为兄的向来心迹，也教众乡尊得知。"

众父老到此，方知许武先年析产一片苦心。自愧见识低微，不能窥测，齐声称叹不已。只有许晏、许普哭倒在地，道："做兄弟的，蒙哥哥教训成人，侥幸得有今日，谁知哥哥如此用心，是弟辈不肖，不能自致青云之上，有累兄长。今日若非兄长自说，弟辈都在梦中。兄长盛德，从古未有。只是弟辈不肖之罪，万分难赎。这些小家财，原是兄长苦挣来的，合该兄长管业。弟辈衣食自足，不消兄长挂念。"许武道："做哥的力田有年，颇知生殖。况且宦情已淡，便当老于樵锄，以终天年。二弟年富力强，方司民社，宜资庄产，以终廉节。"晏、普又道："哥哥为弟辈而自污，弟辈既得名，又欲得利，是天下第一等贪夫了，不惟玷辱了祖宗，亦且玷辱了哥哥。万望哥哥收回册籍，聊减弟辈万一之罪。"

众父老见他兄弟三人交相推让，你不收，我不受，一齐向前劝道："贤昆玉所言，都则一般道理。长文公若独得了这田产，不见得向来成全两位这一段苦心。两位若径受了，又负了令兄长文公这一段美意。依老汉辈愚见，宜作三股均分，无厚无薄，这才见兄友弟恭，各尽其道。"他三个兀自你推我让。那父老中有前番那几个刚直的，挺身向前，厉声说道："吾等适才分处，甚得中正之道，若再推逊，便是矫情沽誉了。把这册籍来，待老汉与你分剖。"许武弟兄三人，更不敢多言，只得凭他主张，当时将田产配搭三股分开，各自管业。中间大宅，仍旧许武居住。左右屋宇窄狭，以所在粟帛之数补偿晏、普，他日自行改造。其僮婢，亦皆分派。众父老都称为公平。许武等三人，施礼作谢，邀入正席饮酒，尽欢而散。

许武心中，终以前番析产之事为歉，欲将所得良田之半，立为义庄，以赡乡里。许晏、许普闻知，亦各出己产相助。里中人人叹服。又传出几句口号来，道是：

真孝廉，惟许武；谁继之？晏与普。弟不争，兄不取。作义庄，赡乡里。呜呼，孝廉谁可比！

晏、普感兄之义，又将朝廷所赐黄金，大市牛酒，日日邀里中父老，与哥哥会饮。如此三月，假期已满，晏、普不忍与哥哥分别，各要纳还官诰。许武再三劝谕，责以大义。二人只得听从，各携妻小赴任。

却说里中父老，将许武一门孝弟之事，备细申闻郡县。郡县为之奏闻。圣旨命有司旌表其门，称其里为"孝弟里"。后来三公九卿，交章荐许武德行绝伦,不宜逸之田野,累诏起用,许武只不奉诏。有人问其缘故,许武道:"两弟在朝居位之时,吾曾讽以知足知止。我若今日复出应诏,是自食其言了。况方今朝廷之上,是非相激,势利相倾,恐非缙绅之福,不如躬耕乐道之为愈耳。"人皆服其高见。

再说晏、普到任,守其乃兄之教,各以清节自励,大有政声。后闻其兄高致,不肯出仕,弟兄相约,各将印绶纳还,奔回田里。日奉其兄为山水之游,尽老百年而终。许氏子孙昌茂,累代衣冠不绝,至今称为"孝弟许家"云。后人作歌叹道:

今人兄弟多分产,古人兄弟亦分产。
古人分产成弟名,今人分产但嚣争。
古人自污为孝义,今人自污争微利。
孝义名高身并荣,微利相争家共倾。
安得尽居孝弟里,却把阋墙来愧死。

卖油郎独占花魁

年少争夸风月,场中波浪偏多。有钱无貌意难和,有貌无钱不可。就是有钱有貌,还须着意揣摩。知情识趣俏哥哥,此道谁人赛我。

这首词名为《西江月》,是风月机关中撮要之论。常言道:"妓爱俏,妈爱钞。"所以子弟行中,有了潘安般貌,邓通般钱,自然上和下睦,做得烟花寨内的大王,鸳鸯会上的主盟。然虽如此,还有个两字经儿,叫做"帮衬"。帮者,如鞋之有帮;衬者,如衣之有衬。但凡做小娘的,有一分所长,得人衬贴,就当十分。若有短处,曲意替他遮护,更兼低声下气,送暖偷寒,逢其所喜,避其所讳,以情度情,岂有不爱之理。这叫做帮衬。风月场中,只有会帮衬的最讨便宜,无貌而有貌,无钱而有钱。假如郑元和在卑田院做了乞儿,此时囊箧俱空,容颜非旧,李亚仙于雪天遇之,便动了一个恻隐之心,将绣襦包裹,美食供养,与他做了夫妻。这岂是爱他之钱,恋他之貌?只为郑元和识趣知情,善于帮衬,所以亚仙心中舍他不得。你只看亚仙病中想马板肠汤吃,郑元和就把五花马杀了,取肠煮汤奉之。只这一节上,亚仙如何不念其情。后来,郑元和中了状元,李亚仙封为汧国夫人。《莲花落》打出万年策,卑田院变做了白玉楼。一床锦被遮盖,风月场中反为美谈。这是:

运退黄金失色，时来铁也生光。

话说大宋自太祖开基，太宗嗣位，历传真、仁、英、神、哲，共是七代帝王，都则偃武修文，民安国泰。到了徽宗道君皇帝，信任蔡京、高俅、杨戬、朱勔之徒，大兴苑囿，专务游乐，不以朝政为事。以致万民嗟怨，金虏乘之而起，把花锦般一个世界，弄得七零八落。直至二帝蒙尘，高宗泥马渡江，偏安一隅，天下分为南北，方得休息。其中数十年，百姓受了多少苦楚。正是：

甲马丛中立命，刀枪队里为家。
杀戮如同戏耍，抢夺便是生涯。

内中单表一人，乃汴梁城外安乐村居住，姓莘，名善，浑家阮氏。夫妻两口，开个六陈铺儿。虽则粜米为生，一应麦豆茶酒油盐杂货，无所不备，家道颇颇得过。

卖油郎独占花魁

年过四旬，止生一女，小名叫做瑶琴。自小生得清秀，更且资性聪明。七岁上送在村学中读书，日诵千言。十岁时，便能吟诗作赋。曾有《闺情》一绝，为人传诵。诗云：

朱帘寂寂下金钩，香鸭沉沉冷画楼。
移枕怕惊鸳并宿，挑灯偏惜蕊双头。

到十二岁，琴棋书画，无所不通。若题起女工一事，飞针走线，出人意表。此乃天生伶俐，非教习之所能也。莘善因为自家无子，要寻个养女婿，来家靠老。只因女儿灵巧多能，难乎其配，所以求亲者颇多，都不曾许。不幸遇了金虏猖獗，把汴梁城围困，四方勤王之师虽多，宰相主了和议，不许厮杀。以致虏势愈甚，打破了京城，劫迁了二帝。那时城外百姓，一个个亡魂丧胆，携老扶幼，弃家逃命。

却说莘善领着浑家阮氏，和十二岁的女儿，同一般逃难的，背着包裹，结队而走。

忙忙如丧家之犬，急急如漏网之鱼。担渴担饥担劳苦，此行谁是家乡？叫天叫地叫祖宗，惟愿不逢鞑虏。正是：宁为太平犬，莫作乱离人！

正行之间，谁想鞑子到不曾遇见，却逢着一阵败残的官兵。他看见许多逃难的百姓,多背得有包裹,假意呐喊道:"鞑子来了!"沿路放起一把火来。此时天色将晚,吓得众百姓落荒乱窜,你我不相顾,他就乘机抢掠。若不肯与他,就杀害了。这是乱中生乱,苦上加苦。

却说莘氏瑶琴,被乱军冲突,跌了一交,爬起来,不见了爹娘。不敢叫唤,躲在道旁古墓之中,过了一夜。到天明,出外看时,但见满目风沙,死尸横路。昨日同时避难之人,都不知所往。瑶琴思念父母,痛哭不已。欲待寻访,又不认得路径。只得望南而行,哭一步,捱一步。约莫走了二里之程,心上又苦,腹中又饥。望见土房一所,想必其中有人,欲待求乞些汤饮。及至向前,却是破败的空屋,人口俱逃难去了。瑶琴坐于土墙之下,哀哀而哭。自古道:"无巧不成话。"恰好有一人从墙下而过。那人姓卜,名乔,正是莘善的近邻,平昔是个游手游食,不守本分,惯吃白食、用白钱的主儿,人都称他是卜大郎。也是被官军冲散了同伙,今日独自而行。听得啼哭之声,慌忙来看。瑶琴自小相认,今日患难之际,举目无亲,见了近邻,分明见了亲人一般,即忙收泪,起身相见,问道:"卜大叔,可曾见我爹妈么?"卜乔心中暗想:"昨日被官军抢去包裹,正没盘缠。天生这碗衣饭,送来与我,正是奇货可居。"便扯个谎,道:"你爹和妈,寻你不见,好生痛苦,如今前面去了,分付我道:'倘或见我女儿,千万带了他来,送还了我。'许我厚谢。"瑶琴虽是聪明,正当无可奈何之际,君子可欺以其方,遂全然不疑,随着卜乔便走。正是:

情知不是伴,事急且相随。

卜乔将随身带的干粮,把些与他吃了,分付道:"你爹妈连夜走的。若路上不能相遇,直要过江到建康府,方可相会。一路上同行,我权把你当女儿,你权叫我做爹。不然,只道我收留迷失子女,不当稳便。"瑶琴依允。从此陆路同步,水路同舟,爹女相称。到了建康府,路上又闻得金兀术四太子,引兵渡江,眼见得建康不得宁息。又闻得康王即位,已在杭州驻跸,改名临安。遂趁船到润州,过了苏、常、嘉、湖,直到临安地面,暂且饭店中居住。也亏卜乔,自汴京至临安,三千馀里,带那莘瑶琴下来,身边藏下些散碎银两,都用尽了,连身上外盖衣服,脱下准了店钱,止剩得莘瑶琴一件活货,欲行出脱。访得西湖上烟花王九妈家,要讨养女,遂引九妈到店中,看货还钱。九妈见瑶琴生得标致,讲了财礼五十两。卜乔兑足了银子,将瑶琴送到王家。原来卜乔有智,在王九妈前,只说:"瑶琴是我亲生之女,不幸到你门户人家,须是款款的教训,他自然从顺,不要性急。"在瑶琴面前,又只说:"九妈是我至亲,权时把你寄顿他家,待我从容访知你爹妈下落，再来领你。"以此，瑶琴欣然而去。

可怜绝世聪明女，堕落烟花罗网中。

王九妈新讨了瑶琴，将他浑身衣服，换个新鲜，藏于曲楼深处。终日好茶好饭，去将息他，好言好语，去温暖他。瑶琴既来之，则安之。住了几日，不见卜乔回信。思量爹妈，噙着两行珠泪，问九妈道："卜大叔怎不来看我？"九妈道："那个卜大叔？"瑶琴道："便是引我到你家的那个卜大郎。"九妈道："他说是你的亲爹。"瑶琴道："他姓卜，我姓莘。"遂把汴梁逃难，失散了爹妈，中途遇见了卜乔，引到临安，并卜乔哄他的说话，细述一遍。九妈道："原来恁地。你是个孤身女儿，无脚蟹。我索性与你说明罢：那姓卜的把你卖在我家，得银五十两去了。我们是门户人家，靠着粉头过活。家中虽有三四个养女，并没个出色的。爱你生得齐整，把做个亲女儿相待。待你长成之时，包你穿好吃好，一生受用。"瑶琴听说，方知被卜乔所骗，放声大哭。九妈劝解，良久方止。

自此九妈将瑶琴改做王美，一家都称为美娘，教他吹弹歌舞，无不尽善。长成一十四岁，娇艳非常。临安城中，这些富豪公子，慕其容貌，都备着厚礼求见。也有爱清标的，闻得他写作俱高，求诗求字的，日不离门。弄出天大的名声出来，不叫他美娘，叫他做"花魁娘子"。西湖上子弟编出一支《挂枝儿》，单道那花魁娘子的好处：

小娘中，谁似得王美儿的标致，又会写，又会画，又会做诗，吹弹歌舞都馀事。常把西湖比西子，就是西子比他也还不如。那个有福的汤着他身儿，也情愿一个死。

只因王美有了个盛名，十四岁上就有人来讲梳弄。一来王美不肯，二来王九妈把女儿做金子看成，见他心中不允，分明奉了一道圣旨，并不敢违拗。又过了一年，王美年方十五。原来门户中梳弄，也有个规矩：十三岁太早，谓之"试花"。皆因鸨儿爱财，不顾痛苦。那子弟也只博个虚名，不得十分畅快取乐。十四岁，谓之"开花"。此时天癸已至，男施女受，也算当时了。到十五，谓之"摘花"。在平常人家还算年小，惟有门户人家以为过时。王美此时未曾梳弄，西湖上子弟，又编出一只《挂珠儿》来：

王美儿，似木瓜，空好看。十五岁，还不曾与人汤一汤。有名无实成何干！便不是石女，也是二行子的娘。若还有个好好的羞羞，也如何熬得这些时痒。

王九妈听得这些风声，怕坏了门面，来劝女儿接客。王美执意不肯，说道："要我会客时，除非见了亲生爹妈。他肯做主时，方才使得。"王九妈心里又恼他，又不舍得难为他，捱了好些时。偶然有个金二员外，大富之家，情愿出三百两银子，梳弄美娘。九妈得了这主大财，心生一计。与金二员外商议：若要他成就，除非如此如此，金二员外意会了。其日八月十五日，只说请王美湖上看潮。请至舟中，三四个帮闲，俱是会中之人，猜拳行令，做好做歉，将美娘灌得烂醉如泥。扶到王九妈家楼中，卧于床上，不省人事。此时天气和暖，又没几层衣服。妈儿亲手伏侍，剥得他赤条条，任凭金二员外行事。比及美娘梦中觉痛，醒将转来，已被金二员外耍得勾了。欲待挣扎，争奈手足俱软，由他轻薄了一回。直待绿暗红飞，方始雨收云散。正是：

雨中花蕊方开罢，镜里蛾眉不似前。

五鼓时，美娘酒醒，已知鸨儿用计，破了身子，自怜红颜命薄，遭此强横。起来解手，穿了衣服，自在床边一个斑竹榻上，朝着里壁睡了，暗暗垂泪。金二员外来亲近他时，被他劈头劈脸，抓有几个血痕。金二员外好生没趣，捱得天明，对妈儿说声："我去也。"妈儿要留他时，已自出门去了。从来梳弄的子弟，早起时，妈儿进房贺喜，行户中都来称贺，还要吃几日喜酒。那子弟多则住一二月，最少也住半月二十日。只有金二员外侵早出门，是从来未有之事，王九妈连叫诧异。披衣起身上楼，只见美娘卧于榻上，满眼流泪。九妈要哄他上行，连声招许多不是。美娘只不开口，九妈只得下楼去了。美娘哭了一日，茶饭不沾。从此托病，不肯下楼，连客也不肯会面了。

九妈心下焦燥。欲待把他凌虐，又恐他烈性不从，反冷了他的心肠。欲待由他，本是要他赚钱，若不接客时，就养到一百岁，也没用。踌蹰数日，无计可施。忽然想起，有个结义妹子，叫做刘四妈，时常往来。他能言快语，与美娘甚说得着。何不接取他来，下个说词。若得他回心转意，大大的烧个利市。当下叫保儿去请刘四妈到前楼坐下，诉以衷情。刘四妈道："老身是个女随何、雌陆贾，说得罗汉思情，嫦娥想嫁。这件事，都在老身身上。"九妈道："若得如此，做姐的情愿与你磕头。你多吃杯茶去，省得说话时口干。"刘四妈道："老身天生这副海口，便说到明日，还不干哩。"

刘四妈吃了几杯茶，转到后楼，只见楼门紧闭。刘四妈轻轻的叩了一下，叫声："侄女！"美娘听得是四妈声音，便来开门。两下相见了，四妈靠桌朝下而坐，美娘傍坐相陪。四妈看他桌上铺着一幅细绢，才画得个美人的脸儿，还未曾着色。四妈称赞道："画得好！真是巧手！九阿姐不知怎生样造化，偏生遇着你这一个伶俐女儿。又好人物，又好技艺，就是堆上几千两黄金，满临安走遍，可寻出个对儿么？"美娘道："休得见笑！今日甚风吹得姨娘到来？"刘四妈道："老身时常要来看你，只为家务在身，不得空闲。闻得你恭喜梳弄了，今日偷空而来，特特与九阿姐叫喜。"美儿听得提起"梳弄"二字，满脸通红，低着头不来答应。

刘四妈知他害羞，便把椅儿掇上一步，将美娘的手儿牵着，叫声："我儿！做小娘的，不是个软壳鸡蛋，怎的这般嫩得紧？似你怎地怕羞，如何赚得大主银子？"美娘道："我要银子做甚？"四妈道："我儿，你便不要银子，做娘的看得你长大成人，难道不要出本？自古道：'靠山吃山，靠水吃水。'九阿姐家有几个粉头，那一个赶得上你的脚跟来？一园瓜，只看得你是个瓜种。九阿姐待你也不比其他。你是聪明伶俐的人，也须识些轻重。闻得你自梳弄之后，一个客也不肯相接，是甚么意儿？都像你的意时，一家人口，似蚕一般，那个把桑叶喂他？做娘的抬举你一分，你也要与他争口气儿，莫要反讨众丫头们批点。"美娘道："由他批点，怕怎的！"刘四妈道："阿呀！批点是个小事，你可晓得门户中的行径么？"美娘道："行径便怎的？"刘四妈道："我们门户人家，吃着女儿，穿着女儿，用着女儿，侥幸讨得一个像样的，分明是大户人家置了一所良田美产。年纪幼小时，巴不得风吹得大。到得梳弄过后，便是田产成熟，日日指望花利到手受用。前门迎新，后门送旧，张郎送米，李郎送柴，往来热闹，才是个出名的姊妹行家。"

美娘道："羞答答,我不做这样事！"刘四妈掩着口，格的笑了一声，道："不做这样事，可是由得你的？一家之中，有妈妈做主。做小娘的若不依他教训，动不动一顿皮鞭，打得你不生不死，那时不怕你不走他的路儿。九阿姐一向不难为你，只可惜你聪明标致，从小娇养的，要惜你的廉耻，存你的体面。方才告诉我许多话，说你不识好歹，放着鹅毛不知轻，顶着磨子不知重，心下好生不悦，教老身来劝你。你若执意不从，惹他性起，一时翻过脸来，骂一顿，打一顿，你待走上天去？凡事只怕个起头。若打破了头时，朝一顿，暮一顿，那时熬这些痛苦不过，只得接客，却不把千金声价弄得低微了！还要被姊妹中笑话。依我说，吊桶已自落在他井里，挣不起了。不如千欢万喜，倒在娘的怀里，落得自己快活。"

美娘道："奴是好人家儿女，误落风尘。倘得姨娘主张从良，胜造九级浮图。若要我倚门献笑，送旧迎新，宁甘一死，决不情愿。"刘四妈道："我儿，从良是个有志气的事，怎么说道不该！只是从良也有几等不同。"美娘道："从良有甚不同之处？"刘四妈道："有个真从良，有个假从良，有个苦从良，有个乐从良。有个趁好的从良，有个没奈何的从良。有个了从良，有个不了的从良。我儿耐心听我分说。

"如何叫做真从良？大凡才子必须佳人，佳人必须才子，方成佳配。

然而好事多磨，往往求之不得。幸然两下相逢，你贪我爱，割舍不下，一个愿讨，一个愿嫁，好像捉对的蚕蛾，死也不放。这个谓之真从良。怎么叫做假从良？有等子弟爱着小娘，小娘却不爱那子弟。本心不愿嫁他，只把个嫁字儿哄他心热，撒漫使钱。比及成交，却又推故不就。又有一等痴心子弟，晓得小娘心肠不对他，偏要娶他回去。拚着一主大钱，动了妈儿的火，不怕小娘不肯。勉强进门，心中不顺，故意不守家规。小则撒泼放肆，大则公然偷汉。人家容留不得，多则一年，少则半载，依旧放他出来，为娼接客。把从良二字，只当个撰钱的题目。这个谓之假从良。

"如何叫做苦从良？一般样子弟爱小娘，小娘不爱那子弟，却被他以势凌之。妈儿惧祸，已自许了。做小娘的，身不由主，含泪而行。一入侯门，如海之深，家法又严，抬头不得，半妾半婢，忍死度日。这个谓之苦从良。如何叫做乐从良？做小娘的，正当择人之际，偶然相交个子弟。见他情性温和，家道富足，又且大娘子乐善，无男无女，指望他日过门，与他生育，就有主母之分。以此嫁他，图个日前安逸，日后出身。这个谓之乐从良。

"如何叫做趁好的从良？做小娘的，风花雪月，受用已勾，趁这盛名之下，求之者众，任我拣择个十分满意的嫁他，急流勇退，及早回头，不致受人怠慢。这个谓之趁好的从良。如何叫做没奈何的从良？做小娘的，原无从良之意，或因官司逼迫，或因强横欺瞒，又或因债负太多，将来赔偿不起，别口气，不论好歹，得嫁便嫁，买静求安，藏身之法。这谓之没奈何的从良。

"如何叫做了从良？小娘半老之际，风波历尽，刚好遇个老成的孤老，两下志同道合，收绳卷索，白头到老。这个谓之了从良。如何叫做不了的从良？一般你贪我爱，火热的跟他，却是一时之兴，没有个长算。或者尊长不容，或者大娘妒忌，闹了几场，发回妈家，追取原价。又有个家道凋零，养他不活，苦守不过，依旧出来赶趁。这谓之不了的从良。"

美娘道："如今奴家要从良，还是怎地好？"刘四妈道："我儿，老身教你个万全之策。"美娘道："若蒙教导，死不忘恩。"刘四妈道："从良一事，入门为净。况且你身子已被人捉弄过了，就是今夜嫁人，叫不得个黄花女儿。千错万错，不该落于此地。这就是你命中所招了。做娘的费了一片心机，若不帮他几年，趁过千把银子，怎肯放你出门？还有一件，你便要从良，也须拣个好主儿。这些臭嘴臭脸的，难道就跟他不成？你如今一个客也不接，晓得那个该从，那个不该从？假如你执意不肯接客，做娘的没奈何，寻个肯出钱的主儿，卖你去做妾，这也叫做从良。那主儿或是年老的，或是貌丑的，或是一字不识的村牛，你却不肮脏了一世！比着把你料在水里，还有扑通的一声响，讨得旁人叫一声可惜。依着老身愚见，还是俯从人愿，凭着做娘的接客。似你恁般才貌，等闲的料也不敢相扳。无非是王孙公子，贵客豪门，也不辱没了你。一来风花雪月，趁着年少受用；二来作成妈儿，起个家事；三来使自己也积攒些私房，免得日后求人。过了十年五载，遇个知心着意的，说得来，话得着，那时老身与你做媒，好模好样的嫁去，做娘的也放得你下了，可不两得其便？"美娘听说，微笑而不言。刘四妈已知美娘心中活动了，便道："老身句句是好话，你依着老身的话时，后来还要感激我哩。"说罢起身。

王九妈伏于楼门之外，一句句都听得的。美娘送刘四妈出房门，劈面撞着了九妈，满面羞惭，缩身进去。王九妈随着刘四妈，再到前楼坐下。刘四妈道："侄女十分执意，被老身左说右说，一块硬铁看看熔做热汁。你如今快快寻个覆帐的主儿，他必然肯就。那时做妹子的再来贺喜。"王九妈连连称谢。是日备饭相待，尽醉而别。后来西湖上子弟们又有只《挂枝儿》，单说那刘四妈说词一节：

刘四妈，你的嘴舌儿好不利害！便是女随何、雌陆贾，不信有这大才！说着长，道着短，全没些破败。就是醉梦中，被你说得醒；就是聪明的，被你说得呆；好个烈性的姑姑，也被你说得他心地改。

再说王美娘自听了刘四妈一席话儿，思之有理。以后有客求见，欣然相接。覆帐之后，宾客如市。捱三顶五，不得空闲，声价愈重。每一晚白银十两，兀自你争我夺。王九妈趁了若干钱钞，欢喜无限。美娘也留心，要拣个心满意足的，急切难得。正是：

易求无价宝，难得有情郎。

话分两头。再说临安城清波门外，有个开油店的朱十老，三年前过继一个小厮，也是汴京逃难来的，姓秦名重，母亲早丧，父亲秦良，十三岁上将他卖了，自己在上天竺去做香火。朱十老因年老无嗣，又新死了妈妈，把秦重做亲子看成，改名朱重，在店中学做卖油生理。初时父子坐店甚好，后因十老得了腰痛的病，十眠九坐，劳碌不得，另招个伙计，叫做邢权，在店相帮。

光阴似箭，不觉四年有馀。朱重长成一十七岁，生得一表人才。虽然已冠，尚未娶妻。那朱十老家有个侍女，叫做兰花，年已二十之外，有心看上了朱小官人，几遍的倒下钩子去勾搭他。谁知朱重是个老实人，又且兰花龌龊丑陋，朱重也看不上眼，以此落花有意，流水无情。那兰花见勾搭朱小官人不上，别寻主顾，就去勾搭那伙计邢权。邢权是望四之人，没有老婆，一拍就上。两个暗地偷情，不止一次，反怪朱小官人碍眼，思量寻事赶他出门。邢权与兰花两个里应外合，使心设计。兰花便在朱十老面前，假意撇清说："小官人几番调戏，好不老实！"朱十老平时与兰花也有一手，未免有拈酸之意。邢权又将店中卖下的银子藏过，在朱十老面前说道："朱小官在外赌博，不长进，柜里银子几次短少，都是他偷去了。"初次朱十老还不信，接连几次，朱十老年老糊涂，没有主意，就唤朱重过来，责骂了一场。

朱重是个聪明的孩子，已知邢权与兰花的计较，欲待分辩，惹起是非不小，万一老者不听，枉做恶人。心生一计，对朱十老说道："店中生意淡薄，不消得二人。如今让邢主管坐店，孩儿情愿挑担子出去卖油。卖得多少，每日纳还，可不是两重生意？"朱十老心下也有许可之意，又被邢权说道："他不是要挑担出去，几年上偷银子做私房，身边积攒有馀了，又怪你不与他定亲，心中怨怅，不愿在此相帮，要讨个出场，自去娶老婆，做人家去。"朱十老叹口气道："我把他做亲儿看成，他却如此歹意！皇天不佑！罢，罢，不是自身骨血，到底粘连不上，由他去罢！"遂将三两银子把与朱重，打发出门，寒夏衣服和被窝都教他拿去。这也是朱十老好处。朱重料他不肯收留，拜了四拜，大哭而别。正是：

孝己杀身因谤语，申生丧命为谗言。
亲生儿子犹如此，何怪螟蛉受枉冤。

原来秦良上天竺做香火，不曾对儿子说知。朱重出了朱十老之门，在众安桥下赁了一间小小房儿，放下被窝等件，买巨锁儿锁了门，便往长街短巷，访求父亲。连走几日，全没消息。没奈何，只得放下。在朱十老家四年，赤心忠良，并无一毫私蓄，只有临行时打发这三两银子，不勾本钱，做什么生意好？左思右量，只有油行买卖是熟间。这些油坊多曾与他识熟，还去挑个卖油担子，是个稳足的道路。当下置办了油担家火，剩下的银两，都交付与油坊取油。那油坊里认得朱小官是个老实好人，况且小小年纪，当初坐店，今朝挑担上街，都因邢伙计挑拨他出来，心中甚是不平。有心扶持他，只拣窨清的上好净油与他，签子上又明让他些。朱重得了这些便宜，自己转卖与人，也放些宽，所以他的油比别人分外容易出脱。每日尽有些利息，又且俭吃俭用，积下东西来，置办些日用家业，及身上衣服之类，并无妄废。心中只有一件事未了，牵挂着父亲，思想："向来叫做朱重，谁知我是姓秦！倘或父亲来寻访之时，也没有个因由。"遂复姓为秦。说话的，假如上一等人，有前程的，要复本姓，或具札子奏过朝廷，或关白礼部、太学、国学等衙门，将册籍改正，众所共知。一个卖油的，复姓之时，谁人晓得？他有个道理，把盛油的桶儿，一面大大写个"秦"字，一面写"汴梁"二字，将油桶做个标识，使人一览而知。以此临安市上，晓得他本姓，都呼他为"秦卖油"。

时值二月天气，不暖不寒，秦重闻知昭庆寺僧人，要起个九昼夜功德，用油必多，遂挑了油担来寺中卖油。那些和尚也闻知秦卖油之名，他的油比别人又好又贱，单单作成他。所以一连这九日，秦重只在昭庆寺走动。正是：

刻薄不赚钱，忠厚不折本。

这一日是第九日了。秦重在寺出脱了油，挑了空担出寺。其日天气晴明，游人如蚁。秦重绕河而行，遥望十景塘桃红柳绿，湖内画船箫鼓，往来游玩，观之不足，玩之有馀。走了一回，身子困倦，转到昭庆寺右边，望个宽处，将担子放下，坐在一块石上歇脚。近侧有个人家，面湖而住，金漆篱门，里面朱栏内，一丛细竹。未知堂室何如，先见门庭清整。只见里面三四个戴巾的从内而出，一个女娘后面相送。到了门首，两下把手一拱，说声："请了。"那女娘竟进去了。秦重定睛觑之，此女容颜娇丽，体态轻盈，目所未睹，准准的呆了半响，身子都酥麻了。

他原是个老实小官，不知有烟花行径，心中疑惑，正不知是什么人家。方正凝思之际，只见门内又走出个中年的妈妈，同着一个垂髫的丫鬟，倚门闲看。那妈妈一眼瞧着油担，便道："阿呀！方才要去买油，正好有油担子在这里，何不与他买些？"那丫鬟取了油瓶出来，走到油担子边，叫声："卖油的！"秦重方才知觉，回言道："没有油了！妈妈要用油时，明日送来。"那丫鬟也识得几个字，看见油桶上写"秦"字，就对妈妈道："那卖油的姓秦。"妈妈也听得人闲讲，有个秦卖油，做生意甚是忠厚，遂分付秦重道："我家每日要油用，你肯挑来时，与你做个主顾。"秦重道："承妈妈作成，不敢有误。"那妈妈与丫鬟进去了。秦重心中想道："这妈妈不知是那女娘的什么人？我每日到他家卖油，莫说赚他利息，图个饱看那女娘一回，也是前生福分。"正欲挑担起身，只见两个轿夫，抬着一顶青绢幔的轿子，后边跟着两小厮，飞也似跑来，到了其家门首，歇下轿子。那小厮走进里面去了。秦重道："却又作怪！看他接什么人？"少顷之间，只见两个丫鬟，一个捧着猩红的毡包，一个拿着湘妃竹攒花的拜匣，都交付与轿夫，放在轿座之下。那两个小厮手中，一个抱着琴囊，一个捧着几个手卷，腕上挂碧玉箫一枝，跟着起初的女娘出来。女娘上了轿，轿夫抬起望旧路而去；丫鬟、小厮，俱随轿步行。秦重又得亲炙一番，心中愈加疑惑，挑了油担子，洋洋的去。

不过几步，只见临河有一酒馆。秦重每常不吃酒，今日见了这女娘，心下又欢喜，又气闷，将担子放下，走进酒馆，拣个小座头坐了。酒保问道："客人还是请客，还是独酌？"秦重道："有上好的酒，拿来独饮三杯。时新果子一两碟，不用荤菜。"酒保斟酒时，秦重问道："那边金漆篱门内是什么人家？"酒保道："这是齐衙内的花园，如今王九妈住下。"秦重道："方才看见有个小娘子上轿，是什么人？"酒保道："这是有名的粉头，叫做王美娘，人都称为花魁娘子。他原是汴京人，流落在此。吹弹歌舞，琴棋书画，件件皆精。来往的都是大头儿，要十两放光，才宿一夜哩，可知小可的也近他不得。当初住在涌金门外，因楼房狭窄，齐舍人与他相厚，半载之前，把这花园借与他住。"秦重听得说是汴京人，触了个乡里之念，心中更有一倍光景。

吃了数杯，还了酒钱，挑了担子，一路走，一路的肚中打稿道："世间有这样美貌的女子，落于娼家，岂不可惜？"又自家暗笑道："若不落于娼家，我卖油的怎生得见！"又想一回，越发痴起来了，道："人生一世，草生一秋。若得这等美人搂抱了睡一夜，死也甘心。"又想一回道："呕！我终日挑这油担子，不过日进分文，怎么想这等非分之事！正是癞虾蟆在阴沟里想着天鹅肉吃，如何到口？"又想一回道："他相交的，都是公子王孙。我卖油的，纵有了银子，料他也不肯接我。"又想一回道："我闻得做老鸨的，专要钱钞。就是个乞儿，有了银子，他也就肯接了，何况我做生意的，青青白白之人，若有了银子，怕他不接？只是那里来这几两银子？"一路上胡思乱想，自言自语。你道天地间有这等痴人，一个小经纪的，本钱只有三两，却要把十两银子去嫖那名妓，可不是个春梦！自古道："有志者事竟成。"被他千思万想，想出一个计策来。他道："从明日为始，逐日将本钱扣出，馀下的积趱上去。一日积得一分，一年也有三两六钱之数，只消三年，这事便成了；若一日积得二分，只消得年半，若再多得些，一年也差不多了。"想来想去，不觉走到家里，开锁进门。只因一路上想着许多闲事，回来看了自家的床铺，惨然无欢，连夜饭也不要吃，便上了床。这一夜翻来覆去，牵挂着美人，那里睡得着。

只因月貌花容，引起心猿意马。

捱到天明，爬起来，就装了油担，煮早饭吃了，锁了门，挑着担子，一径走到王妈妈家去。进了门却不敢直入，舒着头，往里面张望。王妈妈恰才起床，还蓬着头，正分付保儿买饭菜。秦重识得声音，叫声："王妈妈。"

九妈往外一张,见是秦卖油,笑道:"好忠厚人,果然不失信。"便叫他挑担进来,称了一瓶,约有五斤多重。公道还钱,秦重并不争论。王九妈甚是欢喜,道:"这瓶油只勾我家两日用;但隔一日,你便送来,我不往别处去买了。"秦重应诺,挑担而去,只恨不曾遇见花魁娘子。"且喜扳下主顾,少不得一次不见,二次见,二次不见,三次见。只是一件,特为王九妈一家挑这许多路来,不是做生意的勾当。这昭庆寺是顺路,今日寺中虽然不做功德,难道寻常不用油的?我且挑担去问他。若扳得各房头做个主顾,只消走钱塘门这一路,那一担油尽勾出脱了。"秦重挑担到寺内问时,原来各房和尚也正想着秦卖油。来得正好,多少不等,各各买他的油。秦重与各房约定,也是间一日便送油来用。这一日是个双日。自此日为始,但是单日,秦重别街道上做买卖;但是双日,就走钱塘门这一路。一出钱塘门,先到王九妈家里,以卖油为名,去看花魁娘子。有一日会见,也有一日不会见。不见时费了一场思想,便见时也只添了一层思想。正是:

  天长地久有时尽,此恨此情无尽期。

  再说秦重到了王九妈家多次,家中大大小小,没一个不认得是秦卖油。时光迅速,不觉一年有馀。日大日小,只拣足色细丝,或积三分,或积二分,再少也积下一分,凑得几钱,又打做大块头。日积月累,有了一大包银子,零星凑集,连自己也不知多少。

  其日是单日,又值大雨,秦重不出去做买卖,看了这一大包银子,心中也自喜欢:"趁今日空闲,我把他上一上天平,见个数目。"打个油伞,走到对门倾银铺里,借天平兑银。那银匠好不轻薄,想着:"卖油的多少银子,要架天平?只把个五两头等子与他,还怕用不着头纽哩!"秦重把银包解开,都是散碎银两。大凡成锭的见少,散碎的就见多。银匠是小辈,眼孔极浅,见了许多银子,别是一番面目,想道:"人不可貌相,海水不可斗量。"慌忙架起天平,搬出若大若小许多法马。秦重尽包而兑,一厘不多,一厘不少,刚刚一十六两之数,上秤便是一斤。秦重心下想道:"除去了三两本钱,馀下的做一夜花柳之费,还是有馀。"又想道:"这样散碎银子,怎好出手?拿出来也被人看低了!见成倾银店中方便,何不倾成锭儿,还觉冠冕。"当下兑足十两,倾成一个足色大锭,再把一两八钱,倾成水丝一小锭。剩下四两二钱之数,拈一小块,还了火钱,又将几钱银子,置下镶鞋净袜,新褶了一顶万字头巾。回到家中,把衣服浆洗得干干净净,买几根安息香,薰了又薰。拣个晴明好日,侵早打扮起来。

  虽非富贵豪华客,也是风流好后生。

秦重打扮得齐齐整整，取银两藏于袖中，把房门锁了，一径望王九妈家而来。那一时好不高兴！及至到了门首，愧心复萌，想道："时常挑了担子在他家卖油，今日忽地去做嫖客，如何开口？"正在踌躇之际，只听得呀的一声门响，王九妈走将出来；见了秦重，便道："秦小官今日怎的不做生意，打扮得恁般齐楚，往那里去贵干？"事到其间，秦重只得老着脸，上前作揖。妈妈也不免还礼。秦重道："小可并无别事，专来拜望妈妈。"那鸨儿是老积年，见貌辨色，见秦重恁般装束，又说拜望，"一定是看上了我家那个丫头，要嫖一夜，或是会一个房。虽然不是个大势主菩萨，搭在篮里便是菜，捉在篮里便是蟹，赚他钱把银子买葱菜，也是好的。"便满脸堆下笑来，道："秦小官拜望老身，必有好处。"秦重道："小可有句不识进退的言语，只是不好启齿。"王九妈道："但说何妨，且请到里面客座里细讲。"秦重为卖油虽曾到王家整百次，这客座里交椅，还不曾与他屁股做个相识，今日是个会面之始。

　　王九妈到了客坐，不免分宾而坐，对着内里唤茶。少顷，丫鬟托出茶来，看时，却是秦卖油，正不知什么缘故，妈妈恁般相待，格格低了头只是笑。王九妈看见，喝道："有甚好笑！对客全没些规矩！"丫鬟止住笑，收了茶杯自去。王九妈方才开言问道："秦小官，有甚话要对老身说？"秦重道："没有别话，要在妈妈宅上请一位姐姐吃一杯酒儿。"九妈道："难道吃寡酒？一定要嫖了。你是个老实人，几时动这风流之兴？"秦重道："小可的积诚，也非止一日。"九妈道："我家这几个姐姐，都是你认得的，不知你中意那一位？"秦重道："别个都不要，单单要与花魁娘子相处一宵。"九妈只道取笑他，就变了脸道："你出言无度！莫非奚落老娘么？"秦重道："小可是个老实人，岂有虚情？"九妈道："粪桶也有两个耳朵，你岂不晓得我家美儿的身价！倒了你卖油的灶，还不够半夜歇钱哩，不如将就拣一个适兴罢。"秦重把颈一缩，舌头一伸，道："恁的好卖弄！不敢动问，你家花魁娘子一夜歇钱要几千两？"九妈见他说要话，却又回嗔作喜，带笑而言道："那要许多！只要得十两敲丝。其他东道杂费，不在其内。"秦重道："原来如此，不为大事。"袖中摸出这秃秃里一大锭放光细丝银子，递与鸨儿道："这一锭十两重，足色足数，请妈妈收着。"又摸出一小锭来，也递与鸨儿，又道："这一小锭，重有二两，相烦备个小东。望妈妈成就小可这件好事，生死不忘，日后再有孝顺。"九妈见了这锭大银，已自不忍释手，又恐怕他一时高兴，日后没了本钱，心中懊悔，也要尽他一句才好。

便道:"这十两银子,你做经纪的人,积趱不易,还要三思而行。"秦重道:"小可主意已定,不要你老人家费心。"

九妈把这两锭银子收于袖中,道:"是便是了,还有许多烦难哩。"秦重道:"妈妈是一家之主,有甚烦难?"九妈道:"我家美儿,往来的都是王孙公子,富室豪家,真个是'谈笑有鸿儒,往来无白丁'。他岂不认得你是做经纪的秦小官,如何肯接你?"秦重道:"但凭妈妈怎的委曲宛转,成全其事,大恩不敢有忘!"九妈见他十分坚心,眉头一皱,计上心来,扯开笑口道:"老身已替你排下计策,只看你缘法如何。做得成,不要喜;做不成,不要怪。美儿昨日在李学士家陪酒,还未曾回。今日是黄衙内约下游湖;明日是张山人一班清客,邀他做诗社;后日是韩尚书的公子,数日前送下东道在这里。你且到大后日来看。还有句话,这几日你且不要来我家卖油,预先留下个体面。又有句话,你穿着一身的布衣布裳,不像个上等嫖客,再来时,换件绸缎衣服,教这些丫头认不出你是秦小官。老娘也好与你装谎。"秦重道:"小可一一理会得。"说罢,作别出门,且歇这三日生理,不去卖油,到典铺里买了一件见成半新不旧的绸衣,穿在身上,到街坊闲走,演习斯文模样。正是:

未识花院行藏,先习孔门规矩。

丢过那三日不题。到第四日,起个清早,便到王九妈家去。去得太早,门还未开,意欲转一转再来。这番装扮希奇,不敢到昭庆寺去,恐怕和尚们批点,且到十景塘散步。良久又踅转来,王九妈家门已开了。那门前却安顿得有轿马,门内有许多仆从,在那里闲坐。秦重虽然老实,心下到也乖巧,且不进门,悄悄的招那马夫问道:"这轿马是谁家来的?"马夫道:"韩府里来接公子的。"秦重已知韩公子夜来留宿,此时还未曾别,重复转身,到一个饭店之中,吃了些见成茶饭,又坐了一回,方才到王家探信。

只见门前轿马已自去了。进得门时,王九妈迎着,便道:"老身得罪,今日又不得工夫了。恰才韩公子拉去东庄赏早梅。他是个长嫖,老身不好违拗。闻得说来日还要到灵隐寺,访个棋师赌棋哩。齐衙内又来约过两三次了。这是我家房主,又是辞不得的。他来时,或三日五日的住了去,连老身也定不得个日子。秦小官,你真个要嫖,只索耐心再等几日。不然,前日的尊赐,分毫不动,要便奉还。"秦重道:"只怕妈妈不作成。若还迟,终无失,就是一万年,小可也情愿等着。"九妈道:"恁地时,老身便好张主!"秦重作别,方欲起身,九妈又道:"秦小官人,老身还有句话。你下次若来讨信,不要早了。约莫申牌时分,有客没客,老身把个实信与你。倒是越晏些越好。这是老身的妙用，你休错怪。"秦重连声道："不敢，不敢！"这一日秦重不曾做买卖。次日，整理油担，挑往别处去生理，不走钱塘门一路。每日生意做完，傍晚时分就打扮齐整，到王九妈家探信。只是不得工夫。又空走了一月有馀。

那一日是十二月十五，大雪方霁，西风过后，积雪成冰，好不寒冷，却喜地下干燥。秦重做了大半日买卖，如前妆扮，又去探信。王九妈笑容可掬，迎着道："今日你造化，已是九分九厘了。"秦重道："这一厘是欠着甚么？"九妈道："这一厘么？正主儿还不在家。"秦重道："可回来么？"九妈道："今日是俞太尉家赏雪，筵席就备在湖船之内。俞太尉是七十岁的老人家，风月之事，已是没分。原说到黄昏送来。你且到新人房里，吃杯烫风酒，慢慢的等他。"秦重道："烦妈妈引路。"王九妈引着秦重，弯弯曲曲，走过许多房头，到一个所在，不是楼房，却是个平屋三间，甚是高爽。左一间是丫鬟的空房，一般有床榻桌椅之类，却是备官铺的；右一间是花魁娘子卧室，锁着在那里。两旁又有耳房。中间客座上面，挂一幅名人山水，香几上博山古铜炉，烧着龙涎香饼，两旁书桌，摆设些古玩，壁上贴许多诗稿。秦重愧非文人，不敢细看。心下想道："外房如此整齐，内室铺陈，必然华丽。今夜尽我受用，十两一夜，也不为多。"九妈让秦小官坐于客位，自己主位相陪。少顷之间，丫鬟掌灯过来，抬下一张八仙桌儿，六碗时新果子，一架攒盒。佳肴美酝，未曾到口，香气扑人。九妈执盏相劝道："今日众小女都有客，老身只得自陪，请开怀畅饮几杯。"秦重酒量本不高，况兼正事在心，只吃半杯。吃了一会，便推不饮。九妈道："秦小官想饿了，且用些饭再吃酒。"丫鬟捧着雪花白米饭，一吃一添，放于秦重面前，就着一盏杂和汤。鸨儿量高，不用饭，以酒相陪。秦重吃了一碗，就放箸。九妈道："夜长哩，再请些。"秦重又添了半碗。丫鬟提个行灯来说："浴汤热了，请客官洗浴。"秦重原是洗过澡来的，不敢推托，只得又到浴堂，肥皂香汤，洗了一遍，重复穿衣入坐。九妈命撤去肴盒，用暖锅下酒。此时黄昏已晚，昭庆寺里的钟都撞过了，美娘尚未回来。

玉人何处贪欢耍？等得情郎望眼穿！

常言道：等人心急。秦重不见表子回家，好生气闷。却被鸨儿夹七夹八，说些风话劝酒，不觉又过了一更天气。只听外面热闹闹的，却是花魁娘子回家。丫鬟先来报了，九妈连忙起身出迎，秦重也离坐而立。只见美娘吃得大醉，侍女扶将进来，到于门首，醉眼朦胧。看见房中灯烛辉煌，杯盘狼藉，立住脚问道："谁在这里吃酒？"九妈道："我儿，便是我向日与你说的那秦小官人。他心中慕你,多时的送过礼来。因你不得工夫,担阁他一月有馀了。你今日幸而得空,做娘的留他在此伴你。"美娘道:"临安郡中,并不闻说起有甚么秦小官人,我不去接他。"转身便走。九妈双手托开,即忙拦住道:"他是个至诚好人,娘不误你。"美娘只得转身,才跨进房门,抬头一看那人,有些面善,一时醉了,急切叫不出来,便道:"娘,这个人我认得他的,不是有名称的子弟,接了他,被人笑话。"九妈道:"我儿,这是涌金门内开缎铺的秦小官人。当初我们住在涌金门时,想你也曾会过,故此面善。你莫识认错了。做娘的见他来意志诚,一时许了他,不好失信。你看做娘的面上,胡乱留他一晚。做娘的晓得不是了,明日却与你陪礼。"一头说,一头推着美娘的肩头向前。美娘拗妈妈不过,只得进房相见。正是:

千般难出虔婆口,万般难脱虔婆手。

饶君纵有万千般,不如跟着虔婆走。

这些言语,秦重一句句都听得,佯为不闻。美娘万福过了,坐于侧首,仔细看着秦重,好生疑惑,心里甚是不悦,默默无言。唤丫鬟将热酒来,斟着大钟。鸨儿只道他敬客,却自家一饮而尽。九妈道:"我儿醉了,少吃些么!"美儿那里依他,答应道:"我不醉!"一连吃上十来杯。这是酒后之酒,醉中之醉,自觉立脚不住。唤丫鬟开了卧房,点上银缸,也不卸头,也不解带,踢脱了绣鞋,和衣上床,倒身而卧。鸨儿见女儿如此做作,甚不过意,对秦重道:"小女平日惯了,他专会使性。今日他心中不知为什么有些不自在,却不干你事。休得见怪!"秦重道:"小可岂敢!"鸨儿又劝了秦重几杯酒。秦重再三告止。鸨儿送入卧房,向耳旁分付道:"那人醉了,放温存些。"又叫道:"我儿起来,脱了衣服,好好的睡。"美娘已在梦中,全不答应。鸨儿只得去了。

丫鬟收拾了杯盘之类,抹了桌子,叫声:"秦小官人,安置罢。"秦重道:"有热茶要一壶。"丫鬟泡了一壶浓茶,送进房里,带转房门,自去耳房中安歇。秦重看美娘时,面对里床,睡得正熟,把锦被压于身下。秦重想酒醉之人,必然怕冷,又不敢惊醒他。忽见栏干上又放着一床大红纻丝的锦被,轻轻的取下,盖在美娘身上,把银灯挑得亮亮的,取了这壶热茶,脱鞋上床,捱在美娘身边,左手抱着茶壶在怀,右手搭在美娘身上,眼也不敢闭一闭。正是:

未曾握雨携云,也算偎香倚玉。

却说美娘睡到半夜,醒将转来,自觉酒力不胜,胸中似有满溢之状。爬起来,坐在被窝中,垂着头,只管打干哕。秦重慌忙也坐起来,知他要吐,放下茶壶,用手抚摩其背。良久,美娘喉间忍不住了,说时迟,那时快,美娘放开喉咙便吐。秦重怕污了被窝，把自己道袍的袖子张开，罩在他嘴上。美娘不知所以，尽情一呕，呕毕，还闭着眼，讨茶漱口。秦重下床，将道袍轻轻脱下，放在地平之上，摸茶壶还是暖的，斟上一瓯香喷喷的浓茶，递与美娘。美娘连吃了二碗，胸中虽然略觉豪燥，身子兀自倦怠，仍旧倒下，向里睡去了。秦重脱下道袍，将吐下一袖的腌臜，重重裹着，放于床侧，依然上床，拥抱似初。

　　美娘那一觉直睡到天明方醒。覆身转来，见傍边睡一人，问道："你是那个？"秦重答道："小可姓秦。"美娘想起夜来之事，恍恍惚惚，不甚记得真了，便道："我夜来好醉！"秦重道："也不甚醉。"又问："可曾吐么？"秦重道："不曾。"美娘道："这样还好。"又想一想道："我记得曾吐过的，又记得曾吃过茶来，难道做梦不成？"秦重方才说道："是曾吐来。小可见小娘子多了杯酒，也防着要吐，把茶壶暖在怀里。小娘子果然吐后讨茶，小可斟上，蒙小娘子不弃，饮了两瓯。"美娘大惊道："脏巴巴的，吐在那里？"秦重道："恐怕小娘子污了被褥，是小可把袖子盛了。"美娘道："如今在那里？"秦重道："连衣服裹着，藏过在那里。"美娘道："可惜坏了你一件衣服。"秦重道："这是小可的衣服，有幸得沾小娘子的馀沥。"美娘听说，心下想道："有这般识趣的人！"心里已有四五分欢喜了。

　　此时天色大明，美娘起身，下床小解，看着秦重，猛然想起是秦卖油，遂问道："你实对我说，是什么样人？为何昨夜在此？"秦重道："承花魁娘子下问，小子怎敢妄言。小可实是常来宅上卖油的秦重。"遂将初次看见送客，又看见上轿，心下想慕之极，及积趱嫖钱之事，备细述了一遍，"夜来得亲近小娘子一夜，三生有幸，心满意足。"美娘听说，愈加可怜，道："我昨夜酒醉，不曾招接得你。你干折了许多银子，莫不懊悔？"秦重道："小娘子天上神仙，小可惟恐伏侍不周，但不见责，已为万幸，况敢有非意之望！"美娘道："你做经纪的人，积下些银两，何不留下养家？此地不是你来往的。"秦重道："小可单只一身，并无妻小。"美娘顿了一顿，便道："你今日去了，他日还来么？"秦重道："只这昨宵相亲一夜，已慰生平，岂敢又作痴想！"美娘想道："难得这好人，又忠厚，又老实，又且知情识趣，隐恶扬善，千百中难遇此一人。可惜是市井之辈，若是衣冠子弟，情愿委身事之。"

　　正在沉吟之际，丫鬟捧洗脸水进来，又是两碗姜汤。秦重洗了脸，因夜来不曾脱帻，不用梳头，呷了几口姜汤，便要告别。美娘道："少住不妨，还有话说。"秦重道："小可仰慕花魁娘子，在旁多站一刻，也是好的。但为人岂不自揣！夜来在此，实是大胆，惟恐他人知道，有玷芳名，还是早些去了安稳。"美娘点了一点头，打发丫鬟出房，忙忙的开了减妆，取出二十两银子，送与秦重道："昨夜难为你，这银两权奉为资本，莫对人说。"秦重那里肯受。美娘道："我的银子，来路容易。这些须酬你一宵之情，休得固逊。若本钱缺少，异日还有助你之处。那件污秽的衣服，我叫丫鬟湔洗干净了还你罢。"秦重道："粗衣不烦小娘子费心，小可自会湔洗。只是领赐不当。"美娘道："说那里话！"将银子捱在秦重袖内，推他转身。秦重料难推却，只得受了。深深作揖，卷了脱下的这件龌龊道袍，走出房门。打从鸨儿房前经过，保儿看见，叫声："妈妈！秦小官去了。"王九妈正在净桶上解手，口中叫道："秦小官，如何去得恁早？"秦重道："有些贱事，改日特来称谢。"

不说秦重去了，且说美娘与秦重虽然没点相干，见他一片诚心，去后好不过意。这一日因害酒，辞了客在家将息。千个万个孤老都不想，倒把秦重整整的想一日。有《挂枝儿》为证：

俏冤家，须不是串花家的子弟，你是个做经纪本分人儿，那匡你会温存，能软款，知心知意。料你不是个使性的，料你不是个薄情。几番待放下思量也，又不觉思量起。

话分两头。再说邢权在朱十老家，与兰花情热，见朱十老病废在床，全无顾忌。十老发作了几场，两个商量出一条计策来，俟夜静更深，将店中资本席卷，双双的桃之夭夭，不知去向。次日天明，十老方知。央及邻里，出了个失单，寻访数日，并无动静，深悔当日不合为邢权所惑，逐了朱重。如今日久见人心，闻知朱重赁居众安桥下，挑担卖油，不如仍旧收拾他回来，老死有靠，只怕他记恨在心，教邻舍好生劝他回家，但记好，莫记恶。秦重一闻此言，即日收拾了家火，搬回十老家里。相见之间，痛哭了一场。十老将所存囊橐，尽数交付秦重。秦重自家又有二十馀两本钱，重整店面，坐柜卖油。因在朱家，仍称朱重，不用秦字。不上一月，十老病重，医治不痊，呜呼哀哉。朱重捶胸大恸，如亲父一般，殡殓成服，七七做了些好事。朱家祖坟在清波门外，朱重举丧安葬，事事成礼。邻里皆称其厚德。

事定之后，仍先开铺。原来这油铺是个老店，从来生意原好。却被邢权刻剥存私，将主顾弄断了多少，今见朱小官在店，谁家不来作成？所以生理比前越盛。朱重单身独自，急切要寻个老成帮手。有个贯做中人的，叫做金中，忽一日引着一个五十馀岁的人来。原来那人正是莘善，在汴梁城外安乐村居住。因那年避乱南奔，被官兵冲散了女儿瑶琴，夫妻两口，凄凄惶惶，东逃西窜，胡乱的过了几年。今日闻临安兴旺，南渡人民，大半安插在彼，诚恐女儿流落此地，特来寻访，又没消息。身边盘缠用尽，欠了饭钱，被饭店中终日赶逐，无可奈何，偶然听见金中说起朱家油铺，要寻个卖油的帮手。自己曾开过六陈铺子，卖油之事，都则在行。况朱小官原是汴京人，又是乡里，故此央金中引荐到来。朱重问了备细，乡人见乡人，不觉感伤。"既然没处投奔，你老夫妻两口，只住在我身边，只当个乡亲相处，慢慢的访着令爱消息，再作区处。"当下取两贯钱把与莘善，去还了饭钱，连浑家阮氏也领将来，与朱重相见了，收拾一间空房，安顿他老夫妻在内。两口儿也尽心竭力，内外相帮。朱重甚是欢喜。

光阴似箭，不觉一年有余。多有人见朱小官年长未娶，家道又好，做人又志诚，情愿白白把女儿送他为妻。朱重因见了花魁娘子十分容貌，等闲的不看在眼，立心要访求个出色的女子，方才肯成亲。以此日复一日，担阁下去。正是：

曾观沧海难为水，除却巫山不是云。

再说王美娘在九妈家，盛名之下，朝欢暮乐，真个口厌肥甘，身嫌锦绣。虽然如此，每遇不如意之处，或是子弟们任情使性，吃醋挑槽，或自己病中醉后，半夜三更，没人疼热，就想起秦小官人的好处来，只恨无缘再会。也是他桃花运尽，合当变更。一年之后，生出一段事端来。

却说临安城中，有个吴八公子，父亲吴岳，见为福州太守。这吴八公子，新从父亲任上回来，广有金银，平昔间也喜赌钱吃酒，三瓦两舍走动。闻得花魁娘子之名，未曾识面，屡屡遣人来约，欲要嫖他。王美娘闻他气质不好，不愿相接，托故推辞，非止一次。那吴八公子也曾和着闲汉们亲到王九妈家几番，都不曾会。

其时清明节届，家家扫墓，处处踏青，美娘因连日游春困倦，且是积下许多诗画之债，未曾完得，分付家中："一应客来，都与我辞去。"闭了房门，焚起一炉好香，摆设文房四宝，方欲举笔，只听得外面沸腾，却是吴八公子，领着十余个狠仆，来接美娘游湖。因见鸨儿每次回他，在中堂行凶，打家打火，直闹到美娘房前，只见房门锁闭。原来妓家有个回客法儿，小娘躲在房内，却把房门反锁，支吾客人，只推不在。那老实的就被他哄过了。吴公子是惯家，这些套子，怎地瞒得？分付家人扭断了锁，把房门一脚踢开。美娘躲身不迭，被公子看见，不由分说，教两个家人，左右牵手，从房内直拖出房外来，口中兀自乱嚷乱骂。王九妈欲待上前陪礼解劝，看见势头不好，只得闪过。家中大小，躲得没半个影儿。

吴家狠仆牵着美娘，出了王家大门，不管他弓鞋窄小，望街上飞跑，八公子在后，扬扬得意。直到西湖口，将美娘扠下了湖船，方才放手。美娘十二岁到王家，锦绣中养成，珍宝般供养，何曾受恁般凌贱。下了船，对着船头，掩面大哭。吴八公子全不放下面皮，气忿忿的像关云长单刀赴会，一把交椅，朝外而坐，狠仆侍立于旁。一面分付开船，一面数一数二的发作一个不住："小贱人，小娼根，不受人抬举！再哭时，就讨打了！"美娘那里怕他，哭之不已。船至湖心亭，吴八公子分付摆盒在亭子内，自己先上去了，却分付家人："叫那小贱人来陪酒。"美娘抱住了阑干，那里肯去，只是嚎哭。吴八公子也觉没兴，自己吃了几杯淡酒，收拾下船，自来扯美娘。美娘双脚乱跳，哭声愈高。八公子大怒，教狠仆拔去簪珥。美娘蓬着头，跑到船头上，就要投水，被家童们扶住。公子道："你撒赖便怕你不成！就是死了，也只费得我几两银子，不为大事。只是送你一条性命，也是罪过。你住了啼哭时，我就放你回去，不难为你。"美娘听说放他回去，真个住了哭。八公子分付移船到清波门外僻静之处，将美娘扠绣鞋脱下，去其裹脚，露出一对金莲，如两条玉笋相似。教狠仆扶他上岸，骂道："小贱人！你有本事，自走回家，我却没人相送。"说罢，一篙子撑开，再向湖中而去。正是：

焚琴煮鹤从来有，惜玉怜香几个知！

美娘赤了脚，寸步难行。思想："自己才貌两全，只为落于风尘，受此轻贱。平昔枉自结识许多王孙贵客，急切用他不着，受了这般凌辱。就是回去，如何做人？到不如一死为高。只是死得没些名目，枉自享个盛名。到此地位，看着村庄妇人，也胜我十二分。这都是刘四妈这个花嘴，哄我落坑堕堑，致有今日！自古红颜薄命，亦未必如我之甚！"越思越苦，放声大哭。

事有偶然，却好朱重那日在清波门外朱十老的坟上，祭扫过了，打发祭物下船，自己步回，从此经过。闻得哭声，上前看时，虽然蓬头垢面，那玉貌花容，从来无两，如何不认得！吃了一惊，道："花魁娘子，如何这般模样？"美娘哀哭之际，听得声音厮熟，止啼而看，原来正是知情识趣的秦小官。美娘当此之际，如见亲人，不觉倾心吐胆，告诉他一番。朱重心中十分疼痛，亦为之流泪。袖中带得有白绫汗巾一条，约有五尺多长，取出劈半扯开，奉与美娘裹脚，亲手与他拭泪。又与他挽起青丝，再三把好言宽解。等待美娘哭定，忙去唤个暖轿，请美娘坐了，自己步送，直到王九妈家。

九妈不得女儿消息，在四处打探，慌迫之际，见秦小官送女儿回来，分明送一颗夜明珠还他，如何不喜！况且鸨儿一向不见秦重挑油上门，多曾听得人说，他承受了朱家的店业，手头活动，体面又比前不同，自然刮目相待。又见女儿这等模样,问其缘故,已知女儿吃了大苦,全亏了秦小官。深深拜谢,设酒相待。日已向晚,秦重略饮数杯,起身作别。美娘如何肯放,道:"我一向有心于你,恨不得你见面,今日定然不放你空去。"鸨儿也来扳留。秦重喜出望外。

　　是夜,美娘吹弹歌舞,曲尽生平之技,奉承秦重。秦重如做了一个游仙好梦,喜得魄荡魂消,手舞足蹈。夜深酒阑,二人相挽就寝。云雨之事,其美满更不必言:

　　一个是足力后生,一个是惯情女子。这边说三年怀想,费几多役梦劳魂;那边说一载相思,喜偌幸粘皮贴肉。一个谢前番帮衬,合今番恩上加恩;一个谢今夜总成,比前夜爱中添爱。红粉妓倾翻粉盒;罗帕留痕。卖油郎打泼油瓶,被窝沾湿。可笑村儿干折本,作成小子弄风流。

　　云雨已罢,美娘道:"我有句心腹之言与你说,你休得推托!"秦重道:"小娘子若用得着小可时,就赴汤蹈火,亦所不辞,岂有推托之理?"美娘道:"我要嫁你。"秦重笑道:"小娘子就嫁一万个,也还数不到小可头上,休得取笑,枉自折了小可的食料。"美娘道:"这话实是真心,怎说取笑二字?我自十四岁被妈妈灌醉,梳弄过了,此时便要从良。只为未曾相处得人,不辨好歹,恐误了终身大事。以后相处的虽多,都是豪华之辈,酒色之徒,但知买笑追欢的乐意,那有怜香惜玉的真心。看来看去,只有你是个志诚君子,况闻你尚未娶亲。若不嫌我烟花贱质,情愿举案齐眉,白头奉侍。你若不允之时,我就将三尺白罗,死于君前,表白我一片诚心,也强如昨日死于村郎之手,没名没目,惹人笑话。"说罢,呜呜的哭将起来。秦重道:"小娘子休得悲伤。小可承小娘子错爱,将天就地,求之不得,岂敢推托?只是小娘子千金声价,小可家贫力薄,如何摆布,也是力不从心了。"美娘道:"这却不妨。不瞒你说,我只为从良一事,预先积趱些东西,寄顿在外。赎身之费,一毫不费你心力。"秦重道:"就是小娘子自己赎身,平昔住惯了高堂大厦,享用了锦衣玉食,在小可家,如何过活?"美娘道:"布衣蔬食,死而无怨。"秦重道:"小娘子虽然,只怕妈妈不从。"美娘道:"我自有道理。"如此如此,这般这般。两个直说到天明。原来黄翰林的衙内,韩尚书的公子,齐太尉的舍人,这几个相知的人家,美娘都寄顿得有箱笼。美娘只推要用,陆续取到,密地约下秦重,教他收置在家。然后一乘轿子,抬到刘四妈家,诉以从良之事。刘四妈道:"此事老身前日原说过的。只是年纪还早,又不知你要从那一个?"美娘道:"姨娘,你莫管是甚人,少不得依着姨娘的言语,是个真从良,乐从良,了从良;不是那不真,不假,不了，不绝的勾当。只要姨娘肯开口时，不愁妈妈不允。做侄女的没别孝顺，只有十两银子，奉与姨娘，胡乱打些钗子；是必在妈妈前做个方便。事成之时，媒礼在外。"刘四妈看见这金子，笑得眼儿没缝，便道："自家儿女，又是美事，如何要你的东西！这金子权时领下，只当与你收藏。此事都在老身身上。只是你的娘，把你当个摇钱树，等闲也不轻放你出去。怕不要千把银子，那主儿可是肯出手的么？也得老身见他一见，与他讲通方好。"美娘道："姨娘莫管闲事，只当你侄女自家赎身便了。"刘四妈道："妈妈可晓得你到我家来？"美娘道："不晓得。"四妈道："你且在我家便饭，待老身先到你家，与妈妈讲。讲得通时，然后来报你。"

　　刘四妈顾乘轿子，抬到王九妈家，九妈相迎入内。刘四妈问起吴八公子之事，九妈告诉了一遍。四妈道："我们行户人家，到是养成个半低不高的丫头，尽可赚钱，又且安稳，不论什么客就接了，倒是日日不空的。侄女只为声名大了，好似一块鲞鱼落地，马蚁儿都要钻他。虽然热闹，却也不得自在。说便许多一夜，也只是个虚名。那些王孙公子来一遍，动不动有几个帮闲，连宵达旦，好不费事。跟随的人又不少，个个要奉承得他到。一些不到之处，口里就出粗，哩哩罗哗的骂人，还要弄损你家火，又不好告诉他家主，受了若干闷气。况且山人墨客，诗社棋社，少不得一月之内，又有几日官身。这些富贵子弟，你争我夺，依了张家，违了李家，一边喜，少不得一边怪了。就是吴八公子这一个风波，吓杀人的，万一失跌，却不连本送了？官宦人家，和他打官司不成？只索忍气吞声。今日还亏着你家香烟高，太平没事，一个霹雳空中过去了。倘然山高水低，悔之无及。妹子闻得吴八公子不怀好意，还要与你家索闹。侄女的性气又不好，不肯奉承人。第一这一件，乃是个惹祸之本。"九妈道："便是这件，老身好不担忧。就是这八公子，也是有名有称的人，又不是下贱之人。这丫头抵死不肯接他，惹出这场冤气。当初他年纪小时，还听人教训。如今有了个虚名，被这些富贵子弟夸他奖他，惯了他性情，骄了他气质，动不动自作自主，逢着客来，他要接便接，他若不情愿时，便是九牛也休想牵得他转。"刘四妈道："做小娘的略有些身分，都则如此。"

　　王九妈道："我如今与你商议：倘若有个肯出钱的，不如卖了他去，到得干净，省得终身担着鬼胎过日。"刘四妈道："此言甚妙。卖了他一个，就讨得五六个。若凑巧撞得着相应的，十来个也讨得的。这等便宜事，如何不做！"王九妈道："老身也曾算计过来：那些有势有力的不肯出钱，专要讨人便宜；及至肯出几两银子的，女儿又嫌好道歉，做张做智的不肯。

若有好主儿,妹子做媒,作成则个。倘若这丫头不肯时节,还求你撺掇。这丫头做娘的话也不听,只你说得他信,话得他转。"刘四妈呵呵大笑道:"做妹子的此来,正为与侄女做媒。你要许多银子便肯放他出门?"九妈道:"妹子,你是明理的人。我们这行户中,只有贱买,那有贱卖?况且美儿数年盛名满临安,谁不知他是花魁娘子,难道三百四百,就容他走动?少不得要他千金。"刘四妈道:"待妹子去讲。若肯出这个数目,做妹子的便来多口。若合不着时,就不来了。"临行时,又故意问道:"侄女今日在那里?"王九妈道:"不要说起,自从那日吃了吴八公子的亏,怕他还来淘气,终日里抬个轿子,各宅去分诉。前日在齐太尉家,昨日在黄翰林家,今日又不知在那家去了。"刘四妈道:"有了你老人家做主,按定了坐盘星,也不容侄女不肯。万一不肯时,做妹子自会劝他。只是寻得主顾来,你却莫要捉班做势。"九妈道:"一言既出,并无他说。"九妈送至门首。刘四妈叫声咭噪,上轿去了。这才是:

数黑论黄雌陆贾,说长话短女随何。
若还都像虔婆口,尺水能兴万丈波。

刘四妈回到家中,与美娘说道:"我对你妈妈如此说,这般讲,你妈妈已自肯了。只要银子见面,这事立地便成。"美娘道:"银子已曾办下,明日姨娘千万到我家来,玉成其事,不要冷了场,改日又费讲。"四妈道:"既然约定,老身自然到宅。"美娘别了刘四妈,回家一字不题。

次日,午牌时分,刘四妈果然来了。王九妈问道:"所事如何?"四妈道:"十有八九,只不曾与侄女说过。"四妈来到美娘房中,两个相叫了,讲了一回说话。四妈道:"你的主儿到了不曾?那话儿在那里?"美娘指着床头道:"在这几只皮箱里。"美娘把五六只皮箱一时都开了,五十两一封,搬出十三四封来,又把些金珠宝玉算价,足勾千金之数。把个刘四妈惊得眼中出火,口内流涎,想道:"小小年纪,这等有肚肠!不知如何设法,积下许多东西?我家这几个粉头,一般接客,赶得着他那里!不要说不会生发,就是有几文钱在荷包里,闲时买瓜子嗑,买糖儿吃,两条脚布破了,还要做妈的与他买布哩。偏生九阿姐造化,讨得着,年时赚了若干钱钞,临出门还有这一主大财,又是取诸宫中,不劳馀力。"这是心中暗想之语,却不曾说出来。美娘见刘四妈沉吟,只道他难索谢,慌忙又取出四匹潞绸,两股宝钗,一对凤头玉簪,放在桌上,道:"这几件东西,奉与姨娘为伐柯之敬。"刘四妈欢天喜地,对王九妈说道:"侄女情愿自家赎身,一般身价,并不短少分毫,比着孤老赎身更好。省得闲汉们从中说合,费酒费浆,还要加一加二的谢他。"

　　王九妈听得说女儿皮箱内有许多东西，到有个哑然之色。你道却是为何！世间只有鸨儿最狠，做小娘的设法些东西，都送到他手里，才是快活。也有做些私房在箱笼内，鸨儿晓得些风声，专等女儿出门，抻开锁钥，翻箱倒笼取个罄空。只为美娘盛名下，相交都是大头儿，替做娘的挣得钱钞，又且性格有些古怪，等闲不敢触他，故此卧房里面，鸨儿的脚也不挪进去。谁知他如此有钱。刘四妈见九妈颜色不善，便猜着了，连忙道："九阿姐，你休得三心两意。这些东西，就是侄女自家积下的，也不是你本分之钱。他若肯花费时，也花费了。或是他不长进，把来津贴了得意的孤老，你也那里知道！这还是他做家的好处。况且小娘自己手中没有钱钞，临到从良之际，难道赤身赶他出门？少不得头上脚下都要收拾得光鲜，等他好去别人家做人。如今他自家拿得出这些东西，料然一丝一线不费你的心。这一主银子，是你完完全全鳖在腰胯里的。他就赎身出去，怕不是你女儿？倘然他挣得好时，时朝月节，怕他不来孝顺你？就是嫁了人时，他又没有亲爹亲娘，你也还去做得着他的外婆，受用处正有哩。"只这一套话，说得王九妈心中爽然，当下应允。刘四妈就去搬出银子，一封封兑过，交付与九妈。又把这些金珠宝玉，逐件指物作价，对九妈说道："这都是做妹子的故意估下他些价钱。若换与人，还便宜得几十两银子。"王九妈虽同是个鸨儿，到是个老实头，凭刘四妈说话，无有不纳。

　　刘四妈见王九妈收了这主东西，便叫亡八写了婚书，交付与美儿。美儿道："趁姨娘在此，奴家就拜别了爹妈出门，借姨娘家住一两日，择吉从良，未知姨娘允否？"刘四妈得了美娘许多谢礼，生怕九妈翻悔，巴不得美娘出了他门，完成一事，说道："正该如此。"当下美娘收拾了房中自己的梳台拜匣，皮箱铺盖之类。但是鸨儿家中之物，一毫不动。收拾已完，随着四妈出房，拜别了假爹假妈，和那姨娘行中，都相叫了。王九妈一般哭了几声。美娘唤人挑了行李，欣然上轿，同刘四妈到刘家去。四妈出一间幽静的好房，顿下美娘行李。众小娘都来与美娘叫喜。

　　是晚，朱重差莘善到刘四妈家讨信，已知美娘赎身出来。择了吉日，笙箫鼓乐娶亲。刘四妈就做大媒送亲，朱重与花魁娘子花烛洞房，欢喜无限。

虽然旧事风流，不减新婚佳趣。

　　次日，莘善老夫妇请新人相见，各各相认，吃了一惊。问起根由，至亲三口，抱头而哭。朱重方才认得是丈人丈母，请他上坐，夫妻二人，重新拜见。亲邻闻知，无不骇然。是日，整备筵席，庆贺两重之喜，饮酒尽欢而散。三朝之后，美娘教丈夫备下几副厚礼，分送旧相知各宅，以酬其寄顿箱笼之恩，并报他从良信息。此是美娘有始有终处。王九妈、刘四妈家，各有礼物相送，无不感激。满月之后，美娘将箱笼打开，内中都是黄白之资，吴绫蜀锦，何止百计，共有三千馀金，都将钥匙交付丈夫，慢慢的买房置产，整顿家当。油铺生理，都是丈人莘公管理。不上一年，把家业挣得花锦般相似，驱奴使婢，甚有气象。

朱重感谢天地神明保佑之德，发心于各寺庙喜舍合殿油烛一套，供琉璃灯油三个月；斋戒沐浴，亲往拈香礼拜。先从昭庆寺起，其他灵隐、法相、净慈、天竺等寺，以次而行。

就中单说天竺寺，是观音大士的香火，有上天竺、中天竺、下天竺，三处香火俱盛，却是山路，不通舟楫。朱重教从人挑了一担香烛，三担清油，自己乘轿而往，先到上天竺来。寺僧迎接上殿，老香火秦公点烛添香。此时朱重居移气，养移体，仪容魁岸，非复幼时面目，秦公那里认得他是儿子。只因油桶上有个大大的"秦"字，又有"汴梁"二字，心中甚以为奇。也是天然凑巧，刚刚到上天竺，偏用着这两只油桶。朱重拈香已毕，秦公托出茶盘，主僧奉茶。秦公问道："不敢动问施主，这油桶上为何有此三字？"朱重听得问声，带着汴梁人的土音，忙问道："老香火，你问他怎么？莫非也是汴梁人么？"秦公道："正是。"朱重道："你姓甚名谁？为何在此出家？共有几年了？"秦公把自己姓名乡里，细细告诉："某年上避兵来此，因无活计，将十三岁的儿子秦重过继与朱家，如今有八年之远。一向为年老多病，不曾下山问得信息。"朱重一把抱住，放声大哭道："孩儿便是秦重。向在朱家挑油买卖。正为要访求父亲下落，故此于油桶上，写'汴梁秦'三字，做个标识。谁知此地相逢，真乃天与其便！"众僧见他父子别了八年，今朝重会，各各称奇。朱重这一日，就歇在上天竺，与父亲同宿，各叙情节。

次日，取出中天竺、下天竺两个疏头换过。内中朱重，仍改做秦重，复了本姓。两处烧香礼拜已毕，转到上天竺，要请父亲回家，安乐供养。秦公出家已久，吃素持斋，不愿随儿子回家。秦重道："父亲别了八年，孩儿有缺侍奉。况孩儿新娶媳妇，也得他拜见公公方是。"秦公只得依允。秦重将轿子让与父亲乘坐，自己步行，直到家中。秦重取出一套新衣，与父亲换了，中堂设坐，同妻莘氏双双参拜。亲家莘公、亲母阮氏，齐来见礼。

此日大排筵席。秦公不肯开荤，素酒素食。次日，邻里敛财称贺。一则新婚，二则新娘子家眷团圆，三则父子重逢，四则秦小官归宗复姓，共是四重大喜。一连又吃了几日喜酒。秦公不愿家居，思想上天竺故处清净出家。

秦重不敢违亲之志，将银二百两，于上天竺另造净室一所，送父亲到彼居住。其日用供给，按月送去。每十日亲往候问一次。每一季同莘氏往候一次。那秦公活到八十馀，端坐而化，遗命葬于本山。此是后话。

却说秦重和莘氏，夫妻偕老，生下两孩儿，俱读书成名。至今风月中市语，凡夸人善于帮衬，都叫做"秦小官"，又叫"卖油郎"。有诗为证：

春来处处百花新，蜂蝶纷纷竞采春。
堪爱豪家多子弟，风流不及卖油人。

灌园叟晚逢仙女

连宵风雨闭柴门，落尽深红只柳存。
欲扫苍苔且停帚，阶前点点是花痕。

这首诗为惜花而作。昔唐时有一处士姓崔名玄微，平昔好道，不娶妻室，隐于洛东。所居庭园宽敞，遍植花卉竹木。构一室在万花之中，独处于内。童仆都居花外，无故不得辄入。如此三十馀年，足迹不出园门。时值春日，院中花木盛开，玄微日夕徜徉其间。一夜，风清月朗，不忍舍花而睡，乘着月色，独步花丛中。忽见月影下，一青衣冉冉而来。玄微惊讶道："这时节那得有女子到此行动？"心下虽然怪异，又想道："且看他到何处去？"那青衣不往东，不往西，径至玄微面前，深深道个万福。玄微还了礼，问道："女郎是谁家宅眷？因何深夜至此？"那青衣启一点朱唇，露两行碎玉，道："儿家与处士相近。今与女伴过上东门访表姨，欲借处士院中暂憩，不知可否？"玄微见来得奇异，欣然许之。青衣称谢，原从旧路转去。不一时，引一队女子，分花约柳而来，与玄微一一相见。玄微就月下仔细看时，一个个姿容媚丽，体态轻盈，或浓

灌园叟晚逢仙女

或淡，妆束不一，随从女郎，尽皆妖艳。正不知从那里来的。

相见毕，玄微邀进室中，分宾主坐下，开言道："请问诸位女娘姓氏？今访何姻戚，乃得光降敝园？"一衣绿裳者答道："妾乃杨氏。"指一穿白的道："此位李氏。"又指一衣绛服的道："此位陶氏。"遂逐一指示。最后到一绯衣小女，乃道："此位姓石，名阿措。我等虽则异姓，俱是同行姊妹。因封家十八姨数日云欲来相看，不见其至。今夕月色甚佳，故与姊妹们同往候之。二来素蒙处士爱重，妾等顺便相谢。"

玄微方待酬答，青衣报道："封家姨至。"众皆惊喜出迎。玄微闪过半边观看。众女子相见毕，说道："正要来看十八姨，为主人留坐，不意姨至，足见同心。"各向前致礼。十八姨道："屡欲来看卿等，俱为使命所阻。今乘间至此。"众女道："如此良夜，请姨宽坐。当以一尊为寿。"遂授旨青衣去取。十八姨问道："此地可坐否？"杨氏道："主人甚贤，地极清雅。"十八姨道："主人安在？"玄微趋出相见。举目看十八姨，体态飘逸，言词泠泠，有林下风气，近其旁，不觉寒气侵肌，毛骨竦然。逊入堂中，侍女将桌椅已是安排停当。请十八姨居于上席，众女挨次而坐，玄微末位相陪。

不一时，众青衣取到酒肴，摆设上来。佳肴异果，罗列满案。酒味醇酽，其甘如饴，俱非人世所有。此时月色倍明，室中照耀，如同白日。满坐芳香，馥馥袭人。宾主酬酢，杯觥交杂。酒至半酣，一红裳女子满斟大觥，送与十八姨道："儿有一歌，请为歌之。"歌云：

绛衣披拂露盈盈，淡染胭脂一朵轻。
自恨红颜留不住，莫怨春风道薄情。

歌声清婉，闻者皆凄然。又一白衣女子送酒道："儿亦有一歌。"歌云：

皎洁玉颜胜白雪，况乃当年对芳月。
沉吟不敢怨春风，自叹容华暗消歇。

其音更觉惨切。那十八姨性颇轻佻，却又好酒。多了几杯，渐渐狂放。听了二歌，乃道："值此芳辰美景，宾主正欢，何遽作伤心语！歌旨又深刺予，殊为慢客，须各罚以大觥，当另歌之。"遂手斟一杯递来，酒醉手软，持不甚牢，杯才举起，不想袖在箸上一兜，扑碌的连杯打翻。

这酒若翻在别个身上，却也罢了，恰恰里尽泼在阿措身上，阿措年娇貌美，性爱整齐，穿的却是一件大红簇花绯衣。那红衣最忌的是酒，才沾滴点，其色便败，怎经得这一大杯酒！况且阿措也有七八分酒意，见污了衣服，作色道："诸姊妹有所求，吾不畏尔！"即起身往外就走。十八姨也怒道："小女弄酒，敢与吾为抗耶？"亦拂衣而起。众女子留之不住，齐劝道：

"阿措年幼,醉后无状,望勿记怀。明日当率来请罪!"相送下阶。十八姨忿忿向东而去。众女子与玄微作别,向花丛中四散而走。

玄微欲观其踪迹,随后送之。步急苔滑,一交跌倒,挣起身来看时,众女子俱不见了。心中想道:"是梦,却又未曾睡卧;若是鬼,又衣裳楚楚,言语历历;是人,如何又倏然无影?"胡猜乱想,惊疑不定。回入堂中,桌椅依然摆设,杯盘一毫已无;惟觉馀馨满室。虽异其事,料非祸祟,却也无惧。

到次晚,又往花中步玩,见诸女子已在,正劝阿措往十八姨处请罪。阿措怒道:"何必更恳此老妪?有事只求处士足矣。"众皆喜道:"妹言甚善。"齐向玄微道:"吾姊妹皆住处士苑中,每岁多被恶风所挠,居止不安,常求十八姨相庇。昨阿措误触之,此后应难取力。处士倘肯庇护,当有微报耳。"玄微道:"某有何力,得庇诸女?"阿措道:"只求处士每岁元旦,作一朱幡,上图日月五星之文,立于苑东,吾辈则安然无恙矣。今岁已过,请于此月二十一日平旦,微有东风,即立之,可免本日之难。"玄微道:"此乃易事,敢不如命。"齐声谢道:"得蒙处士慨允,必不忘德。"言讫而别,其行甚疾。玄微随之不及。忽一阵香风过处,各失所在。

玄微欲验其事,次日即制办朱幡。候至廿一日,清早起来,果然东风微拂,急将幡竖立苑东。少顷,狂风振地,飞沙走石,自洛南一路,摧林折树;惟苑中繁花不动。玄微方悟,诸女皆众花之精也。绯衣名阿措,即安石榴也。封十八姨,乃风神也。到次晚,众女各裹桃李花数斗来谢道:"承处士脱某等大难,无以为报。饵此花英,可延年却老。愿长如此卫护某等,亦可致长生。"玄微依其言服之,果然容颜转少,如三十许人。后得道仙去。有诗为证:

洛中处士爱栽花,岁岁朱幡绘采荼。
学得餐英堪不老,何须更觅枣如瓜。

列位莫道小子说风神与花精往来,乃是荒唐之语。那九州四海之中,目所未见,耳所未闻,不载史册,不见经传,奇奇怪怪,跷跷蹊蹊的事,不知有多多少少。就是张华的《博物志》,也不过志其一二;虞世南的行书橱,也包藏不得许多。此等事甚是平常,不足为异,然虽如此,又道是子不语怪,且阁过一边。只那惜花致福,损花折寿,乃见在功德,须不是乱道。列位若不信时,还有一段《灌园叟晚逢仙女》的故事,待小子说与列位看官们听。若平日爱花的,听了自然将花分外珍重;内中或有不惜花的,小子就将这话劝他,惜花起来。虽不能得道成仙,亦可以消闲遣闷。

你道这段话文出在那个朝代?何处地方?就在大宋仁宗年间,江南平江府东门外长乐村中。这村离城只有二里之远，村上有个老者，姓秋名先，原是庄家出身，有数亩田地，一所草房。妈妈水氏已故，别无儿女。那秋先从幼酷好栽花种果，把田业都撇弃了，专于其事。若偶觅得种异花，就是拾着珍宝，也没有这般欢喜。随你极紧要的事；出外路上逢着人家有树花儿，不管他家容不容，便赔着笑脸，捱进去求玩。若平常花木，或家里也在正开，还转身得快，倘然是一种名花，家中没有的，虽或有，已开过了，便将正事撇在半边，依依不舍，永日忘归。人都叫他是花痴。

或遇见卖花的有株好花，不论身边有钱无钱，一定要买。无钱时便脱身上衣服去解当。也有卖花的知他僻性，故高其价，也只得忍贵买回。又有那破落户晓得他是爱花的，各处寻觅好花折来，把泥假捏个根儿哄他，少不得也买。有恁般奇事！将来种下，依然肯活。日积月累，遂成了一个大园。那园周围编竹为篱，篱上交缠蔷薇、荼䕷、木香、刺梅、木槿、棣棠、金雀。篱边遍下蜀葵、凤仙、鸡冠、秋葵、莺粟等种，更有那金萱、百合、剪春罗、剪秋罗、满地娇、十样锦、美人蕉、山踯躅、高良姜、白蛱蝶、夜落金钱、缠枝牡丹等类，不可枚举。遇开放之时，烂如锦屏。远篱数步，尽植名花异卉。一花未谢，一花又开。向阳设两扇柴门，门内一条竹径，两边都结柏屏遮护。转过柏屏，便是三间草堂。房虽草创，却高爽宽敞，窗槅明亮。堂中挂一幅无名小画，设一张白木卧榻。桌凳之类，色色洁净。打扫得地下无纤毫尘垢。堂后精舍数间，卧室在内。那花卉无所不有，十分繁茂。真个四时不谢，八节长春。但见：

梅标清骨，兰挺幽芳。茶呈雅韵，李谢浓妆。杏娇疏雨，菊傲严霜。水仙冰肌玉骨，牡丹国色天香。玉树亭亭阶砌，金莲冉冉池塘。芍药芳姿少比，石榴丽质无双。丹桂飘香月窟，芙蓉冷艳寒江。梨花溶溶夜月，桃花灼灼朝阳。山茶花宝珠称贵，腊梅花磬口方香。海棠花西府为上，瑞香花金边最良。玫瑰杜鹃，烂如云锦，绣球郁李，点缀风光。说不尽千般花卉，数不了万种芬芳。

篱门外，正对着一个大湖，名为朝天湖，俗名荷花荡。这湖东连吴淞江，西通震泽，南接庞山湖。湖中景致，四时晴雨皆宜。秋先于岸旁堆土作堤，广植桃柳。每至春时，红绿间发，宛似西湖胜景。沿湖遍插芙蓉，湖中种五色莲花。盛开之日，满湖锦云烂熳，香气袭人，小舟荡桨采菱，歌声泠泠。遇斜风微起，偎船竞渡，纵横如飞。柳下渔人，舣船晒网。也有戏儿的，结网的，醉卧船头的，没水赌胜的，欢笑之音不绝。那赏莲游人，画船箫管鳞集，至黄昏回棹，灯火万点，间以星影萤光，错落难辨。深秋时，霜风初起，枫林渐染黄碧，野岸衰柳芙蓉，杂间白蘋红蓼，掩映水际；芦苇中鸿雁群集，嘹呖干云，哀声动人。隆冬天气，彤云密布，六花飞舞，上下一色。那四时景致，言之不尽。有诗为证：

朝天湖畔水连天，不唱渔歌即采莲。
小小茅堂花万种，主人日日对花眠。

按下散言，且说秋先每日清晨起来，扫净花底落叶，汲水逐一灌溉，到晚上又浇一番。若有一花将开，不胜欢跃。或暖壶酒儿，或烹瓯茶儿，向花深深作揖，先行浇奠，口称花万岁三声，然后坐于其下，浅斟细嚼。酒酣兴到，随意歌啸。身子倦时，就以石为枕，卧在根旁。自半含至盛开，未尝暂离。如见日色烘烈，乃把棕拂蘸水沃之。遇着月夜，便连宵不寐。倘值了狂风暴雨，即披蓑顶笠，周行花间检视。遇有欹枝，以竹扶之。虽夜间，还起来巡看几次。若花到谢时，则累日叹息，常至堕泪。又不舍得那些落花，以棕拂轻轻拂来，置于盘中，时尝观玩，直至干枯，装入净瓮。满瓮之日，再用茶酒浇奠，惨然若不忍释。然后亲捧其瓮，深埋长堤之下，谓之"葬花"。倘有花片，被雨打泥污的，必以清水再四涤净，然后送入湖中，谓之"浴花"。

平昔最恨的是攀枝折朵。他也有一段议论，道："凡花一年只开得一度，四时中只占得一时，一时中又只占得数日。他熬过了三时的冷淡，才讨得这数日的风光。看他随风而舞，迎人而笑，如人正当得意之境，忽被摧残。巴此数日甚难，一朝折损甚易。花若能言，岂不嗟叹！况就此数日间，先犹含蕊，后复零残。盛开之时，更无多了。又有蝶攒蜂采，鸟啄虫钻，日炙风吹，雾迷雨打，全仗人去护惜他，却反恣意拗折，于心何忍！且说此花自芽生根，自根生本，强者为干，弱者为枝，一干一枝，不知养成了多少年月。及候至花开，供人清玩，有何不美，定要折他？花一离枝，再不能上枝，枝一去干，再不能附干，如人死不可复生，刑不可复赎，花若能言，岂不悲泣！又想他折花的，不过择其巧干，爱其繁枝，插之瓶中，置之席上，或供宾客片时侑酒之欢，或助婢妾一日梳妆之饰，不思客觞可饱玩于花下，闺妆可借巧于人工。手中折了一枝，树上就少了一枝，今年伐了此干，明年便少了此干。何如延其性命，年年岁岁，玩之无穷乎？还有未开之蕊，随花而去，此蕊竟槁灭枝头，与人之童夭何异？又有原非爱玩，趁兴攀折，既折之后，拣择好歹，逢人取讨，即便与之。或随路弃掷，略不顾惜。如人横祸枉死，无处申冤。花若能言，岂不痛恨！"

他有了这段议论，所以生平不折一枝，不伤一蕊。就是别人家园上，他心爱着那一种花儿，宁可终日看玩；假饶那花主人要取一枝一朵来赠他，他连称罪过，决然不要。若有旁人要来折花者，只除他不看见罢了；他若见时，就把言语再三劝止。人若不从其言，他情愿低头下拜，代花乞命。人虽叫他是花痴，多有可怜他一片诚心，因而住手者，他又深深作揖称谢。又有小厮们要折花卖钱的，他便将钱与之，不教折损。或他不在时，被人折损，他来见有损处，必凄然伤感，取泥封之，谓之"医花"。为这件上，所以自己园中不轻易放人游玩。偶有亲戚邻友要看，难好回时，先将此话讲过，才放进去。又恐秽气触花，只许远观，不容亲近。倘有不达时务的，捉空摘了一花一蕊，那老儿便要面红颈赤，大发喉急。下次就打骂他，也不容进去看了。后来人都晓得了他的性子，就一叶儿也不敢摘动。

大凡茂林深树，便是禽鸟的巢穴。有花果处，越发千百为群。如单食果实，到还是小事，偏偏只拣花蕊啄伤。惟有秋先却将米谷置于空处饲之，又向禽鸟祈祝。那禽鸟却也有知觉，每日食饱，在花间低飞轻舞，宛啭娇啼，并不损一朵花蕊，也不食一个果实。故此产的果品最多，却又大而甘美。每熟时先望空祭了花神，然后敢尝，又遍送左近邻家试新，馀下的方鬻，一年到有若干利息。那老者因得了花中之趣，自少至老，五十馀年，略无倦怠，筋骨愈觉强健。粗衣淡饭，悠悠自得。有得赢馀，就把来周济村中贫乏。自此合村无不敬仰，又呼为"秋公"。他自称为"灌园叟"。有诗为证：

朝灌园兮暮灌园，灌成园上百花鲜。
花开每恨看不足，为爱看园不肯眠。

话分两头。却说城中有一人姓张名委，原是个宦家子弟，为人奸狡诡谲、残忍刻薄，恃了势力，专一欺邻吓舍，扎害良善。触着他的，风波立至，必要弄得那人破家荡产，方才罢手。手下用一班如狼似虎的奴仆，又有几个助恶的无赖子弟，日夜合做一块，到处闯祸生灾，受其害者无数。不想却遇了一个又狠似他的，轻轻捉去，打得个臭死。及至告到官司，又被那人弄了些手脚，反问输了。因妆了幌子，自觉无颜，带了四五个家人，同那一班恶少，暂在庄上遭闷。那庄正在长乐村中，离秋公家不远。一日早饭后，吃得半酣光景，向村中闲走，不觉来到秋公门首，只见篱上花枝鲜媚，四围树木繁翳，齐道："这所在到也幽雅，是那家的？"家人道："此是种花秋公园上，有名叫做花痴。"张委道："我常闻得说庄边有甚么秋老儿，种得异样好花，原来就住在此。我们何不进去看看？"家人道："这老儿有些古怪，不许人看的。"张委道："别人或者不肯，难道我也是这般？快去敲门！"

那时园中牡丹盛开，秋公刚刚浇灌完了，正将着一壶酒儿，两碟果品，在花下独酌，自取其乐。饮不上三杯，只听得闹闹的敲门响，放下酒杯，走出来开门一看，见站着五六个人，酒气直冲。秋公料道必是要看花的，便拦住门口，问道："列位有甚事到此？"张委道："你这老儿不认得我么？我乃城里有名的张衙内，那边张家庄便是我家的。闻得你园中好花甚多，特来游玩。"秋公道："告衙内，老汉也没种甚好花，不过是桃杏之类，都已谢了，如今并没别样花卉。"张委睁起双眼道："这老儿怎般可恶！看看花儿打甚紧，却便回我没有。难道吃了你的？"秋公道："不是老汉说谎，果然没有。"张委那里肯听，向前叉开手，当胸一扠，秋公站立不牢，踉踉跄跄，直撞过半边。众人一齐拥进。秋公见势头凶恶，只得让他进去，把篱门掩上，随着进来，向花下取过酒果，站在旁边。众人看那四边花草甚多，惟有牡丹最盛。那花不是寻常玉楼春之类，乃五种有名异品。那五种？

<u>黄楼子，绿蝴蝶，西瓜穰，舞青猊，大红狮头</u>

这牡丹乃花中之王，惟洛阳为天下第一，有"姚黄""魏紫"名色，一本价值五千。你道因何独盛于洛阳？只为昔日唐朝有个武则天皇后，淫乱无道，宠幸两个官儿，名唤张易之、张昌宗，于冬月之间，要游后苑，写出四句诏来，道：

<u>来朝游上苑，火速报春知。百花连夜发，莫待晓风吹。</u>

不想武则天原是应运之主，百花不敢违旨，一夜发蕊开花。次日驾幸后苑，只见千红万紫，芳菲满目，单有牡丹花有些志气，不肯奉承女主幸臣，要一根叶儿也没有。则天大怒，遂贬于洛阳。故此洛阳牡丹冠于天下。有一只《玉楼春》词，单赞牡丹花的好处。词云：

<u>名花绰约东风里，占断韶华都在此。芳心一片可人怜，春色三分愁雨洗。　玉人尽日悙悙地，猛被笙歌惊破睡。起临妆镜似娇羞，近日伤春输与你。</u>

那花正种在草堂对面，周遭以湖石拦之，四边竖个木架子，上覆布幔，遮蔽日色。花本高有丈许，最低亦有六七尺，其花大如丹盘，五色灿烂，光华夺目。众人齐赞："好花！"张委便踏上湖石去嗅那香气。秋先极怪的是这节，乃道："衙内站远些看，莫要上去！"张委恼他不容进来，心下正要寻事，又听了这话，喝道："你那老儿住在我庄边，难道不晓得张衙内名头么？有恁样好花，故意回说没有。不计较就勾了，还要多言，那见得闻一闻就坏了花？你便这般说，我偏要闻。"遂把花逐朵攀下来，一个鼻子凑在花上去嗅。那秋老在旁，气得敢怒而不敢言，也还道略看一回就

去。谁知这厮故意卖弄道："有恁样好花，如何空过？须把酒来赏玩。"分付家人快去取。秋公见要取酒来赏，更加烦恼，向前道："所在蜗窄，没有坐处。衙内止看看花儿，酒还到贵庄上去吃。"张委指着地上道："这地下尽好坐。"秋公道："地上龌龊，衙内如何坐得？"张委道："不打紧，少不得有毡条遮衬。"不一时，酒肴取到，铺下毡条，众人团团围坐，猜拳行令，大呼小叫，十分得意。只有秋公骨笃了嘴，坐在一边。

那张委看见花木茂盛，就起个不良之念，思想要吞占他的，斜着醉眼，向秋公道："看你这蠢老儿不出，到会种花，却也可取，赏你一杯酒。"秋公那里有好气答他，气忿忿的道："老汉天性不会饮酒，衙内自请。"张委又道："你这园可卖么？"秋公见口声来得不好，老大惊讶，答道："这园是老汉的性命，如何舍得卖？"张委道："甚么性命不性命！卖与我罢了。你若没去处，一发连身归到我家，又不要做别事，单单替我种些花木，可不好么？"众人齐道："你这老儿好造化，难得衙内恁般看顾，还不快些谢恩？"秋公看见逐步欺负上来，一发气得手足麻软，也不去采他。张委道："这老儿可恶！肯不肯，如何不答应我？"秋公道："说过不卖了，怎的只管问？"张委道："放屁！你若再说句不卖，就写帖儿，送到县里去。"秋公气不过，欲要抢白几句，又想一想，他是有势力的人，却又醉了，怎与他一般样见识？且哄了去再处。忍着气答道："衙内总要买，也须从容一日，岂是一时急骤的事。"众人道："这话也说得是，就在明日罢。"

此时都已烂醉，齐立起身，家人收拾家火先去。秋公恐怕折花，预先在花边防护。那张委真个走向前，便要踹上湖石去采。秋先扯住道："衙内，这花虽是微物，但一年间不知废多少工夫，才开得这几朵。不争折损了，深为可惜。况折去不过一二日就谢了，何苦作这样罪过！"张委喝道："胡说！有甚罪过？你明日卖了，便是我家之物，就都折尽，与你何干！"把手去推开。秋公揪住，死也不放，道："衙内便杀了老汉，这花决不与你摘的。"众人道："这老儿其实可恶！衙内采朵花儿，值什么大事，妆出许多模样！难道怕你就不摘了？"遂齐走上前乱摘。把那老儿急得叫屈连天，舍了张委，拼命去拦阻。扯了东边，顾不得西首，顷刻间摘下许多。秋老心疼肉痛，骂道："你这班贼男女，无事登门，将我欺负，要这性命何用！"赶向张委身边，撞个满怀。去得势猛，张委又多了几杯酒，把脚不住，翻勋斗跌倒。众人都道："不好了，衙内打坏也！"齐将花撇下，一赶过来，要打秋公。内中有一个老成些的，见秋公年纪已老，恐打出事来，劝住众人，扶起张委。张委因跌了这交，心中转恼，赶上前打得个只蕊不留，撒作遍地，意犹未足，又向花中践踏一回。可惜好花，正是：

老拳毒手交加下，翠叶娇花一旦休。
好似一番风雨恶，乱红零落没人收。

　　当下只气得个秋公怆地呼天，满地乱滚。邻家听得秋公园中喧嚷，齐跑进来。看见花枝满地狼藉，众人正在行凶，邻里尽吃一惊，上前劝住，问知其故。内中到有两三个是张委的租户，齐替秋公赔个不是，虚心冷气，送出篱门。张委道："你们对那老贼说，好好把园送我，便饶了他；若说半个不字，须教他仔细着。"恨恨而去。邻里们见张委醉了，只道酒话，不在心上，覆身转来，将秋公扶起，坐在阶沿上。那老儿放声号恸。众邻里劝慰了一番，作别出去，与他带上篱门，一路行走。内中也有怪秋公平日不容看花的，便道："这老官儿，真个忒煞古怪，所以有这样事，也得他经一遭儿，警戒下次。"内中又有直道的道："莫说这没天理的话！自古道：'种花一年，看花十日。'那看的但觉好看，赞声好花罢了，怎得知种花的烦难？只这几朵花，正不知费了许多辛苦，才培植得恁般茂盛，如何怪得他爱惜！"

　　不题众人，且说秋公不舍得这些残花，走向前将手去捡起来看，见践踏得凋残零落，尘垢沾污，心中凄惨，又哭道："花啊！我一生爱护，从不曾损坏一瓣一叶，那知今日遭此大难！"正哭之间，只听得背后有人叫道："秋公为何恁般痛哭？"秋公回头看时，乃是一个女子，年约二八，姿容美丽，雅淡梳妆，却不认得是谁家之女，乃收泪问道："小娘子是那家？至此何干？"那女子道："我家住在左近，因闻你园中牡丹花茂盛，特来游玩，不想都已谢了。"秋公提起牡丹二字，不觉又哭起来。女子道："你且说有甚苦情如此啼哭？"秋公将张委打花之事说出。那女子笑道："原来为此缘故。你可要这花原上枝头么？"秋公道："小娘子休得取笑！那有落花返枝的理？"女子道："我祖上传得个落花返枝的法术，屡试屡验。"秋公听说，化悲为喜道："小娘子真个有这法术么？"女子道："怎的不真？"秋公倒身下拜道："若得小娘子施此妙术，老汉无以为报，但每一种花开，便来相请赏玩。"女子道："你且莫拜，去取一碗水来。"秋公慌忙跳起去取水，心下又转道："如何有这样妙法？莫不是见我哭泣，故意取笑？"又想道："这小娘子从不相认，岂有耍我之理！还是真的。"急舀了碗清水出来，抬头不见了女子，只见那花都已在枝头，地下并无一瓣遗存。起初每本一色，如今却变做红中间紫，淡内添浓，一本五色俱全，比先更觉鲜妍。有诗为证：

曾闻湘子将花染，又见仙姬会返枝。

信是至诚能动物，愚夫犹自笑花痴。

当下秋公又惊又喜道："不想这小娘子果然有此妙法！"只道还在花丛中，放下水，前来作谢。园中团团寻遍，并不见影。乃道："这小娘子如何就去了？"又想道："必定还在门口，须上去求他，传了这个法儿。"一径赶至门边，那门却又掩着。拽开看时，门首坐着两个老者，就是左右邻家，一个唤做虞公，一个叫做单老，在那里看渔人晒网。见秋公出来，齐立起身拱手道："闻得张衙内在此无理，我们恰往田头，没有来问得。"秋公道："不要说起，受了这班泼男女的殴气，亏着一位小娘子走来，用个妙法，救起许多花朵，不曾谢得他一声，径出来了。二位可看见往那一边去的？"二老闻言，惊讶道："花坏了，有甚法儿救得？这女子去几时了？"秋公道："刚方出来。"二老道："我们坐在此好一回，并没个人走动，那见甚么女子？"秋公听说，心下恍悟道："怎般说，莫不这位小娘子是神仙下降？"二老问道："你且说怎的救起花儿？"秋公将女子之事叙了一遍。二老道："有如此奇事！待我们去看看。"

秋公将门拴上，一齐走至花下看了，连声称异道："这定然是个神仙。凡人那有此法力！"秋公即焚起一炉好香，对天叩谢。二老道："这也是你平日爱花心诚，所以感动神仙下降。明日索性到教张衙内这几个泼男女看看，羞杀了他。"秋公道："莫要，莫要！此等人即如恶犬，远远见了就该避之，岂可还引他来？"二老道："这话也有理。"秋公此时非常欢喜，将先前那瓶酒热将起来，留二老在花下玩赏，至晚而别。

二老回去一传，合村人都晓得，明日俱要来看，还恐秋公不许。谁知秋公原是有意思的人，因见神仙下降，遂有出世之念，一夜不寐，坐在花下存想；想至张委这事，忽地开悟道："此皆是我平日心胸褊窄，故外侮得至。若神仙汪洋度量，无所不容，安得有此！"至次早，将园门大开，任人来看。先有几个进来打探，见秋公对花而坐，但分付道："任凭列位观看，切莫要采便了。"众人得了这话，互相传开。那村中男子妇女，无有不至。

按下此处，且说张委至次早，对众人说："昨日反被那老贼撞了一交，难道轻恕了不成？如今再去要他这园，不肯时，多教些人从，将花木尽打个稀烂，方出这气。"众人道："这园在衙内庄边，不怕他不肯。只是昨日不该把花都打坏，还留几朵，后日看看便是。"张委道："这也罢了，少不得来年又发。我们快去，莫要使他停留长智。"众人一齐起身，出得庄门，就有人说："秋公园上神仙下降，落下的花，原都上了枝头，却又变做五色。"张委不信道："这老贼有何好处，能感神仙下降？况且不前不后,刚刚我们打坏,神仙就来?难道这神仙是养家的不成?一定是怕我们又去,故此诌这话来央人传说,见得他有神仙护卫,使我们不摆布他。"众人道:"衙内之言极是。"

顷刻,到了园门口,见两扇柴门大开,往来男女络绎不绝,都是一般说话。众人道:"原来真有这等事!"张委道:"莫管他,就是神仙见坐着,这园少不得要的。"弯弯曲曲,转到草堂前看时,果然话不虚传。这花却也奇怪,见人来看,姿态愈艳,光采倍生,如对人笑的一般。张委心中虽十分惊讶,那吞占念头,全然不改。看了一回,忽地又起一个恶念,对众人道:"我们且去。"齐出了园门。

众人问道:"衙内如何不与他要园?"张委道:"我想得个好策在此,不消与他说得,这园明日就归于我。"众人道:"衙内有何妙策?"张委道:"见今贝州王则谋反,专行妖术。枢密府行下文书来,普天下军州严禁左道,捕缉妖人。本府见出三千贯赏钱,募人出首。我明日就将落花上枝为由,教张霸到府,首他以妖术惑人。这个老儿熬刑不过,自然招承下狱。这园必定官卖,那时谁个敢买他的?少不得让与我。还有三千贯赏钱哩。"众人道:"衙内好计!事不宜迟,就去打点起来。"当时即进城,写下首状。次早,教张霸到平江府出首。这张霸是张委手下第一出尖的人,衙门情熟,故此用他。大尹正在缉访妖人,听说此事,合村男女都见的,不由不信,即差缉捕使臣带领几个做公的,押张霸作眼,前去捕获。张委将银布置停当,让张霸与缉捕使臣先行,自己与众子弟随后也来。

缉捕使臣一径到秋公园上,那老儿还道是看花的,不以为意。众人发一声喊,赶上前一索捆翻。秋公吃这一吓不小,问道:"老汉有何罪犯?望列位说个明白。"众人口口声声,骂做妖人反贼,不由分诉,拥出门来。邻里看见,无不失惊,齐上前询问。缉捕使臣道:"你们还要问么?他所犯的事也不小,只怕连村上人都有分哩。"那些愚民,被这大话一寒,心中害怕,尽皆洋洋走开,惟恐累及。只有虞公、单老,同几个平日与秋公相厚的,远远跟来观看。

且说张委俟秋公去后,便与众子弟来锁园门,恐怕有人在内,又检点一过,将门锁上,随后赶上府前。缉捕使臣已将秋公解进,跪在月台上,见旁边又跪着一人,却不认得是谁。那些狱卒都得了张委银子,已备下诸般刑具伺候。大尹喝道:"你是何处妖人,敢在此地方上将妖术煽惑百姓?有几多党羽?从实招来!"秋公闻言,恰如黑暗中闻个火炮,正不知从何处起的,禀道:"小人家世住于长乐村中,并非别处妖人,也不晓得什么妖术。"大尹道:"前日你用妖术使落花上枝,还敢抵赖!"秋公见说到花上,情知是张委的缘故,即将张委要占园打花,并仙女下降之事,细诉一遍。不想那大尹性是偏执的,那里肯信,乃笑道:"多少慕仙的,修行至老,尚不能得遇神仙;岂有因你哭花,仙就肯来?既来了,必定也留个名儿,使人晓得,如何又不别而去?这样话哄那个?不消说得,定然是个妖人。快夹起来!"

狱卒们齐声答应,如狼虎一般,蜂拥上来,揪翻秋公,扯腿拽脚。刚要上刑,不想大尹忽然一个头晕,险些儿跌下公座,自觉头目森森,坐身不住。分付上了枷扭,发下狱中监禁,明日再审。狱卒押着,秋公一路哭泣出来,看见张委,道:"张衙内,我与你前日无怨,往日无仇,如何下此毒手,害我性命!"张委也不答应,同了张霸和那一班恶少,转身就走。虞公、单老接着秋公,问知其细,乃道:"有这等冤枉的事!不打紧,明日同合村人具张连名保结,管你无事。"秋公哭道:"但愿得如此便好。"狱卒喝道:"这死囚还不走!只管哭什么!"秋公含着眼泪进狱。邻里又寻些酒食,送至门上。那狱卒谁个拿与他吃,竟接来自去受用。

到夜间,将他上了囚床,就如活死人一般,手足不能少展。心中苦楚,想道:"不知那位神仙救了这花,却又被这厮借此陷害。神仙呵!你若怜我秋先,亦来救拔性命,情愿弃家入道。"一头正想,只见前日那仙女,冉冉而至。秋公急叫道:"大仙救拔弟子秋先则个!"仙女笑道:"汝欲脱离苦厄么?"上前把手一指,那枷扭纷纷自落。秋先爬起来,向前叩头道:"请问大仙姓氏。"仙女道:"吾乃瑶池王母座下司花女,怜汝惜花志诚,故令诸花返本,不意反资奸人谗口。然亦汝命中合有此灾,明日当脱。张委损花害人,花神奏闻上帝,已夺其算;助恶党羽,俱降大灾。汝宜笃志修行,数年之后,吾当度汝。"秋先又叩首道:"请问上仙修行之道。"仙女道:"修仙径路甚多,须认本源。汝原以惜花有功,今亦当以花成道。汝但饵百花,自能身轻飞举。"遂教其服食之法。秋先稽首叩谢起来,便不见了仙子,抬头观看,却在狱墙之上,以手招道:"汝亦上来,随我出去!"秋先便向前攀援了一大回,还只到得半墙,甚觉吃力,渐渐至顶,忽听得下边一棒锣声,喊道:"妖人走了,快拿下!"秋公心下惊慌,手酥脚软,倒撞下来,撒然惊觉,元在囚床之上。想起梦中言语,历历分明,料必无事,心中稍宽。正是:

但存方寸无私曲,料得神明有主张。

且说张委见大尹已认做妖人,不胜欢喜,乃道:"这老儿许多清奇古怪,今夜且请在囚床上受用一夜,让这园儿与我们乐罢。"众人都道:"前日还是那老儿之物,未曾尽兴,今日是大爷的了,须要尽情欢赏。"张委道:"言之有理!"遂一齐出城,教家人整备酒肴,径至秋公园上,开门进去。那邻里看见是张委,心上虽然不平,却又惧怕,谁敢多口?

且说张委同众子弟走至草堂前,只见牡丹枝头一朵不存,原如前日打下时一般,纵横满地,众人都称奇怪。张委道:"看起来,这老贼果系有妖法的,不然,如何半日上倏尔又变了?难道也是神仙打的?"有一个子弟道:"他晓得衙内要赏花,故意弄这法儿来羞我们。"张委道:"他便弄这法儿,我们就赏落花。"当下依原铺设毡条,席地而坐,放开怀抱恣饮,也把两瓶酒赏张霸到一边去吃。看看饮至月色㾏西,俱有半酣之意,忽地起一阵大风。那风好利害:

善聚庭前草,能开水上萍。腥闻群虎啸,响合万松声。

那阵风却把地下这花朵吹得都直竖起来,眨眼间俱变做一尺来长的女子。众人大惊,齐叫道:"怪哉!"言还未毕,那些女子迎风一幌,尽已长大,一个个姿容美丽,衣服华艳,团团立做一大堆。众人因见恁般标致,通看呆了。内中一个红衣女子却又说起话来,道:"吾姊妹居此数十馀年,深蒙秋公珍重护惜。何意蓦遭狂奴,俗气熏炽,毒手摧残,复又诬陷秋公,谋吞此地。今仇在目前,吾姊妹曷不戮力击之!上报知己之恩,下雪摧残之耻,不亦可乎?"众女郎齐声道:"阿妹之言有理!须速下手,毋使潜遁!"说罢,一齐举袖扑来。那袖似有数尺之长,如风翻乱飘,冷气入骨。众人齐叫有鬼,撇了家火,望外乱跑,彼此各不相顾。也有被石块打脚的,也有被树枝抓面的,也有跌而复起,起而复跌的,乱了多时,方才收脚。点检人数都在,单不见了张委、张霸二人。此时风已定了,天色已昏,这班子弟各自回家,恰像检得性命一般,抱头鼠窜而去。

家人们喘息定了,方唤几个生力庄客,打起火把,覆身去抓寻。直到园上,只听得大梅树下有呻吟之声,举火看时,却是张霸被梅根绊倒,跌破了头,挣扎不起。庄客着两个先扶张霸归去。众人周围走了一遍,但见静悄悄的万籁无声。牡丹棚下,繁花如故,并无零落。草堂中杯盘狼藉,残羹淋漓。众人莫不吐舌称奇。一面收拾家火,一面重复照看。这园子又不多大,三回五转,毫无踪影。难道是大风吹去了?女鬼吃去了?正不知躲在那里。延捱了一会,无可奈何,只索回去过夜,再作计较。

方欲出门,只见门外又有一伙人,提着行灯进来。不是别人,却是虞公、单老。闻知众人遇鬼之事,又闻说不见了张委,在园上抓寻,不知是真是假,合着三邻四舍,进园观看。问明了众庄客,方知此事果真。二老惊诧不已,教众庄客:"且莫回去,老汉们同列位还去找寻一遍。"众人又细细照看了一下,正是兴尽而归,叹了口气,齐出园门。二老道:"列位今晚不来了么？老汉们告过，要把园门落锁，没人看守得，也是我们邻里的干系。"此时庄客们，蛇无头而不行，已不似先前声势了，答应道："但凭，但凭。"两边人犹未散，只见一个庄客在东边墙角下叫道："大爷有了！"众人蜂拥而前。庄客指道："那槐枝上挂的，不是大爷的软翅纱巾么？"众人道："既有了巾儿，人也只在左近。"沿墙照去，不多几步，只叫得声："苦也！"原来东角转弯处，有个粪窖，窖中一人，两脚朝天，不歪不斜，刚刚倒种在内。庄客认得鞋袜衣服，正是张委，顾不得臭秽，只得上前打捞起来。虞、单二老暗暗念佛，和邻舍们自回。众庄客抬了张委，在湖边洗净。先有人报去庄上，合家大小，哭哭啼啼，准备棺衣入殓，不在话下。其夜，张霸破头伤重，五更时亦死。此乃作恶的见报。正是：

　　两个凶人离世界，一双恶鬼赴阴司。

　　次日，大尹病愈升堂，正欲吊审秋公之事，只见公差禀道："原告张霸同家长张委，昨晚都死了。"如此如此，这般这般。大尹大惊，不信有此异事。须臾间，又见里老乡民，共有百十人，连名具呈前事：诉说秋公平日惜花行善，并非妖人，张委设谋陷害，神道报应，前后事情，细细分剖。大尹因昨日头晕一事，亦疑其柱，到此心下豁然，还喜得不曾用刑。即于狱中吊出秋公，立时释放，又给印信告示，与他园门张挂，不许闲人损坏他花木。众人叩谢出府。秋公向邻里作谢，一路同回。虞、单二老开了园门，同秋公进去。秋公见牡丹茂盛如初，伤感不已。众人治酒，与秋公压惊。秋公又答席，一连吃了数日酒席。

　　闲话休题。自此之后，秋公日饵百花，渐渐习惯，遂谢绝了烟火之物，所鬻果实、钱钞，悉皆布施。不数年间，发白更黑，颜色转如童子。一日正值八月十五，丽日当天，万里无瑕。秋公正在房中趺坐，忽然祥风微拂，彩云如蒸，空中音乐嘹亮，异香扑鼻。青鸾白鹤，盘旋翔舞，渐至庭前。云中正立着司花女，两边幢幡宝盖，仙女数人，各奏乐器。秋公看见，扑翻身便拜。司花女道："秋先，汝功行圆满，吾已奏闻上帝，有旨封汝为护花使者，专管人间百花，令汝拔宅上升。但有爱花惜花的，加之以福；残花毁花的，降之以灾。"秋公向空叩首谢恩讫，随着众仙登云，草堂花木，一齐冉冉升起，向南而去。虞公、单老和那合村之人都看见的，一齐下拜。还见秋公在云中举手谢众人，良久方没。此地遂改名"升仙里"，又谓之"百花村"。云：

　　园公一片惜花心，道感仙姬下界临。
　　草木同升随拔宅，淮南不用炼黄金。

大树坡义虎送亲

举世芒芒无了休，寄身谁识等浮沤！
谋生尽作千年计，公道还当万古留。
西下夕阳谁把手？东流逝水绝回头。
世人不解苍天意，恐使身心半夜愁。

这八句诗，奉劝世人，公道存心，天理用事，莫要贪图利己，谋害他人。常言道："使心用心，反害其身。"你不存天理，皇天自然不佑。昔有一人，姓韦名德，乃福建泉州人氏，自幼随着父亲，在绍兴府开个倾银铺儿。那老儿做人公道，利心颇轻，为此主顾甚多，生意尽好。不几年，攒上好些家私。韦德年长，娶了邻近单裁缝的女儿为媳。那单氏到有八九分颜色，本地大户，情愿出百十贯钱讨他做偏房，单裁缝不肯，因见韦家父子本分，手头活动，况又邻居，一夫一妇，遂就了这头亲事。何期婚配之后，单裁缝得病身亡。不上二年，韦老亦病故。韦德与浑家单氏商议，如今举目无亲，不若扶柩还乡。单氏初时不肯，拗丈夫不过，只得顺从。韦德先将店中粗重家伙变卖，打叠行李，雇了一只长路船，择个出行吉日，把父亲灵柩装载，夫妻两口儿下船而行。

原来这稍公，名叫做张稍，不是个善良之辈，惯在河路内做些淘摸生意。因要做这私房买卖，生怕伙计泄漏，却寻着一个会撑船的哑子做个帮手。今日晓得韦德倾银多年，囊中必然充实，又见单氏生得美丽，自己却没老婆，两件都动了火。下船时，就起个不良之心，奈何未得其便。

一日，因风大难行，泊舟于江郎山下。张稍心生一计，只推没柴，要上山砍些乱柴来烧。这山中有大虫，时时出来伤人，定要韦德作伴同去。韦德不知是计，随着张稍而走。张稍故意弯弯曲曲，引到深山之处。四顾无人，正好下手。张稍砍下些丛木在地，却教韦德打捆。韦德低着头，只顾捡柴，不防张稍从

大树坡义虎送亲

后用斧劈来，正中左肩，扑地便倒。重复一斧，向脑袋劈下，血如涌泉，结果了性命。张稍连声道："干净，干净！来年今日，叫老婆与你做周年。"说罢，把斧头插在腰里，柴也不要了，忙忙的空身飞奔下船。

单氏见张稍独自回来，就问丈夫何在。张稍道："没造化！遇了大虫，可怜你丈夫被他衔去了。亏我跑得快，脱了虎口，连砍下的柴，也不敢收拾。"单氏闻言，捶胸大哭。张稍解劝道："这是生辰八字内注定虎伤，哭也没用。"单氏一头哭，一头想道："闻得虎遇夜出山，不信白日里就出来伤人。况且两人双双同去，如何偏拣我丈夫吃了？他又全没些损伤，好不奇怪！"便对张稍道："我丈夫虽然衔去，只怕还挣得脱不死。"张稍道："猫儿口中，尚且挖不出食，何况于虎！"单氏道："然虽如此，奴家不曾亲见。就是真个被虎吃了，少不得存几块骨头，烦你引奴家去，检得回来，也表我夫妻之情。"张稍道："我怕虎不敢去。"单氏又哀哀的哭将起来。张稍想道："不引他去走一遍，他心不死。"便道："娘子，我引你去看，不要哭。"单氏随即上岸，同张稍进山路来。

先前砍柴，是走东路，张稍恐怕妇人看见死尸，却引他从西路走。单氏走一步，哭一步，走了多时，不见虎迹。张稍指东话西，只望单氏倦而思返。谁知他定要见丈夫的骨血，方才指实。张稍见单氏不肯回步，扯个谎，望前一指道："小娘子，你只管要行，兀的不是大虫来了？"单氏抬头而看，才问一声："大虫在那里？"声犹未绝，只听得林中咶喇的一阵怪风，忽地跳出一只吊睛白额虎，不歪不斜，正望着张稍当头扑来。张稍躲闪不及，只叫得一声"啊呀"，被虎一口衔着背皮，跑入深林受用去了。

单氏惊倒在地，半日方醒，眼前不见张稍，已知被大虫衔去，始信山中真个有虎，丈夫被虎吃了，此言不谬。心中害怕，不敢前行，认着旧路，一步步哭将转来。未及出山，只见一个似人非人的东西，从东路直冲出来。单氏只道又是只虎，叫道："我死也！"望后便倒。耳根边忽听得说："娘子，你如何却在这里？"双手来扶。单氏睁眼看时，却是丈夫韦德，血污满面，所以不像人形。原来韦德命不该死，虽然被斧劈伤，一时闷绝。张稍去后，却又醒将转来，挣扎起身，扯下脚带，将头裹缚停当，那步出山，来寻张稍讲话，却好遇着单氏。单氏还认着丈夫被虎咬伤，以致如此。听韦德诉出其情，方悟张稍欺心使计，谋害他丈夫，假说有虎。后来被虎咬去，此乃神明遣来，剿除凶恶。夫妻二人，感谢天地不尽。

回到船中，那哑子做手势，问船主如何不来。韦德夫妻与他说明本末。

哑子合着掌，忽然念出一声"南无阿弥陀佛"，便能说话，将张稍从前过恶一一说出。再问他时，依旧是个哑子。此亦至异之事也。韦德一路相帮哑子行船，直到家中，将船变卖了，造一个佛堂与哑子住下，日夜烧香。韦德夫妇终身信佛。后人论此事，咏诗四句：

伪言有虎原无虎，虎自张稍心上生。
假使张稍心地正，山中有虎亦藏形。

方才说虎是神明遣来，剿除凶恶，此亦理之所有。看来虎乃百兽之王，至灵之物，感仁吏而渡河，伏高僧而护法，见于史传，种种可据。如今再说一个义虎，知恩报恩，成就了人间义夫节妇，为千古佳话。正是：

说时节妇生颜色，道破奸雄丧胆魂。

话说大唐天宝年间，福州漳浦县下乡，有一人姓勤，名自励，父母俱存，家道粗足。勤自励幼年时，就聘定同县林不将的女儿潮音为妻。茶枣俱已送过，只等长大成亲。勤自励十二岁上，就不肯读书，出了学堂，专好使枪轮棒。父母单生的这个儿子，甚是姑息，不去拘管着他。年登十六，生得身长力大，猿臂善射，武艺过人。常言"同声相应，同气相求"，自有一班无赖子弟，三朋四友，和他檠鹰放鹞，驾犬驰马，射猎打生为乐。曾一日射死三虎。忽见个黄衣老者，策杖而前，称赞道："郎君之勇，虽昔日下庄、李存孝，不是过也！但好生恶杀，万物同情。自古道：'人无害虎心，虎无伤人意。'郎君何故必欲杀之？此兽乃百兽之王，不可轻杀。当初黄公有道术，能以赤刀制虎，尚且终为虎害。郎君若自恃其勇，好杀不已，将来必犯天之忌，难免不测之忧矣。"勤自励闻言省悟，即时折箭为誓，誓不杀虎。

忽一日，独往山中打生，得了几项野味而回。行至中途，地名大树坡，见一黄斑老虎，误陷于槛阱之中，猎户偶然未到。其虎见勤自励到来，把前足跪地，俯首弭耳，口中作声，似有乞怜之意。自励道："业畜，我已誓不害你了。但你今日自投槛阱，非干我事。"其虎眼观自励，口中呜呜不已。自励道："我今做主放你，你今后切莫害人。"虎闻言点头，自励破阱放虎。虎得命，狂跳而去。自励道："人以获虎为利，我却以放虎为仁。我欲仁而使人失其利，非忠恕之道也。"遂将所得野味，置于阱中，空手而回。正是：

得放手时须放手，可施恩处便施恩。

只因勤自励不务本业，家道渐渐消乏，又且素性慷慨好客，时常引着这伙三朋四友，到家薅恼，索酒索食。勤公、勤婆爱子之心无所不至，初时犹勉强支持,以后支持不来,只得对儿子说道:"你今年已长大,不思务本作家,日逐游荡,有何了日?别人家儿子似你年纪,或农或商,胡乱得些进益,以养父母。似你有出气,无进气,家事日渐凋零,兀自三兄四弟,酒食征逐,不知做爹娘的将没作有,千难万难,就是衣饰典卖,也有尽时。将来手足无措,连爹娘也有饿死之日哩。我如今与你说过,再引人上门时,茶也没有一杯与他吃了,你莫着急!"勤自励被爹娘教训了一遍,献献无言,走出去了。真个好几日没有人上门蒿恼。

约莫一月有馀,勤自励又引十来个猎户到家,借锅煮饭。勤公也道:"容他煮罢。"勤婆不肯道:"费柴费火,还是小事,只是才说得儿子回心,清净了这几日,老娘心里好不喜欢。今日又来缠帐,开了端,辞得那一个?他日又赔茶赔酒。老娘支持得怕了,索性做个冷面,莫惯他罢。"勤公见勤婆不允,闪过一边,勤婆将中门闭了,从门内说道:"我家不是公馆,柴火不便,别处去利市。"众人闻言,只索去了。勤自励满面羞惭,叹口气,想道:"我自小靠爹娘过活,没处赚得一文半文,家中来路又少,也怪爹娘不得。闻得安南作乱,朝廷各处募军,本府奉节度使文牒,大张榜文。众兄弟中已有几个应募去了。凭着我一身本事,一刀一枪,或者博得个衣锦还乡,也不见得。守着这六尺地上,带累爹娘受气,非丈夫之所为也。只是一件,爹娘若知我应募从军,必然不允。功名之际,只可从权,我自有个道理。"当下瞒过勤公、勤婆,竟往府中投军。太守试他武艺出众,将他充为队长,军政司上了名字。不一日招募数足,领兵官点名编号,给了口粮,制办衣甲器械,择个出征吉日,放炮起身。勤自励也不对爹娘说知,直到上路三日之后,遇了个县中差役,方才写寄一封书信回来。勤公拆书开看时,写道:

男自励无才无能,累及爹娘。今已应募,充为队长,前往安南。
幸然有功,必然衣锦还乡,爹娘不必挂念!

勤公看毕,呆了半晌,开口不得。勤婆道:"儿子那里去了?写什么言语在书上?你不对我说?"勤公道:"对你说时,只怕急坏了你!儿子应募充军,从征安南去了。"勤婆笑道:"我说多大难事,等儿子去十日半月后,唤他回来就是了。"勤公道:"妇道家不知利害!安南离此有万里之遥,音信尚且难通,况他已是官身,此去刀剑无情,凶多吉少。万一做了沙场之鬼,我两口儿老景谁人侍奉?"勤婆就哭天哭地起来,勤公也流泪不止。过了数日,林亲家亦闻此信,特地自来问个端的。勤公、勤婆遮瞒不得,只得实说了,感伤了一场。林公回去说知,举家都不欢喜。正是:

乐莫乐兮新相知，悲莫悲兮生别离。
他人分离犹自可，骨肉分离苦杀我。

光阴似箭，不觉三年，勤自励一去，杳无音信。林公频频遣人来打探消息，都则似金针堕海，银瓶落井，全没些影响。同县也有几个应募去的，都则如此。林公的妈妈梁氏对丈夫说道："勤郎一去，三年不回，不知死活存亡。女儿年纪长成了，把他担误，不是个常法，你也该与勤亲家那边讨个决裂。虽然亲则是亲，各儿各女，两个肚皮里出来的。我女儿还不认得女婿的面长面短，却教他活活做孤孀不成？"林公道："阿妈说的是。"即忙来到勤家。对勤公道："小女年长，令郎杳无归信。倘只是不归，作何区处？老荆日夜愁烦，特来与亲家商议。"勤公已知其意，便道："不肖子无赖，有误令爱芳年。但事已如此，求亲家多多上覆亲母，耐心再等三年。若六年不回，任凭亲家将令爱别许高门，老汉再无言语。"林公见他说得达理，只得唯唯而退，回来与妈妈说知。梁氏向来知道女婿不学本分，心中不喜，今三年不回，正中其意。听说还要等三年，好不焦燥，恨不得十日缩做一日，把三年一霎儿过了，等女儿再许个好人。

光阴似箭，不觉又过了三年。林公道："勤亲家之约已满了，我再去走一番，看他更有何说？"梁氏道："自古道：'一言既出，驷马难追。'他既有言在前，如今怪不得我了。有路自行，又去对他说甚么！且待女儿有了对头，才通他知道也不迟。"林公又道："阿妈说得是。然虽如此，也要与孩儿说知。"梁氏道："潮音这丫头有些古怪劣别，只如此对他说，勤郎六年不回，教他改配他人，他料然不肯，反被勤老儿笑话，须得如此如此。"林公又道："阿妈说得是。"

次日，梁氏正同女儿潮音一处坐，只见林公从外而来，故意大惊小怪的说道："阿妈，你知道么？怪道勤郎无信回来，原来三年前便死于战阵了。昨日有军士在安南回，是他亲见的。"潮音听说，面如土色，阁泪而不敢下，慌忙走进自己房里去了。妈妈亦假做叹息，连称可怜。

过了数日，林婆对女儿说道："死者不可复生。他自没命，可惜你青春年少。我已教你父亲去寻媒说合，将你改配他人。乘这少年时，夫妻恩爱，莫教挫过。"潮音道："母亲差矣！爹把孩儿从小许配勤家，一女不吃两家茶。勤郎在，奴是他家妻；勤郎死，奴也是他家妇。岂可以生死二心？奴断然不为！"妈妈道："孩儿休如此执见！爹妈单生你一人，并无兄弟。你嫁得着人时，爹妈也有半子之靠。况且未过门的媳妇，守节也是虚名。现放着活活的爹妈，你不念他日后老景凄凉，却去恋个死人，可不是个痴愚不孝之辈！"潮音被骂，不敢回言。就有男媒女妁，来说亲事。

潮音拗爹妈不过，心生一计，对爹妈说道："爹妈主张，孩儿焉敢有违？只是孩儿一闻勤郎之死，就将身别许他人，于心何忍？容孩儿守制三年，以毕夫妻之情，那时但凭爹妈，不然，孩儿宁甘一死，决不从命。"林公与梁氏见女儿立志甚决，怕他做出短见之事，只得由他。正是：

一人立志，万夫莫夺。

却说勤公夫妇见儿子六年不归，眼见得林家女儿是别人家的媳妇了。后来闻得媳妇立志要守三年，心下不胜之喜："若巴得这三年内儿子回家，还是我的媳妇。"

光阴似箭，不觉又过了三年。潮音只认丈夫真死，这三年之内，素衣蔬食，如真正守孝一般。及至年满，竟绝了荤腥之味，身上又不肯脱素穿色，说起议婚，便要寻死。林公与妈妈商议："女孩儿执性如此，改嫁之事，多应不成。如之奈何？"梁氏道："密地择了人家，在我哥哥家受聘，不要通女孩儿得知。到临嫁之期，只说内侄做亲，来接女孩儿。哄得他易服上轿，鼓乐人从，都在半路迎接。事到其间，不怕他不从。"林公又道："阿妈说得是。"林公果然与舅子梁大伯计议定了，许了李承务家三舍人。自说亲以至纳聘，都在梁大伯家里。夫妻两口去受聘时，对女儿只说梁大伯大儿子定亲，潮音那里疑心。

吉期将到，梁大伯假说某日与儿子完婚，特迎取姐夫一家到家中去接亲。梁氏先自许过他一定都来。至期，大伯差人将两顶轿子，来接姐姐和外甥女。梁氏自己先妆扮了，教女儿换了色服同去。潮音不知是计，只得易服随行。女孩儿家不出闺门，不知路径，行了一会，忽然山凹里灯笼火把，鼓乐喧天，都是娶亲的人众，中途等候，摆列轿前，吹打而去。潮音觉道事体有变，没奈何在轿内啼啼哭哭。众人也那里管他，只顾催趱轿夫飞走。

到一个去处，忽然阴云四合，下一阵大雨。众人在树林中暂歇，等雨过又行。走不上几步，抖然起一阵狂风，灯火俱灭，只见一只黄斑吊睛白额虎，从半空中跳将下来。众人发声喊，都四散逃走。

未知性命如何？已见亡魂丧胆。

风定虎去，众人叫声"谢天"，吹起火来，整顿重行。只见轿夫叫道："不好了！"起初两乘轿子，都是实的，如今一乘是空的。举火照时，正不见了新人，轿门都撞坏了。不是被大虫衔去是什么！梁氏听说，呜呜的啼哭起来，这些娶亲的没了新人，好没兴头，乐人也不吹打了，灯火也熄了一半。众人商量道："如何是好？"欲待追寻，黑夜不便，也没恁般胆气。欲待各散去讫，怕又遇别个虎。不若聚做一块，同到林家，再作区处。所谓乘兴而去，败兴而回。

且说林公正闭着门，在家里收拾，听得敲门甚急，忙来开看，只见两乘轿子依旧抬转，许多人从一个个垂头丧气，都如丧家之狗。吃了一惊，正不知是甚么缘故："莫非女孩儿不从，在轿里又弄出什么把戏？"心头犹如几百个郎槌打着。急问其故，梁氏在轿中哭将出来，哽哽咽咽，一字也说不出。众人将中途遇虎之事，叙了一遍。林公也捶胸大恸，懊悔无及："早知我儿如此薄命，依他不嫁也罢！如今断送得他好苦！"一面令人去报李承务和梁大伯两家知道，一面聚集庄客，准备猎具，专等天明，打点搜山捕获大虫，并寻女儿骨殖。正是：

悲悲切切思闺女，口口声声恨大虫。

话分两头。却说勤自励自从应募投军，从征安南，力战有功，都督哥舒翰用为帐下虞候，解所佩宝剑赐之，甚加信用。三年之后，吐番入寇，勤自励又随哥舒翰调兵征讨。平定之后，朝廷拜哥舒翰为大元帅，率领本部将校，雄军十万，镇守潼关。勤自励以两次军功，那时已做到都指挥之职。何期安禄反乱，杀到潼关。哥舒翰正值患病，抵敌不住，开关纳降。勤自励孤掌难鸣，弃其部下，只身仗剑而逃，一路辛苦不题。

事有凑巧，恰好林公嫁女这一晚，勤自励回到家中，见了父母，拜伏于地，口称："恕孩儿不孝之罪。"勤公、勤婆仔细看时，方才认得是儿子。去时虽然长大，还没这般雄伟，又添上一嘴胡须，边塞风霜，容颜都改变了。勤公、勤婆痛定思痛，不觉流泪。勤公道："我儿如何一去十年，音信全无？多有人说，你已没于战阵，哭得做爹妈的眼泪俱枯了。"勤婆道："莫说十年之前，就是早回一日也还好，不见得媳妇随了别人。"勤自励道："我媳妇怎么说？"勤婆道："你去了三年之后，丈人就要将媳妇别许人家，是你爹爹不肯，勉强留了三年。以后媳妇闻你身死，自家立志守孝三年。如今第十个年头，也难怪他，刚刚是今晚出门嫁人。"勤自励听说，眉根倒竖，牙齿咬得格格的响，叫道："那个鸟百姓敢讨勤自励的老婆？我只教他认一认我手中的宝剑！"说罢，狠狠的仗剑出门。妈妈从小管他不下的，今日那里留得他住，只得由他，捏着两把汗，在草堂中等候消息。正是：

青龙共白虎同去，吉凶事全然未保。

却说勤自励自小认得丈人林公家里，打这条路迎将上去。走了多时，将近黄昏，遇了一阵大雨，衣服都沾湿了。记得这地方唤做大树坡，有一株古树，约莫十来围大，中间都是空的，可以避雨。勤自励走到树边，挨身入内，甚是宽转。那雨虽然大，落不多时就止了。勤自励却待跳出，半空中又刮起一阵大风。勤自励想道："索性等着过了这阵风走罢。"又道："这风有些腥气，好古怪！"舒着头往外张望，见两盏红灯，若隐若现，忽地刮喇的一声响声，如天崩地裂，一件东西向前而坠，惊得勤自励倒身入内。

少顷风定，耳边但闻呻吟之声。此时云开雨散，天边露出些微月。勤自励就月光下上前看时，那呻吟的却是个女子。勤自励扶起，细叩来历。那女子半响方言，说道："奴家林氏之女潮音也。"勤自励记得妻子的小名，未知是否，问道："你可有丈夫么？"潮音道："丈夫勤自励虽曾聘定，尚未过门。只为他十年前应募从军，久无音信。爹妈要将奴改适他姓，奴家誓死不从。爹妈背地将奴不知许与谁家，只说舅舅家来接，骗奴上轿，中路方知。正待寻死，忽然一阵狂风，火光之下，看见个黄斑吊睛白额虎，冲人而来，径向轿中，将奴衔出，撇在此地。虎已去了，幸不损伤。官人不知尊姓何名？若得送奴归还父母之家，家中必有厚报。"勤自励道："则小生便是勤自励，先征安南，又征吐番，后来又随哥舒元帅镇守潼关，适才回家。听说你家中将你嫁人，在于今晚，以此仗剑而来，欲剿那些败坏纲常之辈。何期于此相遇！这是天遣大虫送还与我，省得我勤自励舞刀轮剑，乃是万千之幸！"潮音道："官人虽如此说，奴家未曾过门，不识丈夫之面。今日一言之下，岂敢轻信？官人还是引奴回家，使我爹爹识认女婿，也不负奴家数年苦守之志。"勤自励道："你家老禽兽把一女许配两家，这等不仁不义之辈，还去见他则甚！我如今背你到我家中，先参见了舅姑，然后遣人通知你家，也把那老禽兽羞他一羞。"说罢，不管潮音背不肯，把他负于背上，左手向后拦住他的金莲，右手仗剑，踏着烂地而回。

行不多步，忽闻虎啸之声，遥见前山之上，双灯冉冉，细视，乃一只黄斑吊睛白额虎。那两个红灯，虎之睛光也。勤自励猛然想着十年之前，曾在此处破开槛阱，放了一只黄斑吊睛白额虎。"今日如何就晓得我勤自励回家，去人丛中衔那媳妇还我，岂非灵物！"遂高声叫道："大虫，谢送媳妇了！"那虎大啸一声，跳而藏影。后人论起那虎报恩事，以为奇谈，多有题咏，惟胡曾先生一首最好，诗曰：

从来只道虎伤人，今日方知虎报恩。
多少负心无义汉，不如禽兽有情亲。

再说勤公、勤婆在家，悬悬而望，听得脚步响，忙点灯出来看时，只见儿子勤自励背上负了一个人来，来到草堂，放于地下，叫道："爹妈，则教你今夜认得媳妇！"勤公、勤婆见是个美貌女子，细叩来历，方知大虫报恩送亲一段奇事。双双举手加额，连称惭愧。勤婆遂将媳妇扶到房中，粥汤将息。次早差人去林亲家处报信。

却说林公那日黑早，便率领庄客，绕山寻绰了一遍，不见动静，叹口气，只得回家。忽见勤公遣人报喜，说夜来儿子已回，大虫衔来送还他家。那里肯信？"我晓得了，这是勤亲家晓得女孩儿被虎衔去，故造此话来奚落我！"妈妈梁氏道："天下何事不有？前日我家走失了一只花毛鸡，被邻舍家收着。过了一日，野猫衔个鸡到我家来；赶脱了猫儿，看那鸡，正是我家走失的这一只花毛鸡。有这般巧事！况且虎是个大畜生，最有灵性。我又闻得一个故事：昔时有个书生，住在孤村，夜间听得门外声响，看时，窗棂里伸一只虎掌进来，掌有竹刺甚大。书生悟其来意，拔出其刺。明晚，虎衔一羊来谢，可见虎通人性。或者天可怜女孩儿守志，遣那大虫来送归勤家，亦未可知。你且到勤家看女婿曾回不曾回，便有分晓。"林公又道："阿妈说得是。"

当日林公来到勤家，勤公出迎，分宾而坐，细述夜来之情。林公满面羞惭，谢罪不已："求见贤婿和小女之面。"勤自励初时不肯认丈人，被爹娘先劝了多时，又碍浑家的面皮，故此只得出来相见，气忿忿的作了个揖，就走开去了。勤公教勤婆将媳妇装扮起来，却请林公进房。父女会面，出于意外，犹如梦中相逢，欢喜无限。要接女儿回家，勤公、勤婆不肯。择了吉日，就于家中拜堂成亲。李承务家已知勤自励回来，自没话说。

后来郭、李二元帅恢复长安，肃宗皇帝登极，清查文武官员。肃宗自为太子时，曾闻勤自励征讨之功，今番贼党簿籍中，没有他名字，嘉其未曾从贼，再起为亲军都指挥使，累征安庆绪、史思明有功。年老致仕，夫妻偕老。有诗为证：

但行刻薄人皆怨，能布恩施虎亦亲。
奉劝人行方便事，得饶人处且饶人。

钱秀才错占凤凰俦

渔船载酒日相随，短笛芦花深处吹。
湖面风收云影散，水天光照碧琉璃。

这首诗是宋时杨备游太湖所作。这太湖在吴郡西南三十馀里之外。你道有多少大？东西二百里，南北一百二十里，周围五百里，广三万六千顷，中有山七十二峰，襟带三州。那三州？苏州，湖州，常州。东南诸水皆归。一名震泽，一名具区，一名笠泽，一名五湖。何以谓之五湖？东通长洲松江，南通乌程雪溪，西通义兴荆溪，北通晋陵滆湖，东通嘉兴韭溪，水凡五道，故谓之五湖。那五湖之水，总是震泽分流，所以谓之太湖。就太湖中亦有五湖名色，曰：菱湖、游湖、莫湖、贡湖、胥湖。五湖之外，又有三小湖：扶椒山东曰梅梁湖，杜圻之西、鱼查之东曰金鼎湖，林屋之东曰东皋里湖；吴人只称做太湖。那太湖中七十二峰，惟有洞庭两山最大：东洞庭曰东山，西洞庭曰西山，两山分峙湖中。其馀诸山，或远或近，若浮若沉，隐见出没于波涛之间。有元人许谦诗为证：

周回万水入，远近数州环。
南极疑无地，西浮直际山。
三江归海表，一径界河间。
白浪秋风疾，渔舟意尚闲。

那东西两山在太湖中间，四面皆水，车马不通。欲游两山者，必假舟楫，往往有风波之险。昔宋时宰相范成大在湖中遇风，曾作诗一首：

白雾漫空白浪深，舟如竹叶信浮沉。
科头宴起吾何敢，自有山川印此心。

话说两山之人，善于货殖，八方四路，去为商为贾。所以江湖上有个口号，叫做"钻天洞庭"。内中单表西洞庭有个富家，姓高名赞，少年惯走湖广，贩卖粮食。后来家道殷实了，开起两个解库，托着四个伙计掌管，自己只在家中受用。浑家金氏，生下男女二人，男名高标，女名秋芳。那秋芳长似高标二岁。高赞请个积年老教授在家馆谷，教着两个儿女读书。那秋芳资性聪明，自七岁读书至十二岁，书史皆通，写作俱妙。交十三岁，就不进学堂，只在房中习学女工，描鸾刺凤。看看长成十六岁，出落得好个女儿，美艳非常。有《西江月》为证：

钱秀才错占凤凰俦

面似桃花含露，体如白雪团成。眼横秋水黛眉清，十指尖尖春笋。
袅娜休言西子，风流不让崔莺。金莲窄窄瓣儿轻，行动一天丰韵。

高赞见女儿人物整齐，且又聪明，不肯将他配个平等之人，定要拣个读书君子、才貌兼全的配他，聘礼厚薄到也不论。若对头好时，就赔些妆奁嫁去，也自情愿。有多少豪门富室，日来求亲的，高赞访得他子弟才不压众，貌不超群，所以不曾许允。虽则洞庭在水中央，三州通道，况高赞又是个富家，这些做媒的四处传扬，说高家女子美貌聪明，情愿赔钱出嫁，只要择个风流佳婿。但有一二分才貌的，那一个不挨风缉缝，央媒说合。说时夸奖得潘安般貌，子建般才，及至访实，都只平常。高赞被这伙做媒的哄得不耐烦了，对那些媒人说道："今后不须言三语四。若果有人才出众的，便与他同来见我。合得我意，一言两决，可不快当！"自高赞出了这句言语，那些媒人就不敢轻易上门。正是：

眼见方为的，传言未必真。试金今有石，惊破假银人。

话分两头。却说苏州府吴江县平望地方，有一秀士，姓钱名青，字万选。此人饱读诗书，广知今古，更兼一表人才。也有《西江月》为证：

出落唇红齿白，生成眼秀眉清。风流不在着衣新，俊俏行中首领。
下笔千言立就，挥毫四坐皆惊。青钱万选好声名，一见人人起敬。

钱生家世书香，产微业薄，不幸父母早丧，愈加零替，所以年当弱冠，无力娶妻，止与老仆钱兴相依同住。钱兴日逐做些小经纪供给家主，每每不敷，一饥两饱。幸得其年游庠，同县有个表兄，住在北门之外，家道颇富，就延他在家读书。那表兄姓颜名俊，字伯雅，与钱生同庚生，都则一十八岁，颜俊只长得三个月，以此钱生呼之为兄。父亲已逝，止有老母在堂，亦未曾定亲。

说话的，那钱青因家贫未娶，颜俊是富家之子，如何一十八岁，还没老婆？其中有个缘故：那颜俊有个好高之病，立誓要拣个绝美的女子，方与缔姻，所以急切不能成就，况且颜俊自己又生得十分丑陋。怎见得？亦有《西江月》为证：

面黑浑如锅底，眼圆却似铜铃。痘疤密摆泡头钉，黄发蓬松两鬓。
牙齿真金镀就，身躯顽铁敲成。楂开五指鼓锤能，枉了名呼颜俊。

那颜俊虽则丑陋，最好妆扮，穿红着绿，低声强笑，自以为美。更兼他腹中全无滴墨，纸上难成片语，偏好攀今掉古，卖弄才学。钱青虽知不是同调，却也借他馆地，为读书之资，每事左凑着他，故此颜俊甚是喜欢，事事商议而行，甚说得着。

话休絮烦。一日，正是十月初旬天气。颜俊有个门房远亲，姓尤名辰，号少梅，为人生意行中，颇颇伶俐，也领借颜俊些本钱，在家开个果子店营运过活。其日在洞庭山贩了几担橙橘回来，装做一盘，到颜家送新。他在山上闻得高家选婿之事，说话中间偶然对颜俊叙述，也是无心之谈。谁知颜俊倒有意了，想道："我一向要觅一头好亲事，都不中意。不想这段姻缘却落在那里！凭我恁般才貌，又有家私，若央媒去说，再增添几句好话，怕道不成？"那日一夜睡不着，天明起来，急急梳洗了，到尤辰家里。

尤辰刚刚开门出来，见了颜俊，便道："大官人为何今日起得恁早？"颜俊道："便是有些正事，欲待相烦。恐老兄出去了，特特早来。"尤辰道："不知大官人有何事见委？请里面坐了领教。"颜俊到坐启下，作了揖，分宾而坐。尤辰又道："大官人但有所委，必当效力，只怕用小子不着。"颜俊道："此来非为别事，特求少梅作伐。"尤辰道："大官人作成小子赚花红钱，最感厚意。不知说的是那一头亲事？"颜俊道："就是老兄昨日说的洞庭西山高家这头亲事，于家下甚是相宜，求老兄作成小子则个。"尤辰格的笑的一声道："大官人莫怪小子直言！若是第二家，小子也就与你去说了；若是高家，大官人作成别人做媒罢。"颜俊道："老兄为何推托？这是你说起的，怎么又叫我去寻别人？"尤辰道："不是小子推托。只为高老有些古怪，不容易说话，所以迟疑。"颜俊道："别件事，或者有些东扯西拽，东掩西遮，东三西四，不容易说话。这做媒乃是冰人撮合，一天好事，除非他女儿不要嫁人便罢休；不然，少不得男媒女妁。随他古怪煞，须知媒人不可怠慢。你怕他怎的！还是你故意作难，不肯总成我这桩美事。这也不难，我就央别人去说。说成了时，休想吃我的喜酒！"说罢，连忙起身。

那尤辰领借了颜俊家本钱，平日奉承他的，见他有怫然不悦之意，即忙回船转舵道："大官人莫要性急，且请坐了再细细商议。"颜俊道："肯去说便去，不肯就罢了，有甚话商量得！"口里虽则是恁般说了，身子却又转来坐下。尤辰道："不是我故意作难，那老儿真个古怪，别家相媳妇，他偏要相女婿。但得他当面看得中意，才将女儿许他。有这些难处，只怕劳而无功，故此不敢把这个难题目包揽在身上。"颜俊道："依你说，也极容易。他要当面看我时，就等他看个眼饱。我又不残疾，怕他怎地！"尤辰不觉呵呵大笑道："大官人，不是冲撞你说。大官人虽则不丑，更有比大官人胜过几倍的，他还看不上眼哩。大官人若是不把与他见面，这事纵没一分二分，还有一厘二厘；若是当面一看，便万分难成了。"颜俊道："常言'无谎不成媒'。你与我包谎，只说十二分人才。或者该是我的姻缘，一说一就，不要面看，也不可知。"尤辰道："倘若要看时，却怎地？"颜俊道："且到那时，再有商量，只求老兄速去一言。"尤辰道："既蒙分付，小子好歹去走一遭便了。"

颜俊临起身，又叮咛道："千万，千万！说得成时，把你二十两这纸借契先奉还了，媒礼花红在外。"尤辰道："当得，当得！"颜俊别去。不多时，就教人封上五钱银子，送与尤辰，为明日买舟之费。颜俊那一夜在床上又睡不着，想道："倘他去时不尽其心，葫芦提回复了我，可不枉走一遭！再差一个伶俐家人跟随他去，听他讲甚言语。好计，好计！"等待天明，便唤家童小乙来，跟随尤少梅往山上去说亲，小乙去了。颜俊心中牵挂，即忙梳洗，往近处一个关圣庙中求签，卜其事之成否。当下焚香再拜，把签筒摇了几摇，扑的跳出一签。拾起看时，却是第七十三签。签上写的有签诀四句，云：

忆昔兰房分半钗，而今忽把信音乖。
痴心指望成连理，到底谁知事不谐。

颜俊才学虽然不济，这几句签诀文义显浅，难道好歹不知？求得此签，心中大怒，连声道："不准，不准！"撒袖出庙门而去。回家中坐了一会，想道："此事有甚不谐？难道真个嫌我丑陋，不中其意？男子汉须比不得妇人，只是出得人前罢了。一定要选个陈平、潘安不成？"一头想，一头取镜子自照。侧头侧脑的看了一回，良心不昧，自己也看不过了。把镜子向桌上一撇，叹了一口寡气，呆呆而坐，准准的闷了一日，不题。

且说尤辰是日同小乙驾了一只三橹快船，趁着无风静浪，咿呀的摇到西山高家门首停舶，刚刚是未牌时分。小乙将名帖递了，高公出迎。问其来意，说是："与令爱作伐。"高赞问："是何宅？"尤辰道："就是敝县一个舍亲，家业也不薄，与宅上门户相当。此子年方十八，读书饱学。"高赞道："人品生得如何？老汉有言在前，定要当面看过，方敢应承。"尤辰见小乙紧紧靠在椅子后边，只得不老实扯个大谎，便道："若论人品，更不必言。堂堂一躯，十全之相；况且一肚文才，十四岁出去考童生，县里就高高取上一名。这几年为丁了父忧，不曾进院，所以未得游庠。有几个老学，看了舍亲的文字，都许他京解之才。就是在下，也非惯于为媒的。因年常在贵山买果，偶闻令爱才貌双全，老翁又慎于择婿，因思舍亲正合其选，故此斗胆轻造。"

高赞闻言，心中甚喜，便道："令亲果然有才有貌，老汉敢不从命？

但老汉未曾经目，终不放心。若是足下引令亲过寒家一会，更无别说。"尤辰道："小子并非谬言，老翁他日自知。只是舍亲是个不出书房的小官人，或者未必肯到宅上。就是小子撺掇来时，若成得亲事还好，万一不成，舍亲何面目回转？小子必然讨他抱怨了。"高赞道："既然人品十全，岂有不成之理？老夫生性是这般小心过度的人，所以必要着眼。若是令亲不屑下顾，待老汉到宅，足下不意之中，引令亲来一观，却不妥贴？"尤辰恐怕高赞身到吴江，访出颜俊之丑，即忙转口道："既然尊意决要会面，小子还同舍亲奉拜，不敢烦尊驾动定。"说罢告别。高公那里肯放，忙教整酒肴相款。吃到更馀，高公留宿。尤辰道："小舟带有铺陈，明日要早行，即今奉别。等舍亲登门，却又相扰。"高公取舟金一封相送，尤辰作谢下船。

次早顺风，拽起饱帆，不勾大半日就到了吴江。颜俊正呆呆的站在门前望信，一见尤辰回家，便迎住问道："有劳老兄往返，事体如何？"尤辰把问答之言，细述一遍："他必要面会，大官人如何处置？"颜俊默然无言。尤辰便道："暂别再会。"自回家去了。颜俊到里面，唤过小乙来问其备细，只恐尤辰所言不实，小乙说来果是一般。颜俊沉吟了半晌，心生一计，再走到尤辰家，与他商议。不知说的是甚么计策，正是：

为思佳偶情如火，索尽枯肠夜不眠。
自古姻缘皆分定，红丝岂是有心牵。

颜俊对尤辰道："适才老兄所言，我有一计在此，也不打紧。"尤辰道："有何好计？"颜俊道："表弟钱万选，向在舍下同窗读书，他的才貌比我胜几分儿。明日我央及他同你去走一遭，把他只说是我，哄过一时。待行过了聘，不怕他赖我的姻事。"尤辰道："若看了钱官人，万无不成之理，只怕钱官人不肯。"颜俊道："他与我至亲，又相处得极好。只央他点一遍名儿，有甚亏他处？料他决然无辞。"说罢，作别回家。

其夜，就到书房中陪钱万选夜饭，酒肴比常分外整齐。钱万选愕然道："日日相扰，今日何劳盛设？"颜俊道："且吃三杯，有小事相烦贤弟则个，只是莫要推故。"钱万选道："小弟但可效劳之处，无不从命，只不知甚么样事？"颜俊道："不瞒贤弟说，对门开果子店的尤少梅，与我作伐，说的女家，是洞庭西山高家。一时间夸了大口，说我十分才貌。不想说得忒高兴了，那高老定要先请我去面会一会，然后行聘。昨日商议，若我自去，恐怕不应了前言。一来少梅没趣，二来这亲事就难成了。故此要劳贤弟认了我的名色，同少梅一行，瞒过那高老，玉成这头亲事。感恩不浅，愚兄自当重报。"钱万选想了一想，道："别事犹可，这事只怕行不得。一时便哄过了，后来知道，你我都不好看相。"颜俊道："原只要哄过这一时。若行聘过了，就晓得也何怕他？他又不认得你是什么人。就怪也只怪得媒人，与你什么相干！况且他家在洞庭西山，百里之隔，一时也未必知道。你但放心前去，到不要畏缩。"钱万选听了，沉吟不语。欲待从他，不是君子所为；欲待不从，必然取怪，这馆就处不成了，事在两难。颜俊见他沉吟不决，便道："贤弟，常言道：'天坍下来，自有长的撑住。'凡事有愚兄在前，贤弟休得过虑。"钱万选道："然虽如此，只是愚弟衣衫褴褛，不称仁兄之相。"颜俊道："此事愚兄早已办下了。"是夜无话。

次日，颜俊早起，便到书房中，唤家童取出一皮箱衣服，都是绫罗绸绢时新花样的翠颜色，时常用龙涎庆真饼熏得扑鼻之香，交付钱青，行时更换，下面净袜丝鞋。只有头巾不对，即时与他换了一顶新的。又封着二两银子送与钱青道："薄意权充纸笔之用，后来还有相酬。这一套衣服，就送与贤弟穿了。日后只求贤弟休向人说，泄漏其事。今日约定了尤少梅，明日早行。"钱青道："一依尊命。这衣服小弟暂时借穿，回时依旧纳还。这银子一发不敢领了。"颜俊道："古人车马轻裘，与朋友共。就没有此事相劳，那几件粗衣奉与贤弟穿了，不为大事。这些须薄意，不过表情，辞时反教愚兄惭愧。"钱青道："既承仁兄盛情，衣服便勉强领下，那银子断然不敢。"颜俊道："若是贤弟固辞，便是推托了。"钱青方才受了。

颜俊是日约会尤少梅。尤辰本不肯担这干纪，只为不敢得罪于颜俊，勉强应承。颜俊预先备下船只及船中供应食物和铺陈之类，又拨两个安童服侍，连前番跟去的小乙，共是三人。绢衫毡包，极其华整，隔夜俱已停当。又分付小乙和安童到彼，只当自家大官人称呼，不许露出个"钱"字。过了一夜，侵早就起来催促钱青梳洗穿着。钱青贴里贴外，都换了时新华丽衣服，行动香风拂拂，比前更觉标致。

分明荀令留香去，疑是潘郎掷果回。

颜俊请尤辰到家，同钱青吃了早饭，小乙和安童跟随下船。又遇了顺风，片帆直吹到洞庭西山，天色已晚，舟中过宿。次日早饭过后，约莫高赞起身，钱青全束写"颜俊"名字拜帖，谦逊些，加个"晚"字。小乙捧帖，到高家门首投下，说："尤大舍引颜宅小官人特来拜见！"高家仆人认得小乙的，慌忙通报。高赞传言："快请！"假颜俊在前，尤辰在后，步入中堂。高赞一眼看见那个小后生，人物轩昂，衣冠济楚，心下已自三分欢喜。叙礼已毕，高赞看椅上坐。钱青自谦幼辈，再三不肯，只得东西昭穆坐下。高赞肚里暗暗欢喜："果然是个谦谦君子。"坐定，先是尤辰开口，称说前日相扰。高翁答言："多慢。"接口就问说："此位就是令亲颜大官人？前日不曾问得贵表。"钱青道："年幼无表。"尤辰代言："舍亲表字伯雅。伯仲之伯，雅俗之雅。"高赞道："尊名尊字，俱称其实。"钱青道："不敢！"高赞又问起家世，钱青一一对答，出词吐气，十分温雅。高赞想道："外才已是美了，不知他学问如何？且请先生和儿子出来相见，盘他一盘，便见有学无学。"献茶二道，分付家人："书馆中请先生和小舍出来见客。"

去不多时，只见五十多岁一个儒者，引着一个垂髫学生出来。众人一齐起身作揖。高赞一一通名："这位是小儿的业师，姓陈，见在府庠；这就是小儿高标。"钱青看那学生，生得眉清目秀，十分俊雅，心中想着："此子如此，其姊可知。颜兄好造化哩！"又献了一道茶。高赞便对先生道："此位尊客是吴江颜伯雅，年少高才。"那陈先生已会了主人之意，便道："吴江是人才之地，见高识广，定然不同。请问贵邑有三高祠，还是那三个？"钱青答言："范蠡、张翰、陆龟蒙。"又问："此三人何以见得他高处？"钱青一一分疏出来。两个遂互相盘问了一回。钱青见那先生学问平常，故意谭天说地，讲古论今，惊得先生一字俱无，连称道："奇才，奇才！"把一个高赞就喜得手舞足蹈，忙唤家人，悄悄分付备饭："要整齐些！"家人闻言，即时拽开桌子，排下五色果品。高赞取杯箸安席。钱青答敬谦让了一回，照前昭穆坐下。三汤十菜，添案小吃。顷刻间，摆满了桌子，真个咄嗟而办。

你道为何如此便当？原来高赞的妈妈金氏，最爱其女，闻得媒人引颜小官人到来，也伏在遮堂背后张看。看见一表人才，语言响亮，自家先中意，料高老必然同心，故此预先准备筵席。一等分付，流水的就搬出来。宾主共是五位。酒后饭，饭后酒，直吃到红日衔山。钱青和尤辰起身告辞。高赞心中甚不忍别，意欲攀留几日，钱青那里肯住。高赞留了几次，只得放他起身。钱青先别了陈先生，口称："承教。"次与高公作谢道："明日早行，不得再来告别！"高赞道："仓卒怠慢，勿得见罪。"小学生也作揖过了。金氏已备下几色嘎程相送，无非是酒米鱼肉之类，又有一封舟金。高赞扯尤辰到背处，说道："颜小官人才貌，更无他说。若得少梅居间成就，万分之幸。"尤辰道："小子领命。"高赞直送上船，方才分别。当夜夫妻两口，说了颜小官人一夜，正是：

不须玉杵千金聘，已许红绳两足缠。

再说钱青和尤辰，次日开船，风水不顺，直到更深，方才抵家。颜俊兀自秉烛夜坐，专听好音。二人叩门而入，备述昨朝之事。颜俊见亲事已成，不胜之喜，忙忙的就本月中择个吉日行聘。果然把那二十两借契送还了尤辰，以为谢礼。就择了十二月初三日成亲。高赞得意了女婿，况且妆奁久已完备，并不推阻。日往月来，不觉十一月下旬，吉期将近。原来江南地方娶亲，不行古时亲迎之礼，都是女亲家和阿舅自送上门。女亲家谓之送"娘"，阿舅谓之"抱嫁"。高赞为选中了乘龙佳婿，到处夸扬，今日定要女婿上门亲迎，准备大开筵宴，遍请远近亲邻吃喜酒，先遣人对尤辰说知。尤辰吃了一惊，忙来对颜俊说了，颜俊道："这番亲迎，少不得我自去走一遭。"尤辰跌足道："前日女婿上门，他举家都看个匀，行乐图也画得出在那里。今番又换了一个面貌，教做媒的如何措辞？好事定然中变，连累小子必然受辱！"颜俊听说，反抱怨起媒人来道："当初我原说过来，该是我姻缘，自然成就。若第一次上门时，自家去了，那见得今日进退两难？都是你捉弄我，故意说得高老十分古怪，不要我去，教钱家表弟替了。谁知高老甚是好情，一说就成，并不作难。这是我命中注定，该做他家的女婿，岂因见了钱表弟方才肯成？况且他家已受了聘礼，他的女儿就是我的人了，敢道个不字么？你看我今番自去，他怎生发付我？难道赖我的亲事不成？"尤辰摇着头道："成不得！人也还在他家，你狠到那里去？若不肯把人送上轿，你也没奈何他！"颜俊道："多带些人从去，肯便肯，不肯时打进去，抢将回来，便告到官司，有生辰吉帖为证，只是赖婚的不是，我并没差处。"尤辰道："大官人休说满话！常言道：'恶龙不斗地头蛇。'你的从人虽多，怎比得坐地的，有增无减。万一弄出事来，缠到官司，那老儿诉说，求亲的是一个，娶亲的又是一个，官府免不得唤媒人诘问。刑罚之下，小子只得实说，连累钱大官人前程干系，不是耍处。"

颜俊想了一想道："既如此，索性不去了。劳你明日去回他一声，只说前日已曾会过了，敝县没有亲迎的常规，还是从俗送亲罢。"尤辰道："一发成不得。高老因看上了佳婿，到处夸其才貌。那些亲邻专等亲迎之时，都要来厮认。这是断然要去的。"颜俊道："如此，怎么好？"尤辰道："依小子愚见，更无别策，只得再央令表弟钱大官人走遭，索性哄他到底。哄得新人进门，你就靠家大了，不怕他又夺了去。结婚之后，纵然有话，也不怕他了。"颜俊顿了一顿口道："话倒有理！只是我的亲事，到作成别人去风光。央及他时，还有许多作难哩。"尤辰道："事到其间，不得不如此。风光只在一时，怎及得大官人终身受用！"

颜俊又喜又恼，当下别了尤辰，回到书房，对钱青说道："贤弟，又要相烦一事。"钱青道："不知兄又有何事？"颜俊道："出月初三，是愚兄毕姻之期，初二日就要去亲迎。原要劳贤弟一行，方才妥当。"钱青道："前日代劳，不过泛然之事。今番亲迎，是个大礼，岂是小弟代得的？这个断然不可！"颜俊道："贤弟所言虽当，但因初番会面，他家已认得了；如今忽换我去，必然疑心，此事恐有变卦。不但亲事不成，只恐还要成讼。那时连贤弟也有干系，却不是为小妨大，把一天好事自家弄坏了？若得贤弟亲迎回来，成就之后，不怕他闲言闲语。这是个权宜之术，贤弟须知。塔尖上功德，休得固辞。"钱青见他说得情辞恳切，只索依允。

颜俊又唤过吹手及一应接亲人从，都分付了说话，不许漏泄风声，取得亲回，都有重赏。众人谁敢不依。到了初二日侵晨，尤辰便到颜家相帮安排亲迎礼物，及上门各项赏赐，都封得停停当当。其钱青所用，及儒巾圆领丝绦皂靴，并皆齐备。又分派各船食用，大船二只，一只坐新人，一只媒人共新郎同坐；中船四只，散载众人；小船四只，一者护送，二者以备杂差。十馀只船，筛锣掌号，一齐开出湖去。一路流星炮仗，好不兴头。正是：

门阑多喜气，女婿近乘龙。

船到西山，已是下午。约莫离高家半里停泊，尤辰先到高家报信。一面安排迎亲礼物，及新人乘坐百花彩轿，灯笼火把，共有数百。钱青打扮整齐，另有青绢暖轿，四抬四绰，笙箫鼓乐，径望高家而来。那山中远近人家，都晓得高家新女婿才貌双全，竞来观看，挨肩并足，如看神会故事的一般的热闹。钱青端坐轿中，美如冠玉，无不喝采。有妇女曾见过秋芳的，便道："这般一对夫妻，真个郎才女貌！高家拣了许多女婿，今日果然被他拣着了。"不题众人。

且说高赞家中，大排筵席，亲朋满坐。未及天晚，堂中点得画烛通红。只听得乐声聒耳，门上人报道："娇客轿子到门了。"傧相披红插花，忙到轿前作揖，念了诗赋，请出轿来。众人谦恭揖让，延至中堂。奠雁行礼已毕，然后诸亲一一相见。众人见新郎标致，一个个暗暗称羡。献茶后，吃了茶果点心，然后定席安位。此日新女婿与寻常不同，面南专席，诸亲友环坐相陪，大吹大擂的饮酒。随从人等，外厢另有款待。

且说钱青坐于席上，只听得众人不住声的赞他才貌，贺高老选婿得人。钱青肚里暗笑道："他们好似见鬼一般！我好像做梦一般！做梦的醒了，也只扯淡；那些见神见鬼的，不知如何结末哩？我今日且落得受用。"又想道："我今日做替身，担了虚名，不知实受还在几时？料想不能如此富贵。"转了这一念，反觉得没兴起来，酒也懒吃了。高赞父子，轮流敬酒，甚是殷勤。

钱青怕担误了表兄的正事，急欲抽身。高赞固留，又坐了一回。用了汤饭，仆从的酒都吃完了。

约莫四鼓，小乙走在钱青席边，催促起身。钱青教小乙把赏封给散，起身作别。高赞量度已是五鼓时分，赔嫁妆奁俱已点检下船，只待收拾新人上轿。只见船上人都走来说："外边风大，难以行船，且消停一时，等风头缓了好走。"原来半夜里便发了大风。那风刮得好利害！只见：

山间拔木扬尘，湖内腾波起浪。

只为堂中鼓乐喧阗，全不觉得。高赞叫乐人住了吹打听时，一片风声，吹得怪响。众皆愕然，急得尤辰只把脚跳。高赞心中大是不乐，只得重新入席，一面差人在外专看风色。看看天晓，那风越狂起来，刮得彤云密布，雪花飞舞。众人都起身看着天，做一块儿商议。一个道："这风还不像就住的。"一个道："半夜起的风，原要半夜里住。"又一个道："这等雪天，就是没风也怕行不得。"又一个道："只怕这雪还要大哩！"又一个道："风太急了，住了风，只怕湖胶。"又一个道："这太湖不愁他胶断，还怕的是风雪。"众人是恁般闲讲，高老和尤辰好生气闷！又捱一会，吃了早饭，风愈狂，雪愈大，料想今日过湖不成。错过了吉日良时，残冬腊月，未必有好日了。况且笙箫鼓乐，乘兴而来，怎好教他空去？

事在千难万难之际，坐间有个老者，唤做周全，是高赞老邻，平日最善处分乡里之事。见高赞沉吟无计，便道："依老汉愚见，这事一些不难。"高赞道："足下计将安在？"周全道："既是选定日期，岂可错过！令婿既已到宅，何不就此结亲？趁这筵席，做了花烛。等风息从容回去，岂非全美？"众人齐声道："最好！"高赞正有此念，却喜得周老说话投机。当下便分付家人，准备洞房花烛之事。

却说钱青虽然身子在此，本是个局外之人，起初风大风小，也还不在他心上。忽见周全发此议论，暗暗心惊，还道高老未必听他，不想高老欣然应允，老大着忙，暗暗叫苦。欲央尤少梅代言，谁想尤辰平昔好酒，一来天气寒冷，二来心绪不佳，斟着大杯，只顾吃，吃得烂醉如泥，在一壁厢空椅子上，打鼾去了。钱青只得自家开口道："此百年大事，不可草草，不妨另择个日子，再来奉迎。"高赞那里肯依，便道："翁婿一家，何分彼此！况贤婿尊人已不在堂，可以自专。"说罢，高赞入内去了。钱青又对各位亲邻，再三央及，不愿在此结亲。众人都是奉承高老的，那一个不极口赞成。

钱青此时无可奈何，只推出恭，到外面时，却教颜小乙与他商议。小乙心上也道不该，只教钱秀才推辞，此外别无良策。钱青道："我已辞之再四，其奈高老不从！若执意推辞，反起其疑。我只要委曲周全你家主一桩大事，并无欺心。若有苟且，天地不容。"主仆二人正在讲话，众人都攒拢来道："此是美事，令岳意已决矣，大官人不须疑虑！"钱青嘿然无语。众人揖钱青请进。午饭已毕，重排喜筵。傧相披红喝礼，两位新人打扮登堂，照依常规行礼，结了花烛。正是：

百年姻眷今宵就，一对夫妻此夜新。
得意事成失意事，有心人遇没心人。

其夜酒阑人散，高赞老夫妇亲送新郎进房，伴娘替新娘卸了头面。几遍催新郎安置，钱青只不答应，正不知什么意故，只得服侍新娘先睡，自己出房去了。丫鬟将房门掩上，又催促官人上床。钱青心上如小鹿乱撞，勉强答应一句道："你们先睡。"丫鬟们乱了一夜，各自倒东歪西去打瞌睡。钱青本待秉烛达旦，一时不曾讨得几枝蜡烛，到烛尽时，又不好声唤，忍着一肚子闷气，和衣在床外侧身而卧，也不知女孩儿头东头西。次早清清天亮，便起身出外，到舅子书馆中去梳洗。高赞夫妻只道他少年害羞，亦不为怪。

是日雪虽住了，风尚不息。高赞且做庆贺筵席，钱青吃得酩酊大醉，坐到更深进房。女孩儿又先睡了。钱青打熬不过，依旧和衣而睡，连小娘子的被窝儿也不敢触着。又过一晚，早起时，见风势稍缓，便要起身。高赞定要留过三朝，方才肯放。钱青拗不过，只得又吃了一日酒，坐间背地里和尤辰说起夜间和衣而卧之事。尤辰口虽答应，心下未必准信。事已如此，只索由他。

却说女孩儿秋芳自结亲之夜，偷眼看那新郎，生得果然齐整，心中暗暗欢喜。一连两夜，都则衣不解带，不解其故："莫非怪我先睡了，不曾等待得他？"此是第三夜了，女孩儿预先分付丫鬟，只等官人进房，先请他安息。丫鬟奉命，只等新郎进来，便替他解衣脱帽。钱青见不是头，除了头巾，急急的跳上床去，贴着床里自睡，仍不脱衣。女孩儿满怀不乐，只得也和衣睡了，又不好告诉爹娘。到第四日，天气晴和，高赞预先备下送亲船只，自己和老婆亲送女孩儿过湖。娘女共是一船，高赞与钱青、尤辰又是一船。船头俱挂了杂彩，鼓乐振天，好生热闹。只有小乙受了家主之托，心中甚不快意，驾个小小快船，赶路先行。

话分两头。且说颜俊自从打发众人迎亲去后，悬悬而望。到初二日半夜，听得刮起大风大雪，心上好不着忙。也只道风雪中船行得迟，只怕挫了时辰，那想道过不得湖？一应花烛筵席，准备十全。等了一夜，不见动静，心下好闷，想道："这等大风，到是不曾下船还好；若在湖中行动，老大担忧哩。"又想道："若是不曾下船，我岳丈知道错过吉期，岂肯胡乱把女儿送来？定然要另选个日子。又不知几时吉利？可不闷杀了人！"又想道："若是尤少梅能事时，在岳丈前撺掇，权且迎来，那时我那管时日利与不利，且落得早些受用。"如此胡思乱想，坐不安席，不住的在门前张望。

到第四日风息，料道决有佳音。等到午后，只见小乙先回报道："新娘已取来了，不过十里之遥。"颜俊问道："吉期挫过，他家如何肯放新人下船？"小乙道："高家只怕挫过好日，定要结亲。钱大官人已替东人权做新郎三日了。"颜俊道："既结了亲，这三夜钱大官人难道竟在新人房里睡的？"小乙道："睡是同睡的，却不曾动弹。那钱大官人是'看得熟鸭蛋，伴得小娘眠'的。"颜俊骂道："放屁！那有此理！我托你何事？你如何不叫他推辞，却做下这等勾当？"小乙道："家人也说过来。钱大官人道：'我只要周全你家之事，若有半点欺心，天神鉴察。'"颜俊此时怒从心上起，恶向胆边生，一把掌将小乙打在一边，气忿忿的奔出门外，专等钱青来厮闹。

恰好船已拢岸。钱青终有细腻，预先嘱咐尤辰伴住高老，自己先跳上岸。只为自反无愧，理直气壮，昂昂的步到颜家门首。望见颜俊，笑嘻嘻的正要上前作揖，告诉衷情。谁知颜俊以小人之心，度君子之腹，此际便是仇人相见，分外眼睁，不等开言，便扑的一头撞去。咬定牙根，狠狠的骂道："天杀的！你好快活！"说声未毕，挝开五指，将钱青和巾和发，扯做一把，乱踢乱打，口里不绝声的道："天杀的！好欺心！别人费了钱财，把与你见成受用！"钱青口中也自分辩。颜俊打骂忙了，那里听他半个字儿？家人也不敢上前相劝。钱青吃打慌了，便呼救命。船上人听得闹炒，都上岸来看。只见一个丑汉，将新郎痛打，正不知甚么意故，都走拢来解劝，那里劝得他开？高赞盘问他家人，那家人料瞒不过，只得实说了。高赞不闻犹可，一闻之时，心头火起，大骂尤辰无理，做这等欺三瞒四的媒人，说骗人家女儿，也扭着尤辰乱打起来。高家送亲的人，也自心怀不平，一齐动手要打那丑汉。颜家的家人回护家主，就与高家从人对打。先前颜俊和钱青是一对厮打，以后高赞和尤辰是两对厮打，结末两家家人，扭做一团厮打。看的人重重叠叠，越发多了，街道拥塞难行。却似：

九里山前摆阵势，昆阳城下赌输赢。

事有凑巧，其时本县大尹恰好送了上司回轿，至于北门，见街上震天喧嚷，却是厮打的，停了轿子，喝教拿下。众人见知县相公人，都则散了。只有颜俊兀自扭住钱青，高赞兀自扭住尤辰，纷纷告诉，一时不得其详。

大尹都教带到公庭，逐一细审，不许搀口。见高赞年长，先叫他上堂诘问。高赞道："小人是洞庭山百姓，叫做高赞，为女择婿，相中了女婿才貌，将女许配。初三日，女婿上门亲迎，因被风雪所阻。小人留女婿在家，完了亲事。今日送女到此，不期遇了这个丑汉，将小人的女婿毒打。小人问其缘故，却是那丑汉买嘱媒人，要哄骗小人的女儿为婚，却将那姓钱的后生，冒名到小人家里。老爷只问媒人，便知奸弊。"大尹道："媒人叫甚名字？可在这里么？"高赞道："叫做尤辰，见在台下。"

大尹喝退高赞，唤尤辰上来，骂道："弄假成真，以非为是，都是你弄出这个伎俩！你可实实供出，免受重刑。"尤辰初时还只含糊抵赖。大尹发怒，喝叫取夹棍伺候。尤辰虽然市井，从未熬刑，只得实说：起初颜俊如何央小人去说亲，高赞如何作难，要选才貌，后来如何央钱秀才冒名去拜望，直到结亲始末，细细述了一遍。大尹点头道："此是实情了。颜俊这厮费了许多事，却被别人夺了头筹，也怪不得发恼。只是起先设心哄骗的不是。"便教颜俊，审其口词。颜俊已听得尤辰说了实话，又见知县相公词气温和，只得也叙了一遍，两口相同。

大尹结末唤钱青上来，一见钱青青年美貌，且被打伤，便有几分爱他怜他之意，问道："你是个秀才，读孔子之书，达周公之礼，如何替人去拜望迎亲，同谋哄骗，有乖行止？"钱青道："此事原非生员所愿，只为颜俊是生员表兄，生员家贫，又馆谷于他家，被表兄再四央求不过，勉强应承。只道一时权宜，玉成其事。"大尹道："住了！你既为亲情而往，就不该与那女儿结亲了。"钱青道："生员原只代他亲迎。只为一连三日大风，太湖之隔，不能行舟，故此高赞怕误了婚期，要生员就彼花烛。"大尹道："你自知替身，就该推辞了。"颜俊从傍磕头道："青天老爷！只看他应承花烛，便是欺心。"大尹喝道："不要多嘴，左右扯他下去。"再问钱青："你那时应承做亲，难道没有个私心？"钱青道："只问高赞便知。生员再三推辞，高赞不允。生员若再辞时，恐彼生疑，误了表兄的大事，故此权成大礼。虽则三夜同床，生员和衣而睡，并不相犯。"大尹呵呵大笑道："自古以来，只有一个柳下惠坐怀不乱。那鲁男子就自知不及，风雪之中，就不肯放妇人进门了。你少年子弟，血气未定，岂有三夜同床，并不相犯之理？这话哄得那一个！"钱青道："生员今日自陈心迹，父母老爷未必相信。只教高赞去问自己的女儿，便知真假。"大尹想道："那女儿若有私情，如何肯说实话？"当下想出个主意来，便教左右唤到老实稳婆一名，到舟中试验高氏是否处子，速来回话。

不一时，稳婆来覆知县相公，那高氏果是处子，未曾破身。颜俊在阶下听说高氏还是处子，便叫喊道："既是小的妻子不曾破坏，小的情愿成就。"大尹又道："不许多嘴！"再叫高赞道："你心下愿将女儿配那一个？"高赞道："小人初时原看中了钱秀才，后来女儿又与他做过花烛。虽然钱秀才不欺暗室，与小女即无夫妇之情，已定了夫妇之义。若教女儿另嫁颜俊，不惟小人不愿，就是女儿也不愿。"大尹道："此言正合吾意。"钱青心下到不肯，便道："生员此行，实是为公不为私。若将此女归了生员，把生员三夜衣不解带之意全然没了。宁可令此女别嫁，生员决不敢冒此嫌疑，惹人谈论。"大尹道："此女若归他人，你过湖这两番替人诓骗，便是行止有亏，干碍前程了。今日与你成就亲事，乃是遮掩你的过失。况你的心迹已自洞然，女家两相情愿，有何嫌疑？休得过让，我自有明断。"遂举笔判云：

高赞相女配夫，乃其常理；颜俊借人饰己，实出奇闻。东床已招佳选，何知以羊易牛；西邻纵有责言，终难指鹿为马。两番渡湖，不让传书柳毅；三宵隔被，何惭秉烛云长。风伯为媒，天公作合。佳男配了佳妇，两得其宜；求妻到底无妻，自作之孽。高氏断归钱青，不须另作花烛。颜俊既不合设骗局于前，又不合奋老拳于后。事已不谐，姑免罪责。所费聘仪，合助钱青，以赎一击之罪。尤辰往来煽诱，实启衅端，重惩示儆。

判讫，喝教左右将尤辰重责三十板，免其画供，竟行逐出，盖不欲使钱青冒名一事彰闻于人也。高赞和钱青拜谢。一干人出了县门，颜俊满面羞惭，敢怒而不敢言，抱头鼠窜而去，有好几月不敢出门。尤辰自回家将息棒疮。不题。

却说高赞邀钱青到舟中，反殷勤致谢道："若非贤婿才行俱全，上官起敬，小女几乎错配匪人。今日到要屈贤婿同小女到舍下少住几时，不知贤婿宅上还有何人？"钱青道："小婿父母俱亡，别无亲人在家。"高赞道："既如此，一发该在舍下住了，老夫供给读书，贤婿意下如何？"钱青道："若得岳父扶持，足感盛德。"是夜开船离了吴江，随路宿歇，次日早到西山。一山之人闻知此事，皆当新闻传说。又知钱青存心忠厚，无不钦仰。后来钱青一举成名，夫妻偕老。有诗为证：

丑脸如何骗美妻，作成表弟得便宜。
可怜一片吴江月，冷照鸳鸯湖上飞。

乔太守乱点鸳鸯谱

自古姻缘天定，不由人力谋求。有缘千里也相投，对面无缘不偶。
仙境桃花出水，宫中红叶传沟。三生簿上注风流，何用冰人开口。

这首《西江月》词，大抵说人的婚姻，乃前生注定，非人力可以勉强。今日听在下说一桩意外姻缘的故事，唤做《乔太守乱点鸳鸯谱》。这故事出在那个朝代？何处地方？那故事出在大宋景祐年间，杭州府有一人姓刘，名秉义，是个医家出身。妈妈谈氏，生得一对儿女。儿子唤做刘璞，年当弱冠，一表非俗，已聘下孙寡妇的女儿珠姨为妻。那刘璞自幼攻书，学业已就。到十六岁上，刘秉义欲令他弃了书本，习学医业。刘璞立志大就，不肯改业，不在话下。女儿小名慧娘，年方一十五岁，已受了邻近开生药铺裴九老家之聘。那慧娘生得姿容艳丽，意态妖娆，非常标致。怎见得？但见：

蛾眉带秀，凤眼含情，腰如弱柳迎风，面似娇花拂水。体态轻盈，汉家飞燕同称；性格风流，吴国西施并美。蕊宫仙子谪人间，月殿嫦娥临下界。

乔太守乱点鸳鸯谱

不题慧娘貌美。且说刘公见儿子长大，同妈妈商议，要与他完姻。方待教媒人到孙家去说，恰好裴九老也教媒人来说，要娶慧娘。刘公对媒人道："多多上覆裴亲家，小女年纪尚幼，一些妆奁未备。须再过几时，待小儿完姻过了，方及小女之事。目下断然不能从命。"媒人得了言语，回覆裴家。那裴九老因是老年得子，爱惜如珍宝一般，恨不能风吹得大，早些儿与他毕了姻事，生男育女。今日见刘公推托，好生不喜。又央媒人到刘家说道："令爱今年一十五岁，也不算做小了。到我家来时，即如女儿一般看待，决不难为。就是妆奁厚薄，但凭亲家，并不计论。万望亲家曲允则个。"刘公立意先要与儿子完亲，然后嫁女。媒人往返了几次，终是不允。裴九老无奈，只得忍耐。当时若是刘公允了，却不省好些事体。只因执意不从，到后生出一段新闻，传说至今。正是：

只因一着错，满盘俱是空。

却说刘公回脱了裴家，央媒人张六嫂到孙家去说儿子的姻事。元来孙寡妇母家姓胡，嫁的丈夫孙恒，原是旧家子弟。自十六岁做亲，十七岁就生下一个女儿，唤名珠姨。才隔一岁，又生个儿子取名孙润，小字玉郎。两个儿女，方在襁褓中，孙恒就亡过了。亏孙寡妇有些节气，同着养娘，守这两个儿女，不肯改嫁，因此人都唤他是孙寡妇。光阴迅速，两个儿女渐渐长成。珠姨便许了刘家，玉郎从小聘定善丹青徐雅的女儿文哥为妇。那珠姨、玉郎都生得一般美貌，就如良玉碾成，白粉团就一般。加添资性聪明，男善读书，女工针指。还有一件，不但才貌双全，且又孝悌兼全。闲话休题。

且说张六嫂到孙家传达刘公之意，要择吉日娶小娘子过门。孙寡妇母子相依，满意欲要再停几时，因想男婚女嫁，乃是大事，只得应承，对张六嫂道："上覆亲翁亲母，我家是孤儿寡妇，没甚大妆奁嫁送，不过随常粗布衣裳，凡事不要见责。"张六嫂覆了刘公。刘公备了八盒羹果礼物，并吉期送到孙家。孙寡妇受了吉期，忙忙的制办出嫁东西。看看日子已近，母女不忍相离，终日啼啼哭哭。

谁想刘璞因冒风之后，出汗虚了，变为寒症，人事不省，十分危笃。吃的药就如泼在石上，一毫没用，求神问卜俱说无救。吓得刘公夫妻魂魄都丧，守在床边，吞声对泣。刘公与妈妈商量道："孩儿病势恁样沉重，料必做亲不得。不如且回了孙家，等待病痊，再择日罢。"刘妈妈道："老官儿，你许多年纪了，这样事难道还不晓得？大凡病人势凶，得喜事一冲就好了。未曾说起的还要去相求，如今现成事体，怎么反要回他！"刘公道："我看孩儿病体，凶多吉少。若娶来家冲得好时，此是万千之喜，不必讲了；倘或不好，可不害了人家子女，有个晚嫁的名头？"刘妈妈道："老官，你但顾了别人，却不顾自己。你我费了许多心机，定得一房媳妇。谁知孩儿命薄，临做亲却又患病起来。今若回了孙家，孩儿无事，不消说起。万一有些山高水低，有甚把臂，那原聘还了一半，也算是他们忠厚了，却不是人财两失！"刘公道："依你便怎样？"刘妈妈道："依着我，分付了张六嫂，不要提起孩儿有病，竟娶来家，就如养媳妇一般。若孩儿病好，另择吉结亲。倘然不起，媳妇转嫁时，我家原聘并各项使费，少不得班足了，放他出门，却不是个万全之策！"刘公耳朵原是棉花做的，就依着老婆，忙去叮嘱张六嫂不要泄漏。

　　自古道："若要不知，除非莫为。"刘公便瞒着孙家，那知他紧间壁的邻家姓李，名荣，曾在人家管过解库，人都叫做"李都管"。为人极是刁钻，专一要打听人家的细事，喜谈乐道。因做主管时，得了些不义之财，手中有钱，所居与刘家基址相连，意欲强买刘公房子，刘公不肯，为此两下面和意不和，巴不能刘家有些事故，幸灾乐祸。晓得刘璞有病危急，满心欢喜，连忙去报知孙家。

　　孙寡妇听见女婿病凶，恐防误了女儿，即使养娘去叫张六嫂来问。张六嫂欲待不说，恐怕刘璞有变，孙寡妇后来埋怨，欲要说了，又怕刘家见怪。事在两难，欲言又止。孙寡妇见他半吞半吐，越发盘问得急了。张六嫂隐瞒不过，乃说："偶然伤风，原不是十分大病。将息到做亲时，料必也好了。"孙寡妇道："闻得他病势十分沉重，你怎说得这般轻易？这事不是当耍的。我受了千辛万苦，守得这两个儿女成人，如珍宝一般！你若含糊赚了我女儿时，少不得和你性命相搏，那时不要见怪。"又道："你去对刘家说，若果然病重，何不待好了，另择日子？总是儿女年纪尚小，何必恁般忙迫。问明白了，快来回报一声。"张六嫂领了言语，方欲出门，孙寡妇又叫转道："我晓得你决无实话回我的，我令养娘同你去走遭，便知端的！"张六嫂见说教养娘同去，心中着忙道："不消得，好歹不误大娘之事。"孙寡妇那里肯听，教了养娘些言语，跟张六嫂同去。

　　张六嫂摆脱不得，只得同到刘家。恰好刘公走出门来，张六嫂欺养娘不认得，便道："小娘子少待，等我问句话来。"急走上前，拉刘公到一边，将孙寡妇适来言语细说。又道："他因放心不下，特教养娘同来讨个实信，却怎的回答？"刘公听见养娘来看，手足无措，埋怨道："你怎不阻挡住了？却与他同来！"张六嫂道："再三拦阻，如何肯听？教我也没奈何。如今且留他进去坐了，你们再去从长计较回他，不要连累我后日受气。"说还未毕，养娘已走过来。张六嫂就道："此间便是刘老爹。"养娘深深道个万福。刘公还了礼道："小娘子请里面坐。"一齐进了大门，到客堂内。刘公道："六嫂，你陪小娘子坐着，待我教老荆出来。"张六嫂道："老爹自便。"刘公急急走到里面，一五一十，学于妈妈。又说："如今养娘在外，怎地回他？倘要进来探看孩儿，却又如何掩饰？不如改了日子罢！"妈妈道："你真是个死货！他受了我家的聘，便是我家的人了。怕他怎的！不要着忙，自有道理。"便教女儿慧娘："你去将新房中收拾整齐，留孙家妇女吃点心。"慧娘答应自去。

刘妈妈即走向外边，与养娘相见毕，问道："小娘子下顾，不知亲母有甚话说？"养娘道："俺大娘闻得大官人有恙，放心不下，特教男女来问候。二来上覆老爹、大娘：若大官人病体初痊，恐未可做亲，不如再停几时，等大官人身子健旺，另拣日罢。"刘妈妈道："多承亲母过念。大官人虽是有些身子不快，也是偶然伤风，原非大病。若要另择日子，这断不能勾的。我们小人家的买卖，千难万难，方才支持得停当。如错过了，却不又费一番手脚。况且有病的人，正要得喜事来冲，他病也易好。常见人家要省事时，还借这病来见喜，何况我家吉期定已多日，亲戚都下了帖儿请吃喜筵，如今忽地换了日子，他们不道你家不肯，必认做我们讨媳妇不起。传说开去，却不被人笑耻，坏了我家名头？烦小娘子回去上覆亲母，不必担忧，我家干系大哩！"养娘道："大娘话虽说得是。请问大官人睡在何处？待男女候问一声，好家去回报大娘，也教他放心。"刘妈妈道："适来服了发汗的药，正熟睡在那里，我与小娘子代言罢。事体总在刚才所言了，便无别说。"张六嫂道："我原说偶然伤风，不是大病。你们大娘不肯相信，又要你来。如今方见老身不是说谎的了。"养娘道："即如此，告辞罢。"便要起身。刘妈妈道："那有此理！说话忙了，茶也还没有吃，如何便去？"即邀到里边。又道："我房里腌腌臜臜，到在新房里坐罢。"引入房中，养娘举目看时，摆设得十分齐整。刘妈妈又道："你看我家诸事齐备，如何肯又改日子？就是做了亲，大官人到还要留在我房中歇宿，等身子痊愈了，然后同房哩！"养娘见他整备得停当，信以为实。当下刘妈妈教丫鬟将出点心、茶来摆上，又教慧娘也来相陪。养娘心中想道："我家珠姨是极标致的了，不想这女娘也怎般出色！"吃了茶，作别出门。临行，刘妈妈又再三嘱付张六嫂："是必来覆我一声。"

养娘同着张六嫂回到家中，将上项事说与主母。孙寡妇听了，心中到没了主意，想道："欲待允了，恐怕女婿真个病重，变出些不好来，害了女儿。将欲不允，又恐女婿果是小病已愈，误了吉期。"疑惑不定，乃对张六嫂道："大嫂，待我酌量定了，明早来取回信罢。"张六嫂道："正是，大娘从容计较计较，老身明早来也。"说罢自去。

且说孙寡妇与儿子玉郎商议："这事怎生计较？"玉郎道："想起来还是病重，故不要养娘相见。如今必要回他另择日子，他家也没奈何，只得罢休。但是空费他这番东西，见得我家没有情义。倘后来病好相见之间，觉道没趣。若依了他们时，又恐果然有变，那时进退两难，懊悔却便迟了。

依着孩儿，有个两全之策在此，不知母亲可听？"孙寡妇道："你且说是甚两全之策？"玉郎道："明早教张六嫂去说，日子便依着他家，妆奁一毫不带。见喜过了，到第三朝就要接回，等待病好，连妆奁送去。是恁样，纵有变故，也不受他们笼络，这却不是两全其美。"孙寡妇道："你真是个孩子家见识！他们一时假意应承娶去，过了三朝。不肯放回，却怎么处？"玉郎道："如此怎好？"孙寡妇又想了一想道："除非明日教张六嫂依此去说，临期教姐姐闪过一边，把你假扮了送去。皮箱内原带一副道袍鞋袜，预防到三朝。容你回来，不消说起；倘若不容，且住在那里，看个下落。倘有三长两短，你取出道袍穿了，竟自走回，那个扯得你住！"玉郎道："别事便可，这事却使不得！后来被人晓得，教孩儿怎生做人？"孙寡妇见儿子推却，心中大怒道："纵别人晓得，不过是耍笑之事，有甚大害！"玉郎平昔孝顺，见母亲发怒，连忙道："待孩儿去便了。只不会梳头，却怎么好？"孙寡妇道："我教养娘伏侍你去便了！"计较已定，次早张六嫂来讨回音，孙寡妇与他说如此如此，恁般恁般。"若依得，便娶过去；依不得，便另择日罢！"张六嫂覆了刘家，一一如命。你道他为何就肯了？只因刘璞病势愈重，恐防不妥，单要哄媳妇到了家里，便是买卖了。故此将错就错，更不争长竟短。那知孙寡妇已先参透机关，将个假货送来。刘妈妈反做了：

周郎妙计高天下，赔了夫人又折兵。

话休烦絮。到了吉期，孙寡妇把玉郎妆扮起来，果然与女儿无二，连自己也认不出真假。又教习些女人礼数。诸色好了，只有两件难以遮掩，恐怕露出事来。那两件？第一件是足与女子不同。那女子的尖尖趫趫，凤头一对，露在湘裙之下，莲步轻移，如花枝招飐一般。玉郎是个男子汉，一只脚比女子的有三四只大。虽然把扫地长裙遮了，教他缓行细步，终是有些蹊跷。这也还在下边，无人来揭起裙儿观看，还隐藏得过。第二件是耳上的环儿。此乃女子平常日时所戴，爱轻巧的，也少不得戴对丁香儿。那极贫小户人家，没有金的银的，就是铜的锡的，也要买对儿戴着。今日玉郎扮做新人，满头珠翠，若耳上没有环儿，可成模样么？他左耳还有个环眼，乃是幼时恐防难养穿过的。那右耳却没眼儿，怎生戴得？孙寡妇左思右想，想出一个计策来。你道是甚计策？他教养娘讨个小小膏药，贴在右耳。若问时，只说环眼生着疖疮，戴不得环子，露出左耳上眼儿掩饰。打点停当，将珠姨藏过一间房里，专候迎亲人来。

到了黄昏时候，只听得鼓乐喧天，迎亲轿子已到门首。张六嫂先入来，看见新人打扮得如天神一般，好不欢喜。眼前不见玉郎，问道："小官人怎地不见？"孙寡妇道："今日忽然身子有些不健，睡在那里，起来不得！"那婆子不知就里，不来再问。孙寡妇将酒饭犒赏了来人，宾相念起诗赋，请新人上轿。玉郎兜上方巾，向母亲作别。孙寡妇一路假哭，送出门来。上了轿子，教养娘跟着，随身只有一只皮箱，更无一毫妆奁。孙寡妇又叮嘱张六嫂道："与你说过，三朝就要送回，不可失信！"张六嫂连声答应道："这个自然！"

不题孙寡妇。且说迎亲的，一路笙箫聒耳，灯烛辉煌，到了刘家门首。宾相进来说道："新人将已出轿，没新郎迎接，难道教他独自拜堂不成？"刘公道："这却怎好？不要拜罢！"刘妈妈道："我有道理，教女儿陪拜便了。"即令慧娘出来相迎。宾相念了阑门诗赋，请新人出了轿子，养娘和张六嫂两边扶着。慧娘相迎，进了中堂，先拜了天地，次及公姑亲戚。双双却是两个女人同拜，随从人没一个不掩口而笑。都相见过了，然后姑嫂对拜。刘妈妈道："如今到房中去与孩儿冲喜。"乐人吹打，引新人进房，来至卧床边，刘妈妈揭起帐子，叫道："我的儿，今日娶你媳妇来家冲喜，你须挣扎精神则个。"连叫三四次，并不则声。刘公将灯照时，只见头儿歪在半边，昏迷去了。原来刘璞病得身子虚弱，被鼓乐一震，故此昏迷。当下老夫妻手忙脚乱，掐住人中，即教取过热汤，灌了几口，出了一身冷汗，方才苏醒。刘妈妈教刘公看着儿子，自己引新人到新房中去。揭起方巾，打一看时，美丽如画，亲戚无不喝采，只有刘妈妈心中反觉苦楚。他想："媳妇恁般美貌，与儿子正是一对儿。若得双双奉侍老夫妻的暮年，也不枉一生辛苦。谁想他没福，临做亲却染此大病，十分中到有九分不妙。倘有一差两误，媳妇少不得归于别姓，岂不目前空喜！"

不题刘妈妈心中之事。且说玉郎也举目看时，许多亲戚中，只有姑娘生得风流标致，想道："好个女子，我孙润可惜已定了妻子。若早知此女恁般出色，一定要求他为妇。"这里玉郎方在赞羡，谁知慧娘心中也想道："一向张六嫂说他标致，我还未信，不想话不虚传。只可惜哥哥没福受用，今夜教他孤眠独宿。若我丈夫像得他这样美貌，便称我的生平了，只怕不能够哩！"不题二人彼此欣羡。

刘妈妈请众亲戚赴过花烛筵席，各自分头歇息。宾相乐人，俱已打发去了。张六嫂没有睡处，也自归家。玉郎在房，养娘与他卸了首饰，秉烛而坐，不敢便寝。刘妈妈与刘公商议道："媳妇初到，如何教他独宿？可教女儿去陪伴。"刘公道："只怕不稳便，由他自睡罢。"刘妈妈不听，对慧娘道："你今夜相伴嫂嫂在新房中去睡，省得他怕冷静。"慧娘正爱着嫂嫂，见说教他相伴，恰中其意。刘妈妈引慧娘到新房中道："娘子，只因你官人有些小恙，不能同房，特令小女来陪你同睡。"玉郎恐露出马脚，回道："奴家自来最怕生人，到不消罢。"刘妈妈道："呀！你们姑嫂年纪相仿，即如姊妹一般，正好相处，怕怎的！你若嫌不稳时，各自盖着条被儿，便不妨了。"对慧娘道："你去收拾了被窝过来。"慧娘答应而去。玉郎此时，又惊又喜。喜的是心中正爱着姑娘标致，不想天与其便，刘妈妈令来陪卧，这事便有几分了。惊的是恐他不允，一时叫喊起来，反坏了自己之事。又想道："此番挫过，后会难逢。看这姑娘年纪已在当时，情窦料也开了，须用计缓缓撩拨热了，不怕不上我钩！"心下正想，慧娘教丫鬟拿了被儿同进房来，放在床上。刘妈妈起身，同丫鬟自去。慧娘将房门闭上，走到玉郎身边，笑容可掬，乃道："嫂嫂，适来见你一些东西不吃，莫不饿了？"玉郎道："倒还未饿。"慧娘又道："嫂嫂，今后要甚东西，可对奴家说知，自去拿来，不要害羞不说。"玉郎见他意儿殷勤，心下暗喜，答道："多谢姑娘美情！"慧娘见灯上结着一个大大花儿，笑道："嫂嫂，好个灯花儿，正对着嫂嫂，可知喜也！"玉郎也笑道："姑娘休得取笑，还是姑娘的喜信。"慧娘道："嫂嫂话儿到会耍人。"两个闲话一回。

慧娘道："嫂嫂，夜深了，请睡罢。"玉郎道："姑娘先请。"慧娘道："嫂嫂是客，奴家是主，怎敢僭先！"玉郎道："这个房中还是姑娘是客。"慧娘笑道："怎样占先了。"便解衣先睡。养娘见两下取笑，觉道玉郎不怀好意，低低说道："官人，你须要斟酌，此事不是当耍的！倘大娘知了，连我也不好。"玉郎道："不消嘱付，我自晓得，你自去睡。"养娘便去旁边打个铺儿睡下。玉郎起身携着灯儿，走到床边，揭起帐子照看，只见慧娘卷着被儿，睡在里床，见玉郎将灯来照，笑嘻嘻的道："嫂嫂，睡罢了，照怎的？"玉郎也笑道："我看姑娘睡在那一头，方好来睡。"把灯放在床前一只小桌儿上，解衣入帐，对慧娘道："姑娘，我与你一头睡了，好讲话耍子。"慧娘道："如此最好！"玉郎钻下被里，卸了上身衣服，下体小衣却穿着，问道："姑娘，今年青春了？"慧娘道："一十五岁。"又问："姑娘许的是那一家？"慧娘怕羞，不肯回言。玉郎把头捱到他枕上，附耳道："我与你一般是女儿家，何必害羞。"慧娘方才答道："是开生药铺的裴家。"又问道："可见说佳期还在何日？"慧娘低低道："近日曾教媒人再三来说，爹道奴家年纪尚小，回他们再缓几时哩。"玉郎笑道："回了他家，你心下可不气恼么？"慧娘伸手把玉郎的头推下枕来，道："你不是个好人！哄了我的话，便来耍人。我若气恼时，你今夜心里还不知怎地恼着哩。"玉郎依旧又捱到枕上道："你且说我有甚恼？"慧娘道："今夜做亲没有个对儿，怎地不恼？"玉郎道："如今有姑娘在此，便是个对儿了，又有甚恼！"慧娘笑道："怎样说，你是我的娘子了。"玉郎道："我年纪长似你，丈夫还是我。"慧娘道："我今夜替哥哥拜堂，就是哥哥一般，还该是我。"玉郎道："大家不要争，只做个女夫妻罢！"两个说风话耍子，愈加亲热。

　　玉郎料想没事，乃道："既做了夫妻，如何不合被儿睡？"口中便说，两手即掀开他的被儿，捱过身来，伸手便去摸他身上，腻滑如酥，下体却也穿着小衣。慧娘此时已被玉郎调动春心，忘其所以，任玉郎摩弄，全然不拒。玉郎摸至胸前时，一对小乳，丰隆突起，温软如绵；乳头却像鸡头肉一般，甚是可爱。慧娘也把手来将玉郎身子一摸道："嫂嫂好个软滑身子！"摸他乳时，刚刚只有两个小小乳头，心中想道："嫂嫂长似我，怎乳儿到小？"玉郎摩弄了一回，便双手搂抱过来，嘴对嘴将舌尖度向慧娘口中。慧娘只认作姑嫂戏耍，也将双手抱住，含了一回，也把舌儿吐到玉郎口里，被玉郎含住，着实咂吮。咂得慧娘遍体酥麻，便道："嫂嫂，如今不像女夫妻，竟是真夫妻一般了。"玉郎见他情动，便道："有心顽了，何不把小衣一发去了，亲亲热热睡一回也好。"慧娘道："羞人答答，脱了不好。"玉郎道："纵是取笑，有什么羞？"便解开他的小衣褪下，伸手去摸他不便处。慧娘双手即来遮掩道："嫂嫂休得啰唕！"玉郎捧过面来，亲个嘴道："何妨得，你也摸我的便了。"慧娘真个也解去了他的裈来摸时，只见一条玉茎铁硬的挺着，吃了一惊，缩手不迭，乃道："你是何人？却假妆着嫂嫂来此？"玉郎道："我便是你的丈夫了，又问怎的？"一头即便腾身上去，将手启他双股。慧娘双手推开半边道："你若不说真话，我便叫喊起来，教你了不得。"玉郎着了急，连忙道："娘子不消性急，待我说便了。我是你嫂嫂的兄弟玉郎，闻得你哥哥病势沉重，未知怎地。我母亲不舍得姐姐出门，又恐误了你家吉期，故把我假妆嫁来，等你哥哥病好，然后送姐姐过门。不想天付良缘，到与娘子成了夫妇。此情只许你我晓得，不可泄漏！"说罢，又翻身上来。慧娘初时只道是真女人，尚然心爱，如今却是男子，岂不欢喜？况且已被玉郎先引得神魂飘荡，又惊又喜，半推半就道："元来你们怎样欺心！"玉郎那有心情回答，双手紧紧抱住，即便恣意风流：

一个是青年孩子，初尝滋味，一个是黄花女儿，乍得甜头。一个说今宵花烛，到成就了你我姻缘；一个说此夜衾裯，便试发了夫妻恩爱。一个说前生有分，不须月老冰人；一个道异日休忘，说尽山盟海誓。各燥自家脾胃，管甚么姐姐哥哥；且图眼下欢娱，全不想有夫有妇。双双蝴蝶花间舞，两两鸳鸯水上游。

　　云雨已毕，紧紧偎抱而睡。且说养娘恐怕玉郎弄出事来，卧在旁边铺上，眼也不合。听着他们初时还说话笑耍，次后只听得床棱摇戛，气喘吁吁，已知二人成了那事，暗暗叫苦。到次早起来，慧娘自向母亲房中梳洗。养娘替玉郎梳妆，低低说道："官人，你昨夜恁般说了，却又口不应心，做下那事！倘被他们晓得，却怎处？"玉郎道："又不是我去寻他，他自送上门来，教我怎生推却！"养娘道："你须拿住主意便好。"玉郎道："你想恁样花一般的美人，同床而卧，便是铁石人也打熬不住，叫我如何忍耐得过！你若不泄漏时，更有何人晓得？"妆扮已毕，来刘妈妈房里相见。刘妈妈道："儿，环子也忘戴了？"养娘道："不是忘了，因右耳上环眼生了疖疮，戴不得，还贴着膏药哩。"刘妈妈道："元来如此。"玉郎依旧来至房中坐下，亲戚女眷都来相见，张六嫂也到。慧娘梳裹罢，也到房中，彼此相视而笑。是日刘公请内外亲戚吃庆喜筵席，大吹大擂，直饮到晚，各自辞别回家。慧娘依旧来伴玉郎，这一夜颠鸾倒凤，海誓山盟，比昨倍加恩爱。看看过了三朝，二人行坐不离。到是养娘捏着两把汗，催玉郎道："如今已过三朝，可对刘大娘说，回去罢！"玉郎与慧娘正火一般热，那想回去，假意道："我怎好启齿说要回去，须是母亲叫张六嫂来说便好。"养娘道："也说得是。"即便回家。

　　却说孙寡妇虽将儿女假妆嫁去，心中却怀着鬼胎。急切不见张六嫂来回覆，眼巴巴望到第四日，养娘回家，连忙来问。养娘将女婿病凶，姑娘赔拜，夜间同睡相好之事，细细说知。孙寡妇跌足叫苦道："这事必然做出来也！你快去寻张六嫂来。"养娘去不多时，同张六嫂来家。孙寡妇道："六嫂，前日讲定的三朝便送回来，今已过了，劳你去说，快些送我女儿回来！"张六嫂得了言语，同养娘来至刘家。恰好刘妈妈在玉郎房中闲话，张六嫂将孙家要接新人的话说知。玉郎、慧娘不忍割舍，到暗暗道："但愿不允便好。"谁想刘妈妈真个说道："六嫂，你媒也做老了，难道恁样事还不晓得？从来可有三朝媳妇便归去的理么？前日他不肯嫁来，这也没奈何。今既到我家，便是我家的人了，还像得他意？我千难万难，娶得个媳妇，到三朝便要回去，说也不当人子。既如此不舍得，何不当初莫许人家。"

他也有儿子，少不得也要娶媳妇，看三朝可肯放回家去？闻得亲母是个知礼之人，亏他怎样说了出来？"一番言语，说得张六嫂哑口无言，不敢回覆孙家。那养娘恐怕有人闯进房里，冲破二人之事，到紧紧守着房门，也不敢回家。

且说刘璞自从结亲这夜，惊出那身冷汗来，渐渐痊可。晓得妻子已娶来家，人物十分标致，心中欢喜，这病愈觉好得快了。过了数日，挣扎起来，半眠半坐，日渐健旺，即能梳裹，要到房中来看浑家。刘妈妈恐他初愈，不耐行动，叫丫鬟扶着，自己也随在后，慢腾腾的走到新房门口。养娘正坐在门槛之上，丫鬟道："让大官人进去。"养娘立起身来，高声叫道："大官人进来了！"玉郎正搂着慧娘调笑，听得有人进来，连忙走开。刘璞掀开门帘跨进房来。慧娘道："哥哥，且喜梳洗了，只怕还不宜劳动。"刘璞道："不打紧！我也暂时走走，就去睡的。"便向玉郎作揖。玉郎背转身，道了个万福。刘妈妈道："我的儿，你且慢作揖么！"又见玉郎背立，便道："娘子，这便是你官人。如今病好了，特来见你，怎么到背转身子？"走向前，扯近儿子身边，道："我的儿，与你恰好正是个对儿。"刘璞见妻子美貌非常，甚是快乐，真个是人逢喜事精神爽，那病平去了几分。刘妈妈道："儿去睡了罢，不要难为身子。"原教丫鬟扶着，慧娘也同进去。

玉郎见刘璞虽然是个病容，却也人材齐整，暗想道："姐姐得配此人，也不辱抹了。"又想道："如今姐夫病好，倘然要来同卧，这事便要决撒，快些回去罢。"到晚上对慧娘道："你哥哥病已好了，我须住身不得。你可撺掇母亲送我回家，换姐姐过来，这事便隐过了。若再住时，事必败露！"慧娘道："你要归家，也是易事。我的终身，却怎么处？"玉郎道："此事我已千思万想，但你已许人，我已聘妇，没甚计策挽回，如之奈何？"慧娘道："君若无计娶我，誓以魂魄相随，决然无颜更事他人！"说罢，呜呜咽咽哭将起来。玉郎与他拭了眼泪道："你且勿烦恼，容我再想。"自此两相留恋，把回家之事到阁起一边。一日午饭已过，养娘向后边去了。二人将房门闭上，商议那事，长算短算，没个计策，心下苦楚，彼此相抱暗泣。

且说刘妈妈自从媳妇到家之后，女儿终日行坐不离。刚到晚，便闭上房门去睡，直至日上三竿，方才起身，刘妈妈好生不乐。初时认做姑嫂相爱，不在其意，已后日日如此，心中老大疑惑。也还道是后生家贪眠懒惰，几遍要说，因想媳妇初来，尚未与儿子同床，还是个娇客，只得耐住。那日也是合当有事。偶在新房前走过，忽听得里边有哭泣之声。向壁缝中张时，只见媳妇共女儿互相搂抱，低低而哭。刘妈妈见如此做作，料道这事有些蹊跷。欲待发作，又想儿子才好，若知得，必然气恼，权且耐住。便掀门帘进来，门却闭着。叫道："快些开门！"二人听见是妈妈声音，拭干眼泪，忙来开门。刘妈妈走将进去，便道："为甚青天白日，把门闭上，在内搂抱啼哭？"二人被问，惊得满面通红，无言对答。刘妈妈见二人无言，一发是了，气得手足麻木，一手扯着慧娘道："做得好事！且进来和你说话。"扯到后边一间空屋中来。丫鬟看见，不知为甚，闪在一边。

刘妈妈扯进了屋里，将门闩上，丫鬟伏在门上张时，见妈妈寻了一根木棒，骂道："贱人！快快实说，便饶你打骂。若一句含糊，打下你这下半截来！"慧娘初时抵赖。妈妈道："贱人！我且问你，他来得几时，有甚恩爱割舍不得，闭着房门，搂抱啼哭？"慧娘对答不来。妈妈拿起棒子要打，心中却又不舍得。慧娘料是隐瞒不过，想道："事已至此，索性说个明白，求爹妈辞了裴家，配与玉郎。若不允时，拚个自尽便了！"乃道："前日孙家晓得哥哥有病，恐误了女儿，要看下落，叫爹妈另自择日。因爹妈执意不从，故把儿子玉郎假妆嫁来。不想母亲叫孩儿陪伴，遂成了夫妇。恩深义重，誓必图百年偕老。今见哥哥病好，玉郎恐怕事露，要回去换姐姐过来。孩儿思想，一女无嫁二夫之理，叫玉郎寻门路娶我为妻。因无良策，又不忍分离，故此啼哭。不想被母亲看见，只此便是实话。"刘妈妈听罢，怒气填胸，把棒撇在一边，双足乱跳，骂道："元来这老乞婆恁般欺心，将男作女哄我！怪道三朝便要接回。如今害了我女儿，须与他干休不得！拚这老性命结识这小杀才罢！"开了门，便赶出来。慧娘见母亲去打玉郎，心中着忙，不顾羞耻，上前扯住。被妈妈将手一推，跌在地上，爬起时，妈妈已赶向外边去了。慧娘随后也赶将来，丫鬟亦跟在后面。

且说玉郎见刘妈妈扯去慧娘，情知事露，正在房中着急。只见养娘进来道："官人，不好了，弄出事来也！适在后边来，听得空屋中乱闹。张看时，见刘大娘拿大棒子拷打姑娘，逼问这事哩。"玉郎听说打着慧娘，心如刀割，眼中落下泪来，没了主意。养娘道："今若不走，少顷便祸到了！"玉郎即忙除下簪钗，挽起一个角儿，皮箱内取出道袍鞋袜穿起，走出房来，将门带上，离了刘家，带跌奔回家里。正是：

拆破玉笼飞彩凤，顿开金锁走蛟龙。

孙寡妇见儿子回来，怎般慌急，又惊又喜，便道："如何这般模样？"养娘将上项事说知。孙寡妇埋怨道："我教你去，不过权宜之计，如何却做出这般没天理事体！你若三朝便回，隐恶扬善，也不见得事败。可恨张六嫂这老虔婆，自从那日去了，竟不来覆我。养娘，你也不回家走遭，教我日夜担愁！今日弄出事来，害这姑娘，却怎么处？要你不肖子何用！"玉郎被母亲嗔责，惊愧无地。养娘道："小官人也自要回的，怎奈刘大娘不肯。我因恐他们做出事来，日日守着房门，不敢回家。今日暂走到后边，便被刘大娘撞破。幸喜得急奔回来，还不曾吃亏。如今且教小官人躲过两日，他家没甚话说，便是万千之喜了。"孙寡妇真个教玉郎闪过，等候他家消息。

且说刘妈妈赶到新房门口，见门闭着，只道玉郎还在里面，在外骂道："天杀的贼贱才！你把老娘当做什么样人，敢来弄空头，坏我的女儿！今日与你性命相搏，方见老娘手段。快些走出来！若不开时，我就打进来了！"正骂时，慧娘已到，便去扯母亲进去。刘妈妈骂道："贱人，亏你羞也不羞，还来劝我！"尽力一摔，不想用力猛了，将门靠开，母子两个都跌进去，搅做一团。刘妈妈骂道："好天杀的贼贱才，到放老娘这一交！"即忙爬起寻时，那里见个影儿。那婆子寻不见玉郎，乃道："天杀的好见识！走得好！你便走上天去，少不得也要拿下来！"对着慧娘道："如今做下这等丑事，倘被裴家晓得，却怎地做人？"慧娘哭道："是孩儿一时不是，做差这事。但求母亲怜念孩儿，劝爹爹怎生回了裴家，嫁着玉郎，犹可挽回前失。倘若不允，有死而已！"说罢，哭倒在地。刘妈妈道："你说得好自在话儿！他家下财纳聘，定着媳妇，今日平白地要休这亲事，谁个肯么？倘然问因甚事故要休这亲，教你爹怎生对答？难道说我女儿自寻了一个汉子不成？"慧娘被母亲说得满面羞惭，将袖掩着痛哭。刘妈妈终是禽犊之爱，见女儿恁般啼哭，却又恐哭伤了身子，便道："我的儿，这也不干你事，都是那老虔婆设这没天理的诡计，将那杀才乔妆嫁来。我一时不知，教你陪伴，落了他圈套。如今总是无人知得，把来阁过一边，全你的体面，这才是个长策。若说要休了裴家，嫁那杀才，这是断然不能！"慧娘见母亲不允，愈加啼哭。刘妈妈又怜又恼，到没了主意。

正闹间，刘公正在人家看病回来，打房门口经过，听着房中啼哭，乃是女儿声音，又听得妈妈话响，正不知为着甚的，心中疑惑。忍耐不住，揭开门帘，问道："你们为甚恁般模样？"刘妈妈将前项事一一细说，气得刘公半晌说不出话来。想了一想，到把妈妈埋怨道："都是你这老乞婆害了女儿！起初儿子病重时，我原要另择日子，你便说长道短，生出许多话来，执意要那一日。次后孙家教养娘来说，我也罢了，又是你弄嘴弄舌，哄着他家。及至娶来家中,我说待他自睡罢,你又偏生推女儿伴他。如今伴得好么!"刘妈妈因玉郎走了,又舍不得女儿难为,一肚子气,正没发脱,见老公倒前倒后,数说埋怨,急得暴躁如雷,骂道:"老亡八!依你说起来,我的孩儿应该与这杀才骗的!"一头撞个满怀。刘公也在气恼之时,揪过来便打。慧娘便来解劝。三人搅做一团,滚做一块,分拆不开。丫鬟着了忙,奔到房中报与刘璞道:"大官人,不好了!大爷、大娘在新房中相打哩。"刘璞在榻上爬起来,走至新房,向前分解。老夫妻见儿子来劝,因惜他病体初愈,恐劳碌了他,方才罢手,犹兀自老亡八老乞婆相骂。刘璞把父亲劝出外边,乃问:"妹子为甚在这房中厮闹,娘子怎又不见?"慧娘被问,心下惶愧,掩面而哭,不敢则声。刘璞焦躁道:"且说为着甚的?"刘婆方把那事细说,将刘璞气得面如土色。停了半晌,方道:"家丑不可外扬,倘若传到外边,被人耻笑。事已至此,且再作区处!"刘妈妈方才住口,走出房来。慧娘挣住不行,刘妈妈一手扯着便走,取巨锁将门锁上。来至房里,慧娘自觉无颜,坐在一个壁角边哭泣。正是:

饶君掬尽湘江水,难洗今朝满面羞。

且说李都管听得刘家喧嚷,伏在壁上打听。虽然晓得些风声,却不知其中细底。次早,刘家丫鬟走出门前,李都管招到家中问他。那丫鬟初时不肯说,李都管取出四五十钱来与他,道:"你若说了,送这钱与你买东西吃。"丫鬟见了铜钱,心中动火,接过来藏在身边,便从头至尾,尽与李都管说知。李都管暗喜道:"我把这丑事报与裴家,撺掇来闹吵一场,他定无颜在此居住,这房子可不归于我了?"忙忙的走至裴家,一五一十报知,又添些言语,激恼裴九老。

那九老夫妻,因前日娶亲不允,心中正恼着刘公。今日听见媳妇做下丑事,如何不气?一径赶到刘家,唤出刘公来发话道:"当初我央媒来说,要娶亲时,千推万阻,道女儿年纪尚小,不肯应承。护在家中,私养汉子。若早依了我,也不见得做出事来。我是清清白白的人家,决不要这样败坏门风的好东西。快还了我昔年聘礼,另自去对亲,不要误我孩儿的大事。"将刘公嚷得面上一回红、一回白,想道:我家昨夜之事,他如何今早便晓得了?这也怪异!又不好承认,只得赖道:"亲家,这是那里说起,造怎样言语污辱我家?倘被外人听得,只道真有这事,你我体面何在?"裴九老便骂道:"打脊贱才!真个是老亡八。女儿现做着怎样丑事,那个不晓得了?亏你还长着鸟嘴,在我面前遮掩。"赶近前把手向刘公脸上一揪道:"老亡八!羞也不羞!待我送个鬼脸儿与你戴了见人。"刘公被他羞辱不过,骂道："老杀才，今日为甚赶上门来欺我？"便一头撞去，把裴九老撞倒在地，两下相打起来。里边刘妈妈与刘璞听得外面喧嚷，出来看时，却是裴九老与刘公厮打，急向前拆开。裴九老指着骂道："老亡八打得好！我与你到府里去说话。"一路骂出门去了。刘璞便问父亲："裴九因甚清早来厮闹？"刘公把他言语学了一遍。刘璞道："他家如何便晓得了？此甚可怪。"又道："如今事已彰扬，却怎么处？"刘公又想起裴九老怎般耻辱，心中转恼，顿足道："都是孙家老乞婆，害我家坏了门风，受这样恶气！若不告他，怎出得这气？"刘璞劝解不住。刘公央人写了状词，望着府前奔来，正值乔太守早堂放告。这乔太守虽则关西人，又正直，又聪明，怜才爱民，断狱如神，府中都称为"乔青天"。

却说刘公刚到府前，劈面又遇着裴九老。九老见刘公手执状词，认做告他，便骂道："老亡八，纵女做了丑事，到要告我，我同你去见太爷。"上前一把扭住，两下又打将起来。两张状词，都打失了。二人结做一团，直至堂上。乔太守看见，喝教各跪一边，问道："你二人叫甚名字？为何结扭相打？"二人一齐乱嚷。乔太守道："不许搀越！那老儿先上来说。"裴九老跪上去诉道："小人叫做裴九，有个儿子裴政，从幼聘下刘秉义的女儿慧娘为妻，今年都十五岁了。小人因是老年爱子，要早与他完姻，几次央媒去说，要娶媳妇，那刘秉义只推女儿年纪尚小，勒揞不许。谁想他纵女卖奸，恋着孙润，暗招在家，要图赖亲事。今早到他家理说，反把小人殴辱。情极了，来爷爷台下投生，他又赶来扭打。求爷爷做主，救小人则个！"乔太守听了，道："且下去。"唤刘秉义上去问道："你怎么说？"刘公道："小人有一子一女。儿子刘璞，聘孙寡妇女儿珠姨为妇，女儿便许裴九的儿子。向日裴九要娶时，一来女儿尚幼，未曾整备妆奁，二来正与儿子完姻，故此不允。不想儿子临婚时，忽地患起病来，不敢教与媳妇同房，令女儿陪伴嫂子。那知孙寡妇欺心，藏过女儿，却将儿子孙润假妆过来，到强奸了小人女儿。正要告官，这裴九知得了，登门打骂。小人气忿不过，与他争嚷，实不是图赖他的婚姻。"乔太守见说男扮为女，甚以为奇，乃道："男扮女妆，自然有异。难道你认他不出？"刘公道："婚嫁乃是常事，那曾有男子假扮之理，却去辨他真假？况孙润面貌，美如女子。小人夫妻见了，已是万分欢喜，有甚疑惑？"乔太守道："孙家既以女许你为媳，因甚却又把儿子假妆？其中必有缘故。"又道："孙润还在你家么？"刘公道："已逃回去了。"乔太守即差人去拿孙寡妇母子三人，又差人去唤刘璞、慧娘兄妹俱来听审。不多时，都已拿到。

乔太守举目看时，玉郎姊弟，果然一般美貌，面庞无二，刘璞却也人物俊秀，慧娘艳丽非常，暗暗欣羡道："好两对青年儿女！"心中便有成全之意。乃问孙寡妇："因甚将男作女，哄骗刘家，害他女儿？"孙寡妇乃将女婿病重，刘秉义不肯更改吉期，恐怕误了女儿终身，故把儿子妆去冲喜，三朝便回，是一时权宜之策。不想刘秉义却教女儿陪卧，做出这事。乔太守道："元来如此。"问刘公道："当初你儿子既是病重，自然该另换吉期。你执意不肯，却主何意？假若此时依了孙家，那见得女儿有此丑事？这都是你自起衅端，连累女儿。"刘公道："小人一时不合听了妻子说话，如今悔之无及！"乔太守道："胡说！你是一家之主，却听妇人言语。"

又唤玉郎、慧娘上去说："孙润，你以男假女，已是不该。却又奸骗处女，当得何罪？"玉郎叩头道："小人虽然有罪，但非设意谋求，乃是刘亲母自遣其女陪伴小人。"乔太守道："他因不知你是男子，故令他来陪伴，乃是美意，你怎不推却？"玉郎道："小人也曾苦辞，怎奈坚执不从。"乔太守道："论起法来，本该打一顿板子才是！姑念你年纪幼小，又系两家父母酿成，权且饶恕。"玉郎叩头泣谢。乔太守又问慧娘："你事已做错，不必说起。如今还是要归裴氏，要归孙润？实说上来。"慧娘哭道："贱妾无媒苟合，节行已亏，岂可更事他人？况与孙润恩义已深，誓不再嫁。若爷爷必欲判离，贱妾即当自尽，决无颜苟活，贻笑他人。"说罢，放声大哭。乔太守见他情词真恳，甚是怜惜，且喝过一边，唤裴九老分付道："慧娘本该断归你家，但已失身孙润，节行已亏。你若娶回去，反伤门风，被人耻笑；他又蒙二夫之名，各不相安。今判与孙润为妻，全其体面。令孙润还你昔年聘礼，你儿子另自聘妇罢！"裴九老道："媳妇已为丑事，小人自然不要。但孙润破坏我家婚姻，今原归于他，反周全了奸夫淫妇，小人怎得甘心！情愿一毫原聘不要，求老爷断媳妇另嫁别人，小人这口气也还消得一半。"乔太守道："你既已不愿娶他，何苦又作此冤家！"刘公亦禀道："爷爷，孙润已有妻子，小人女儿岂可与他为妾？"乔太守初时只道孙润尚无妻子，故此斡旋，见刘公说已有妻，乃道："这却怎么处？"对孙润道："你既有妻子，一发不该害人闺女了！如今置此女于何地？"玉郎不敢答应。

乔太守又道："你妻子是何等人家？可曾过门么？"孙润道："小人妻子是徐雅女儿，尚未过门。"乔太守道："这等易处了。"叫道："裴九，孙润原有妻未娶，如今他既得了你媳妇，我将他妻子断偿你的儿子，消你之忿！"裴九老道："老爷明断，小人怎敢违逆？但恐徐雅不肯。"乔太守道:"我作了主,谁敢不肯!你快回家引儿子过来,我差人去唤徐雅带女儿来当堂匹配。"裴九老即忙归家,将儿子裴政领到府中。徐雅同女儿也唤到了。乔太守看时,两家男女却也相貌端正,是个对儿。乃对徐雅道:"孙润因诱了刘秉义女儿,今已判为夫妇。我今作主,将你女儿配与裴九儿裴政。限即日三家俱便婚配回报,如有不伏者,定行重治。"徐雅见太守作主,怎敢不依,俱各甘伏。乔太守援笔判道:

弟代姊嫁,姑伴嫂眠。爱女爱子,情在理中。一雌一雄,变出意外。移干柴近烈火,无怪其燃;以美玉配明珠,适获其偶。孙氏子因姊而得妇,搂处子不用逾墙;刘氏女因嫂而得夫,怀吉士初非炫玉。相悦为婚,礼以义起。所厚者薄,事可权宜。使徐雅别婿裴九之儿,许裴政改娶孙郎之配。夺人妇,人亦夺其妇,两家恩怨,总息风波;独乐乐,不若与人乐,三对夫妻,各谐鱼水。人虽兑换,十六两原只一斤;亲是交门,五百年决非错配。以爱及爱,伊父母自作冰人;非亲是亲,我官府权为月老。已经明断,各赴良期。

乔太守写毕,教押司当堂朗诵与众人听了。众人无不心服,各各叩头称谢。乔太守在库上支取喜红六段,教三对夫妻披挂起来,唤三起乐人,三顶花花轿儿,抬了三位新人。新郎及父母,各自随轿而出。此事闹动杭州府,都说好个行方便的太守,人人诵德,个个称贤。自此各家完亲之后,都无说话。

李都管本欲唆孙寡妇、裴九老两家与刘秉义讲嘴,鹬蚌相持,自己渔人得利。不期太守善于处分,反作成了孙玉郎一段良缘。街坊上当做一件美事传说,不以为丑,他心中甚是不乐。未及下年,乔太守又取刘璞、孙润,都做了秀才,起送科举。李都管自知惭愧,安身不牢,反躲避乡居。后来刘璞、孙润同榜登科,俱任京职,仕途有名,扶持裴政亦得了官职。一门亲眷,富贵非常。刘璞官直至龙图阁学士,连李都管家宅反归并于刘氏。刁钻小人,亦何益哉!后人有诗,单道李都管为人不善,以为后戒。诗云:

为人忠厚为根本,何苦刁钻欲害人!
不见古人卜居者,千钱只为买乡邻。

又有一诗,单夸乔太守此事断得甚好:

鸳鸯错配本前缘,全赖风流太守贤。
锦被一床遮尽丑,乔公不枉叫青天。

刘小官雌雄兄弟

衣冠未必皆男子,巾帼如何定妇人?
历数古今多怪事,高山为谷海生尘。

且说国朝成化年间,山东有一男子,姓桑,名茂,是个小家之子。垂髫时,生得红白细嫩。一日,父母教他往村中一个亲戚人家去,中途遇了大雨,闪在冷庙中躲避。那庙中先有一老妪也在内躲雨,两个做一堆儿坐地。那雨越下越大,出头不得。老妪看见桑茂标致,就把言语调他。桑茂也略通些情窍,只道老妪要他干事。临上交时,原来老妪腰间倒有本钱,把桑茂后庭弄将起来。事毕,雨还未止。桑茂终是孩子家,便问道:"你是妇道,如何有那话儿?"老妪道:"小官,我实对你说,莫要泄漏于他人。我不是妇人,原是个男子。从小缚做小脚,学那妇道妆扮,习成低声哑气,做一手好针线,潜往他乡,假称寡妇,央人引进豪门巨室行教。女眷们爱我手艺,便留在家中,出入房闱,多与妇女同眠,恣意行乐。那妇女相处情厚,整月留宿,不放出门。也有闺女贞娘,不肯胡乱的,我另有个媚药儿,待他睡去,用水喷在他面上,他便昏迷不醒,任我行事。及至醒来,我已得手。

刘小官雌雄兄弟

他自怕羞辱,不敢声张。还要多赠金帛送我出门,嘱付我莫说。我今年四十七岁了,走得两京九省,到处娇娘美妇,同眠同卧,随身食用,并无缺乏,从不曾被人识破。"

桑茂道:"这等快活好事,不知我可学得么?"老妪道:"似小官恁般标致,扮妇女极像样了。你若肯投我为师,随我一路去,我就与你缠脚,教导你做针线,引你到人家去,只说是我外甥女儿,得便就有良遇。我一发把媚药方儿传授与你,包你一世受用不尽。"桑茂被他说得心痒,就在冷庙中四拜,投老妪为师。也不去访亲访眷,也不去问爹问姐,等待雨止,跟着老妪便走。

那老妪一路与桑茂同行宿。出了山东境外,就与桑茂三绺梳头,包裹中取出女衫换了，脚头缠紧，套上一双窄窄的尖头鞋儿，看来就像个女子，改名郑二姐。后来年长到二十二岁上，桑茂要辞了师父，自去行动。师父分付道："你少年老成，定有好人相遇。只一件，凡得意之处，不可久住。多则半月，少则五日，就要换场，免露形迹。还一件，做这道儿，多见妇人，少见男子，切忌与男子相近交谈。若有男子人家，预先设法躲避。倘或被他看出破绽，性命不保。切记，切记！"桑茂领教，两下分别。

后来桑茂自称郑二娘，各处行游哄骗。也走过一京四省，所奸妇女，不计其数。到三十二岁上，游到江西一个村镇，有个大户人家女眷留住，传他针线。那大户家妇女最多，桑茂迷恋不舍，住了二十馀日不去。大户有个女婿，姓赵，是个纳粟监生。一日，赵监生到岳母房里作揖，偶然撞见了郑二娘，爱其俏丽，嘱付妻子接他来家。郑二娘不知就里，欣然而往。被赵监生邀入书房，拦腰抱住，定要求欢。郑二娘抵死不肯，叫喊起来。赵监生本是个粗人，惹得性起，不管三七二十一，竟按倒在床上去解他裤裆。郑二娘挡抵不开，被赵监生一手插进，摸着那话儿，方知是个男人女扮。当下叫起家人，一索捆翻，解到官府。用刑严讯，招称真姓真名，及向来行奸之事，污秽不堪。府县申报上司，都道是从来未有之变。具疏奏闻，刑部以为人妖败俗，律所不载，拟成凌迟重辟，决不待时。可怜桑茂假充了半世妇人，讨了若干便宜，到头来死于赵监生之手。正是：

福善祸淫天有理，律轻情重法无私。

方才说的是男人妆女败坏风化的。如今说个女人扮男，节孝兼全的来正本，恰似：

薰莸不共器，尧桀好相形。
毫厘千里谬，认取定盘星。

这话本也出在本朝宣德年间，有一老者，姓刘，名德，家住河西务镇上。这镇在运河之旁，离北京有二百里田地，乃各省出入京都的要路。舟楫聚泊，如蚂蚁一般；车音马迹，日夜络绎不绝。上有居民数百馀家，边河为市，好不富庶。那刘德夫妻两口，年纪六十有馀，并无弟兄子女。自己有几间房屋，数十亩田地，门首又开一个小酒店儿。刘公平昔好善，极肯周济人的缓急。凡来吃酒的，偶然身边银钱缺少，他也不十分计较。或有人多把与他，他便勾了自己价银，馀下的定然退还，分毫不肯苟取。有晓得的，问道："这人错与你的，落得将来受用，如何反把来退还？"刘公说："我身没有子嗣，多因前生不曾修得善果，所以今世罚做无祀之鬼。岂可又为恁样欺心的事！倘然命里不该时，错得了一分到手，或是变出些事端，或是染患些疾病，反用去几钱,却不倒折便宜?不若退还了,何等安逸。"因他做人公平,一镇的人无不敬服,都称为刘长者。

一日,正值隆冬天气,朔风凛冽,彤云密布,降下一天大雪。原来那雪:

能穿帷幕,善度帘栊。乍飘数点,俄惊柳絮飞扬;狂舞一番,错认梨花乱坠。声从竹叶传来,香自梅枝吹至。塞外征人穿冻甲,山中隐士拥寒衾。王孙绮席倒金尊,美女红炉添兽炭。

刘公因天气寒冷,暖起一壶热酒,夫妻两个向火对饮。吃了一回,起身走到门首看雪。只见远远一人背着包裹,同个小厮迎风冒雪而来。看看至近,那人扑的一跤,跌在雪里,挣扎不起。小厮便向前去搀扶。年小力微,两个一拖,反向下边跌去,都滚做一个肉饺儿。爬了好一回,方才得起。刘公擦摩老眼看时,却是六十来岁的老儿,行缠绞脚,八搭麻鞋,身上衣服甚是褴褛。这小厮到也生得清秀,脚下穿一双小布裲靴。

那老儿把身上雪片抖净,向小厮道:"儿,风雪甚大,身上寒冷,行走不动。这里有酒在此,且买一壶来荡荡寒再行。"便走入店来,向一副座头坐下,把包裹放在桌上,小厮坐于旁边。刘公去暖一壶热酒,切一盘牛肉,两碟小菜,两副杯箸,做一盘儿托过来摆在桌上。小厮捧过壶来,斟上一杯,双手递与父亲,然后筛与自己。刘公见他年幼,有些礼数,便问道:"这位是令郎么?"那老儿道:"正是小犬。"刘公道:"今年几岁了?"答道:"乳名申儿,十二岁了。"又问道:"客官尊姓?是往那里去的?怎般风雪中行走。"那老儿答道:"老汉方勇,是京师龙虎卫军士,原籍山东济宁。今要回去取讨军庄盘缠,不想下起雪来。"问"主人家尊姓?"刘公道:"在下姓刘,招牌上'近河',便是贱号。"又道:"济宁离此尚远,如何不寻个脚力,却受这般辛苦?"答道:"老汉是个穷军,那里雇得起脚力!只得慢慢的挨去罢了。"

刘公举目看时,只见他单把小菜案酒,那盘牛肉,全然不动。问道:"长官父子想都是奉斋么?"答道:"我们当军的人,吃什么斋!"刘公道:"既不奉斋,如何不吃些肉儿?"答道:"实不相瞒,身边盘缠短少,吃小菜饭儿,还恐走不到家。若用了这大菜,便去了几日的口粮,怎生得到家里?"刘公见他说得怎样穷乏,心中惨然,便道:"这般大雪,腹内得些酒肉,还可挡得风寒。你只管用,我这里不算帐罢了。"老军道:"主人家休得取笑!那有吃了东西,不算帐之理?"刘公道:"不瞒长官说,在下这里,比别家不同。若过往客官,偶然银子缺少,在下就肯奉承。长官既没有盘缠,只算我请你罢了。"老军见他当真,便道:"多谢厚情,只是无功受禄,不当人子。老汉转来，定当奉酬。"刘公道："四海之内，皆兄弟也。这些小东西，值得几何，怎说这奉酬的话！"老军方才举箸，刘公又盛过两碗饭来，道："一发吃饱了好行路。"老军道："忒过分了！"父子二人正在饥馁之时，拿起饭来，狼餐虎咽，尽情一饱。这才是：

救人须救急，施人须当厄。渴者易为饮，饥者易为食。

当下吃完酒饭，刘公又叫妈妈点两杯热茶来吃了。老军便腰间取出银子来还饭钱。刘公连忙推住道："刚才说过，是我请你的，如何又要银子？恁样时，到像在下说法卖这盘肉了。你且留下，到前途去盘缠。"老军便住了手，千恩万谢，背上包裹，作辞起身。

走出门外，只见那雪越发大了，对面看不出人儿。被寒风一吹，倒退下几步。小厮道："爹，这样大雪，如何行走？"老军道："便是没奈何，且捱到前途，觅个宿店歇罢。"小厮眼中便流下泪来。刘公心中不忍，说道："长官，这般风寒大雪，着甚要紧，受此苦楚！我家空房床铺尽有，何不就此安歇，等天晴了走也未迟。"老军道："若得如此甚好，只是打搅不当。"刘公道："说那里话！谁人是顶着房子走的？快些进来，不要打湿了身上。"老军引着小厮，重新进门。

刘公领去一间房里，把包裹放下。看床上时，席子草荐都有。刘公还恐怕他寒冷，又取出些稻草来，放在上面。老军打开包裹，将出被窝铺下。此时天气尚早，准顿好了，同小厮走出房来。刘公已将店面关好，同妈妈向火，看见老军出房，便叫道："方长官，你若冷时，有火在此，烘一烘暖活也好。"老军道："好倒好，只是奶奶在那里，恐不稳便。"刘公道："都是老人家了，不妨碍。"老军方才同小厮走过来，坐于火边。那时比前又加识熟，便称起号来，说："近河，怎么只有老夫妻两位？想是令郎们另居么？"刘公道："不瞒你说，老拙夫妻今年都痴长六十四岁，从来不曾生育，那里得有儿子？"老军道："何不承继一个，服侍你老年也好？"刘公答道："我心里初时也欲得如此，因常见人家承继来的，不得他当家替力，反惹闲气，不如没有的到得清净。总要时，急切不能有个中意的，故此休了这念头。若得你令郎这样一个，却便好了，只是如何得能勾？"两个闲话一回，看看已晚，老军讨了个灯火，叫声安置，同儿子到客房中来安歇。对儿子说："儿，今日天幸得遇这样好人。若没有他时，冻也要冻死了。明日莫管天晴下雪，早些走罢。打搅他，心上不安。"小厮道："爹说得是！"父子上床安息。

不想老军受了些风寒，到下半夜，火一般热起来，口内只是气喘，讨汤水吃。这小厮家夜晚间，又在客店里，那处去取？巴到天明，起来开房门看时，那刘公夫妻还未曾起身。他又不敢惊动，原把门儿掩上，守在床前。少顷，听得外面刘公咳嗽声响，便开门走将出来。刘公一见，便道："小官儿，如何起得恁早？"小厮道："告公公得知，不想爹爹昨夜忽然发起热来，口中不住吁喘，要讨口水吃，故此起得早些。"刘公道："阿呀！想是他昨日受些寒了。这冷水怎么吃得？待我烧些热汤与你。"小厮道："怎好又劳公公？"刘公便教他妈妈烧起一大壶滚汤。刘公送到房里，小厮扶起吃了两碗。老军睁眼观看，见刘公在旁，谢道："难为你老人家！怎生报答？"刘公走近前道："休恁般说。你且安心自在，盖热了发出些汗便好了。"小厮放倒下去，刘公便扯被儿与他盖好，见那被儿单薄，说道："可知道着了寒！如何这被恁薄，怎能发得汗出？"妈妈在门口听见，即去取出一条大絮被来道："老官儿，有被在此，你与他盖好了。这般冷天气，不是当耍的。"小厮便来接去。刘公与他盖得停当，方才走出。

少顷，梳洗过，又走进来，问："可有汗么？"小厮道："我才摸时，并无一些汗气。"刘公道："若没汗时，这寒气是感得重的了。须请个太医来用药，表他的汗出来方好。不然，这风寒怎能勾发泄？"小厮道："公公，身伴无钱，将何请医服药？"刘公道："不消你费心，有我在此。"小厮听说，即便叩头道："多蒙公公厚恩，救我父亲。今生若不能补报，死当为犬马偿恩！"刘公连忙扶起道："快不要如此，既在此安宿，我便是亲人了，岂忍坐视！你自去房中伏侍，老汉与你迎医。"

其日雪止天霁，街上的积雪被车马践踏，尽为泥泞，有一尺多深。刘公穿了木屐，出街头望了一望，复身进门。小厮看刘公转进来，只道不去了，噙着两行珠泪，方欲上前叩问，只见刘公从后屋牵出个驴儿骑了，出门而去。小厮方才放心。

且喜太医住得还近，不多时便到了。那太医也骑个驴儿，家人背着药箱，随在后面，到门首下了。刘公请进堂中，吃过茶，然后引至房里。此时老军已是神思昏迷，一毫人事不省。太医诊了脉，说道："这是个双感伤寒，风邪已入于腠理。伤寒书上有两句歌云：'两感伤寒不须治，阴阳毒过七朝期。'此乃不治之症。别个医家，便要说还可以救得。学生是老实的，不敢相欺，这病下药不得了。"小厮见说，惊得泪如雨下，拜倒在地上道："先生可怜我父子是个异乡之人，怎生用贴药救得性命，决不忘恩！"太医扶起道："不是我作难，其实病已犯实，教我也无奈。"刘公道："先生，常言道：'药医不死病，佛度有缘人。'你且不要拘泥古法，尽着自家意思，大了胆医去，或者他命不该绝，就好了也未可知。万一不好，决无归怨你之理。"先生道："既是长者恁般说，且用一贴药看。若吃了发得汗出，便有可生之机，速来报我，再将药与他吃。若没有汗时，这病就无救了，不消来复我。"教家人开了药箱，撮了一贴药剂递与刘公道："用生姜为引，快煎与他吃。这也是万分之一，莫做指望。"刘公接了药，便去封出一百文钱，递与太医道："些少药资，全为利市。"太医必不肯受而去。

刘公夫妻两口，亲自把药煎好，将到房中与小厮相帮，扶起吃了，把被没头没脑的盖下。小厮在旁守候。刘公因此事忙乱一朝，把店中生意都担阁了，连饭也没工夫去煮。直到午上，方吃早膳。刘公去唤小厮吃饭。那小厮见父亲病重，心中慌急，那里要吃。再三劝慰，方吃了半碗。看看到晚，摸那老军身上，并无一些汗点。那时连刘公也慌张起来。又去请太医时，不肯来了。准准到第七日，呜呼哀哉。正是：

三寸气在千般用，一日无常万事休。

可怜那小厮申儿哭倒在地。刘公夫妇见他哭的悲切，也涕泪交流，扶起劝道："方小官，死者不可复生，哭之无益。你且将息自己身子。"小厮双膝跪下哭告道："儿不幸，前年丧母，未能入土，故与父谋归原籍，求取些银两来殡葬。不想逢此大雪，路途艰楚。得遇恩人，赐以酒饭，留宿在家，以为万千之幸。谁料皇天不祐，父忽骤病。又蒙恩人延医服药，日夜看视，胜如骨肉。只指望痊愈之日，图报大恩，那知竟不能起，有负盛意！此间举目无亲，囊乏钱钞，衣棺之类，料不能办，欲求恩人借数尺之土，把父骸掩盖，儿情愿终身为奴仆，以偿大德，不识恩人肯见允否？"说罢，拜伏在地。刘公扶起道："小官人休虑！这送终之事，都在于我，岂可把来藁葬？"小厮又哭拜道："得求隙地埋骨，已出望外，岂敢复累恩人费心坏钞！此恩此德，教儿将何补报？"刘公道："这是我平昔志愿，那望你的报偿！"当下忙忙的取了银子，便去买办衣衾棺木，唤两个土工来，收拾入殓过了。又备羹饭祭奠，焚化纸钱，那小厮悲恸，自不必说。就抬到屋后空地上埋葬好了。又立一个碑额，上写"龙虎卫军士方勇之墓"。诸事停当，小厮向刘公夫妇叩头拜谢。

过了两日，刘公对小厮道："我欲要教你回去，访问亲族，来搬丧回乡，又恐怕你年纪幼小，不认得路途。你且暂住我家，俟有识熟的在此经过，托他带回故乡，然后徐图运柩回去。不知你的意下何如？"小厮跪下泣告道："儿受公公如此大恩，地厚天高，未曾报得，岂敢言归！且恩人又无子嗣，儿虽不才，倘蒙不弃，收充奴仆，朝夕伏侍，少效一点孝心。万一恩人百年之后，亦堪为坟前拜扫之人。那时到京取回先母遗骨，同父骸葬于恩人墓道之侧，永守于此，这便是儿之心愿。"刘公夫妇大喜道："若得你肯如此，乃天赐与我为嗣，岂有为奴仆之理！今后当以父子相称。"小厮道："既蒙收留，即今日就拜了爹妈。"便掇两把椅儿居中放下，请老夫妇坐了。四双八拜，认为父子，遂改姓为刘。刘公又不忍没其本姓，就将方字为名，唤做刘方。自此日夜辛勤，帮家过活，奉侍刘公夫妇，极其尽礼孝敬。老夫妇也把他如亲生一般看待。有诗为证：

刘方非亲是亲，刘德无子有子。
小厮事死事生，老军虽死不死。

时光似箭，不觉刘方在刘公家里已过了两个年头。时值深秋，大风大雨，下了半月有馀。那运河内的水，暴涨有十来丈高下，犹如百沸汤一般，又紧又急。往来的船只坏了无数。一日午后，刘方在店中收拾，只听得人声鼎沸。他只道什么火发，忙来观看，见岸上人捱挤不开，都望着河中。急走上前看时，却是上流头一只大客船，被风打坏，淌将下来。船上之人，飘溺已去大半，馀下的抱桅攀舵，呼号哀泣，口叫"救人"！那岸上看的人，虽然有救捞之念，只是风水利害，谁肯从井救人？眼盼盼看他一个个落水，口中只好叫句"可怜"而已。忽然一阵大风，把那船吹近岸旁。岸上人一齐喊声"好了"！顷刻挽挠钩子二十多张，一齐都下，搭住那船，救起十数多人，各自分头投店。

内有一个少年，年纪不上二十，身上被挽钩摘伤几处，行走不动，倒在地下，气息将绝，尚紧紧抱住一只竹箱，不肯放舍。刘方在旁睹景伤情，触动了自己往年冬间之事，不觉流下泪来，想道："此人之苦，正与我一般。我当时若没有刘公时，父子尸骸不知归于何处矣。这人今日却便没人怜救了，且回去与爹娘说知，救其性命。"急急转家，把上项事报知刘公夫妇，意欲扶他回家调养。刘公道："此是阴德美事，为人正该如此。"刘妈妈道："何不就同他来家？"刘方道："未曾禀过爹妈，怎敢擅便？"刘公道："说那里话！我与你同去。"

父子二人，行至岸口，只见众人正围着那少年观看。刘公分开众人，捱身而入，叫道："小官人，你挣扎着，我扶你到家去将息。"那少年睁眼看了一看，点点头儿。刘公同刘方向前搀扶。一个年幼力弱，一个年老力衰，全不济事。旁边转过一个轩昂刺的后生道："老人家闪开，待我来。"向前一抱，轻轻的就扶了起来。那后生在右，刘公在左，两边挟住胳膊便走。少年虽然说话不出，心下却甚明白，把嘴努着竹箱。刘方道："这箱子待我与你驮去。"把来背在肩上，在前开路。

众人闪在两边，让他们前行，随后便都跟来看。内中认得刘公的，便道：

"还是刘长者有些义气。这个异乡落难之人，在此这一回，并没个慈悲的，肯收留回去，偏他一晓的了便搀扶回家。这样人，真个是世间少有！只可惜无个儿子，这也是天公没分晓。"又有个道："他虽没有亲儿，如今承继这刘方，甚是孝顺，比嫡亲的尤胜，这也算是天报他了。"那不认得的，见他老夫老妻自来搀扶，一个小厮与他驮了竹箱，就认做那少年的亲族。以后见土人纷纷传说，方才晓得，无不赞叹其义。还有没肚子的人，称量他那竹箱内有物无物，财多财少。此乃是人面相似，人心不同，不在话下。

且说刘公同那后生扶少年到家，向一间客房里放下。刘公叫声"劳动"，后生自去。刘方把竹箱就放在少年之旁。刘妈妈连忙去取干衣，与他换下湿衣，然后扶在铺上。原来落水人吃不得热酒，刘公晓得这道数，教妈妈取酽酒略温一下，尽着少年痛饮，就取刘方的卧被，与他盖了，夜间就教刘方伴他同卧。到次早，刘公进房来探问。那少年已觉健旺，连忙挣扎起来，要下床称谢。刘公急止住道："莫要劳动，调养身子要紧！"那少年便向枕上叩头道："小子乃垂死之人，得蒙公公救拔，实乃再生父母。但不知公公尊姓？"刘公道："老拙姓刘。"少年道："原来与小子同姓。"刘公道："官人那里人氏？"少年答道："小子刘奇，山东张秋人氏。二年前，随父三考在京。不幸遇了时疫，数日之内，父母俱丧，无力扶柩还乡，只得将来火化。"指着竹箱道："奉此骸骨归葬，不想又遭此大难。自分必死，天幸得遇恩人，救我之命。只是行李俱失，一无所有，将何报答大恩？"刘公道："官人差矣！不忍之心，人皆有之。救人一命，胜造七级浮屠。若说报答，就是为利了，岂是老汉的本意！"刘奇见说，愈加感激。将息了两日，便能起身，向刘公夫妇叩头泣谢。那刘奇为人温柔俊雅，礼貌甚恭。刘公夫妇十分爱他，早晚好酒好食管待。刘奇见如此殷勤，心上好生不安。欲要辞归，怎奈钩伤之处溃烂成疮，步履不便，身边又无盘费，不能行动，只得权且住下。正是：

不恋故乡生处好，受恩深处便为家。

却说刘方与刘奇年貌相仿，情投契合，各把生平患难细说。二人因念出处相同，遂结拜为兄弟，友爱如嫡亲一般。一日，刘奇对刘方道："贤弟如此青年美质，何不习些书史？"刘方道："小弟甚有此志，只是无人教导。"刘奇道："不瞒贤弟说，我自幼攻书，博通今古，指望致身青云。不幸先人弃后，无心于此。贤弟肯读书时，寻些书本来，待我指引便了。"刘方道："若得如此，乃弟之幸也。"连忙对刘公说知。刘公见说是个饱学之士，肯教刘方读书，分外欢喜，即便去买许多书籍。刘奇罄心指教，那刘方颖悟过人，一诵即解。日里在店中看管,夜间挑灯而读。不过数月,经书词翰,无不精通。

且说刘奇在刘公家中住有半年,彼此相敬相爱,胜如骨肉。虽然依傍得所,只是终日坐食,心有不安。此时疮口久愈,思想要回故土,来对刘公道:"多蒙公公夫妇厚恩,救活残喘,又搅扰半年,大恩大德,非口舌可谢。今欲暂辞公公,负先人骸骨归葬。服阕之后,当图报效。"刘公道:"此乃官人的孝心,怎好阻当,但不知几时起行?"刘奇道:"今日告过公公,明早就走。"刘公道:"既如此,待我去觅个便船与你。"刘奇道:"水路风波险恶,且乏盘缠,还从陆路行罢。"刘公道:"陆路脚力之费,数倍于舟,且又劳碌。"刘奇道:"小子不用脚力,只是步行。"刘公道:"你身子怯弱,如何走得远路?"刘奇道:"公公,常言说的好,有银用银,无银用力。小子这样穷人,还怕得什么辛苦!"刘公想了一想,道:"这也易处。"便叫妈妈整备酒肴,与刘奇送行。饮至中间,刘公泣道:"老拙与官人萍水相逢,叙首半年,恩同骨肉,实是不忍分离。但官人送尊人入土,乃人子大事,故不好强留。只是自今一别,不知后日可能得再见否?"说罢,欷歔不胜。刘妈妈与刘方尽皆泪下。刘奇也泣道:"小子此行,实非得已。俟服一满,即星夜驰来奉候,幸勿过悲。"刘公道:"老拙夫妇年近七旬,如风中之烛,早暮难保。恐君服满来时,在否不可知矣。倘若不弃,送尊人入土之后,即来看我,也是一番相知之情。"刘奇道:"既蒙分付,敢不如命。"一宿晚景不题。

到了次早清晨,刘妈妈又整顿酒饭与他吃了。刘公取出一个包裹,放在桌上,又叫刘方到后边牵出那小驴儿来,对刘奇道:"此驴畜养已久,老汉又无远行,少有用处,你就乘他去罢,省得路上雇倩。这包裹内是一床被窝,几件粗布衣裳,以防路上风寒。"又在袖中摸一包银子交与道:"这三两银子,将就盘缠,亦可到得家了。但事完之后,即来走走,万勿爽信。"刘奇见了许多厚赠,泣拜道:"小子受公公如此厚恩,今生料不能报,俟来世为犬马以酬万一。"刘公道:"何出此言!"当下将包裹竹箱都装在生口身上,作别起身。刘公夫妇送出门首,洒泪而别。刘方不忍分舍,又送十里之外,方才分手。正是:

萍水相逢骨肉情,一朝分袂泪俱倾。
《骊驹》唱罢劳魂梦,人在长亭共短亭。

且说刘奇一路夜住晓行,饥餐渴饮,不一日来到山东故乡。那知去年这场大风大雨,黄河泛滥,张秋村镇尽皆漂溺,人畜庐舍荡尽无遗。举目遥望时,几十里田地,绝无人烟。刘奇无处投奔,只得寄食旅店。思想欲将骸骨埋葬于此，却又无处依栖，何以营生？须寻了个着落之处，然后举事。遂往各处市镇乡村访问亲旧，一无所有。住了月馀，这三两银子盘费将尽，心下着忙："若用完了这银子，就难行动了。不如原往河西务去求恩人一搭空地，埋了骨殖，倚傍在彼处，还是个长策。"算还店钱，上了生口，星夜赶来。到了刘公门首，下了生口，只见刘方正在店中，手里拿着一本书儿在那里观看。刘奇叫声："贤弟，公公妈妈一向好么？"刘方抬头看时，却是刘奇，把书撇下，忙来接住生口，牵入家中，卸了行李，作揖道："爹妈日夜在此念兄，来得正好！"一齐走入堂中。刘公夫妇看见，喜从天降，便道："官人，想杀我也！"刘奇上前倒身下拜。刘公还礼不迭。见罢，问道："尊人之事，想已毕了？"刘奇细细泣诉前因，又道："某故乡已无处容身，今复携骸骨而来，欲求一搭馀地葬埋，就拜公公为父，依傍于此，朝夕侍奉，不知尊意允否？"刘公道："空地尽有，任凭取择。但为父子，恐不敢当。"刘奇道："若公公不屑以某为子，便是不允之意了。"即便请刘公夫妇上坐，拜为父子，将骸骨也葬于屋后地上。自此兄弟二人，并力同心，勤苦经营，家业渐渐兴隆。服侍父母，备尽人子之礼。合镇的人，没一个不欣羡刘公无子而有子，皆是阴德之报。

时光迅速，倏忽又经年馀。父子正安居乐业，不想刘公夫妇年纪老了，筋力衰倦，患起病来。二子日夜服侍，衣不解带，求神罔效，医药无功，看看待尽。二子心中十分悲切，又恐伤了父母之心，惟把言语安慰，背后吞声而泣。刘公自知不起，呼二子至床前分付道："我夫妇老年孤子，自谓必作无祀之鬼，不意天地怜念，赐汝二人与我为嗣。名虽义子，情胜嫡血。我死无遗恨矣！但我去世之后，汝二人务要同心经业，共守此薄产，我于九泉亦得瞑目。"二子哭拜受命。又延两日，夫妇相继而亡。二子怆地呼天，号啕痛哭，恨不得以身代替。置办衣衾棺椁，极其从厚，又请僧人做九昼夜功果超荐。入殓之后，兄弟商议筑起一个大坟，要将三家父母合葬一处。刘方遂至京中，将母柩迎来，择了吉日，以刘公夫妇葬于居中，刘奇迁父母骸骨葬于左边，刘方父母葬于右边，三坟拱列，如连珠相似。那合镇的人，一来慕刘公向日忠厚之德，二来敬他弟兄之孝，尽来相送。

话休絮烦。且说刘奇二人自从刘公亡后，同眠同食，情好愈笃，把酒店收了，开起一个布店来。四方过往客商来买货的，见二人少年志诚，物价公道，传播开去，慕名来买者，挨挤不开。一二年间，挣下一个老大家业，比刘公时已多数倍。讨了两房家人，两个小厮，动用家火器皿，甚是次第。

那镇上有几个富家，见二子家业日裕，少年未娶，都央媒来与之议姻。

刘奇心上已是欲得，只是刘方却执意不愿。刘奇劝道："贤弟今年一十有九，我已二十有二，正该及时求配，以图生育，接续三家宗祀，不知贤弟为何不愿？"刘方答道："我与兄方在壮年，正好经营生理，何暇去谋此事！况我弟兄向来友爱，何等安乐，万一娶了一个不好的，反是一累，不如不娶为上。"刘奇道："不然，常言说得好，无妇不成家。你我俱在店中支持了生意时，里面绝然无人照管。况且交游渐广，设有个客人到来，中馈无人主持，成何体面？此还是小事。当初义父以我二人为子时，指望子孙绍他宗祀，世守此坟。今若不娶，必然湮绝，岂不负其初念，何颜见之泉下！"再三陈说，刘方只把言支吾，终不肯应承。刘奇见兄弟不允，自己又不好独娶。

一日，偶然到一相厚朋友钦大郎家中去探望。两个偶然言及姻事，刘奇乃把刘方不肯之事，细细说与，又道："不知舍弟是甚主意？"钦大郎笑道："此事浅而易见。他与兄共创家业，况他是先到，兄是后来，不忿得兄先娶，故此假意推托。"刘奇道："舍弟乃仁义端直之士，决无此事。"钦大郎道："令弟少年英俊，岂不晓得夫妇之乐，怎般推阻？兄若不信，且教个人私下去见他，先与之为媒，包你一说就是。"刘奇被人言所惑，将信将疑，作别而回。恰好路上遇见两个媒婆，正要到刘奇家说亲，所说的是本镇开绸缎店的崔三朝奉家。叙起年庚，正与刘方相合。刘奇道："这门亲正对我家二官人，只是他有些古怪，人面前就害羞。你只悄地去对他说。若说得成时，自当厚酬。我且不归去，坐在巷口油店里等你回话。"两个媒婆应声而去。不一时，回复刘奇道："二官人果是古怪，老媳妇怎般撺掇，只是不允。再说时，他喉急起来，好教媳妇们老大没趣。"

刘奇才信刘方不肯是个真心，但不知什么意故。一日，见梁上燕儿营巢，刘奇遂题一词于壁上，以探刘方之意。词云：

营巢燕，双双雄，朝暮衔泥辛苦同。若不寻雌继壳卵，巢成毕竟巢还空。

刘方看见，笑诵数次，亦援笔和一首于后，词云：

营巢燕，双双飞，天设雌雄事久期。雌今得雄愿已足，雄兮将雌胡不知？

刘奇见了此词，大惊道："据这词中之意，吾弟乃是个女子了。怪道他怎般娇弱，语音纤丽，夜间睡卧，不脱内衣，连袜子也不肯去，酷暑中还穿着两层衣服。原来他却学木兰所为。"

虽然如此，也还疑惑，不敢去轻易发言。又到钦大郎家中，将词念与他听。钦大郎道："这词意明白，令弟确然不是男子了。但与兄数年同榻，难道看他不出？"刘奇叙他向来未曾脱衣之事。钦大郎道："怎般一发是了！

如今兄当以实问之，看他如何回答。"刘奇道："我与他恩义甚重，情如同胞，安忍启口？"钦大郎道："他若果是个女子，与兄成配，恩义两全，有何不可。"谈论已久，钦大郎将出酒肴款待，两人对酌，不觉至晚。

刘奇回至家时，已是黄昏时候。刘方迎着，见他已醉，扶进房中问道："兄从何处饮酒，这时方归？"刘奇答道："偶在钦兄家小饮，不觉话长坐久。"口中虽说，细细把他详视。当初无心时，全然不觉是女，此时已是有心辨他真假，越看越像个女子。刘奇虽无邪念，心上却要见个明白，又不好直言，乃道："今日见贤弟所和燕子词，甚佳，非愚兄所能及。但不知贤弟可能再和一首否？"刘方笑而不答，取过纸笔来，一挥而就。词云：

营巢燕，声声叫，莫使青年空岁月。可怜和氏璧无瑕，何事楚君终不纳？

刘奇接来看了，便道："原来贤弟果是女子。"刘方闻言，羞得满脸通红，未及答言，刘奇又道："你我情同骨肉，何必避讳？但不识贤弟昔年因甚如此妆束？"刘方道："妾初因母丧，随父还乡，恐途中不便，故为男扮。后因父殁，尚埋浅土，未得与母同葬，妾故不敢改形，欲求一安身之地，以厝先灵。幸得义父遗此产业，父母骸骨得以归土。妾是时意欲说明，因思家事尚微，恐兄独力难成，故复迟迟。今见兄屡劝妾婚配，故不得不自明耳。"刘奇道："原来贤弟用此一段苦心，成全大事。况我与你同榻数年，不露一毫圭角，真乃节孝兼全，女中丈夫，可敬可羡！但弟词中已有俯就之意，我亦决无他娶之理。萍水相逢，周旋数载，昔为兄弟，今为夫妇，此岂人媒，实由天合。倘蒙一诺，便订百年。不知贤弟意下如何？"刘方道："此事妾亦筹之熟矣。三宗坟墓，俱在于此，妾若适他人，父母三尺之土，朝夕不便省视。况义父义母，看待你我犹如亲生，弃此而去，亦难恝然。兄若不弃陋质，使妾得侍箕帚，共奉三姓香火，妾之愿也。但无媒私合，于礼有亏。惟兄裁酌而行，免受傍人谈议，则全美矣。"刘奇道："贤弟高见，即当处分。"是晚两人便分房而卧。

次早，刘奇与钦大郎说了，请他大娘为媒，与刘方说合。刘方已自换了女妆。刘奇备办衣饰，择了吉日，先往三个坟墓上祭告过了，然后花烛成亲，大排筵席，广请邻里。那时哄动了河西务一镇，无不称为异事，赞叹刘家一门孝义贞烈。刘奇成亲之后，夫妇相敬如宾，挣起大大家事，生下五男二女。至今子孙蕃盛，遂为巨族。人皆称为"刘方三义村"云。有诗为证：

无情骨肉成吴越，有义天涯作至亲。
三义村中传美誉，河西千载想奇人。

苏小妹三难新郎

聪明男子做公卿，女子聪明不出身。
若许裙钗应科举，女儿那见逊公卿。

自混沌初辟，乾道成男，坤道成女，虽则造化无私，却也阴阳分位：阳动阴静，阳施阴受，阳外阴内。所以男子主四方之事，女子主一室之事。主四方之事的，顶冠束带，谓之丈夫；出将入相，无所不为，须要博古通今，达权知变。主一室之事的，三绺梳头，两截穿衣。一日之计，止无过饔飧井臼；终身之计，止无过生男育女。所以大家闺女，虽曾读书识字，也只要他识些姓名，记些帐目。他又不应科举，不求名誉，诗文之事，全不相干。然虽如此，各人资性不同。有等愚蠢的女子，教他识两个字，如登天之难。有等聪明的女子，一般过目成诵，不教而能。吟诗与李、杜争强，作赋与班、马斗胜，这都是山川秀气，偶然不钟于男而钟于女。且如汉有曹大家，他是班固之妹，代兄续成汉史。又有个蔡琰，制《胡笳十八拍》，流传后世。晋时有个谢道韫，与诸兄咏雪，有柳絮随风之句，诸兄都不及他。唐时有个上官婕妤，中宗皇帝教他品第朝臣之诗，臧否一一不爽。至于大宋妇人，出色的更多。就中单表一个叫作李易安，一个叫作朱淑真。他两个都是闺阁文章之伯，女流翰苑之才。论起相女配夫，也该对个聪明才子。争奈月下老错注了婚籍，都嫁了无才无学之人，每每怨恨之情，形于笔札。有诗为证：

鸥鹭鸳鸯作一池，曾知羽翼不相宜！
东君不与花为主，何似休生连理枝！

那李易安有《伤秋》一篇，调寄《声声慢》：

寻寻觅觅，冷冷清清，凄凄惨惨戚戚。乍暖乍寒时候，正难将息。三杯两杯淡酒，怎敌他晚来风力？雁过也，总伤心，却是旧时相识。　满地黄花堆积，憔悴损，如今有谁忺摘。守着窗儿，独自怎生得黑？梧桐更无兼细雨，到黄昏，点点滴滴。这次第，怎一个愁字了得！

朱淑真时值秋间，丈夫出外，灯下独坐无聊，听得窗外雨声滴点，吟成一绝：

哭损双眸断尽肠，怕黄昏到又昏黄。
那堪细雨新秋夜，一点残灯伴夜长！

后来刻成诗集一卷，取名《断肠集》。

说话的，为何单表那两个嫁人不着的？只为如今说一个聪明女子，嫁着一个聪明的丈夫，一唱一和，遂变出若干的话文。正是：

说来文士添佳兴，道出闺中作美谈。

话说四川眉州，古时谓之蜀郡，又曰嘉州，又曰眉山。山有蟇颐、峨眉，水有岷江、环湖。山川之秀，钟于人物，生出个博学名儒来，姓苏，名洵，字明允，别号老泉。当时称为老苏。老苏生下两个孩儿，大苏小苏。大苏名轼，字子瞻，别号东坡；小苏名辙，字子由，别号颖滨。二子都有文经武纬之才，博古通今之学，同科及第，名重朝廷，俱拜翰林学士之职。天下称他兄弟，谓之二苏。称他父子，谓之三苏。这也不在话下。

更有一桩奇处，那山川之秀，偏萃于一门。两个儿子未为希罕，又生个女儿，名曰小妹，其聪明绝世无双，真个闻一知二，问十答十。因他父兄都是个大才子，朝谈夕讲，无非子史经书，目见耳闻，不少诗词歌赋。自古道："近朱者赤，近墨者黑。"况且小妹资性过人十倍，何事不晓。十岁上随父兄居于京师，寓中有绣球花一树，时当春月，其花盛开。老泉赏玩了一回，取纸笔题诗，才写得四句，报说："门前客到！"老泉阁笔而起。小妹闲步到父亲书房之内，看见卓上有诗四句：

天巧玲珑玉一丘，迎眸烂熳总清幽。
白云疑向枝间出，明月应从此处留。

小妹览毕，知是咏绣球花所作，认得父亲笔迹，遂不待思索，续成后四句云：

瓣瓣拆开蝴蝶翅，团团围就水晶球。
假饶借得香风送，何羡梅花在陇头。

小妹题诗依旧放在桌上，款步归房。老泉送客出门，复转书房，方欲续完前韵，只见八句已足，读之词意俱美。疑是女儿小妹之笔，呼而问之，写作果出其手。老泉叹道："可惜是个女子！若是个男儿，可不又是制科中一个有名人物！"自此愈加珍爱其女，恣其读书博学，不复以女工督之。看看长成一十六岁，立心要妙

苏小妹三难新郎

选天下才子，与之为配，急切难得。

忽一日，宰相王荆公着堂候官请老泉到府与之叙话。原来王荆公讳安石，字介甫。未得第时，大有贤名。平时常不洗面，不脱衣，身上虱子无数。老泉恶其不近人情，异日必为奸臣，曾作《辨奸论》以讥之，荆公怀恨在心。后来见他大苏、小苏连登制科，遂舍怨而修好。老泉亦因荆公拜相，恐妨二子进取之路，也不免曲意相交。正是：

古人结交在意气，今人结交为势利。
从来势利不同心，何如意气交情深。

是日，老泉赴荆公之召，无非商量些今古，议论了一番时事，遂取酒对酌，不觉忘怀酩酊。荆公偶然夸奖："小儿王雱，读书只一遍，便能背诵。"老泉带酒答道："谁家儿子读两遍！"荆公道："到是老夫失言，不该班门弄斧。"老泉道："不惟小儿只一遍，就是小女也只一遍。"荆公大惊道："只知令郎大才，却不知有令爱。眉山秀气，尽属公家矣！"老泉自悔失言，连忙告退。荆公命童子取出一卷文字，递与老泉道："此乃小儿王雱窗课，相烦点定。"老泉纳于袖中，唯唯而出。

回家睡至半夜，酒醒，想起前事："不合自夸女孩儿之才。今介甫将儿子窗课属吾点定，必为求亲之事。这头亲事，非吾所愿，却又无计推辞。"沉吟到晓，梳洗已毕，取出王雱所作，次第看之，真乃篇篇锦绣，字字珠玑，又不觉动了个爱才之意："但不知女儿缘分如何？我如今将这文卷与女儿观之，看他爱也不爱。"遂隐下姓名，分付丫鬟道："这卷文字，乃是个少年名士所呈，求我点定。我不得闲暇，转送与小姐，教他批阅，阅完时，速来回话。"丫鬟将文字呈上小姐，传达太老爷分付之语。小妹滴露研朱，从头批点，须臾而毕，叹道："好文字！此必聪明才子所作。但秀气泄尽，华而不实，恐非久长之器。"遂于卷面批云：

新奇藻丽，是其所长；含蓄雍容，是其所短。取巍科则有馀，享大年则不足。

后来王雱十九岁中了头名状元，未几夭亡。可见小妹知人之明，这是后话。

却说小妹写罢批语，叫丫鬟将文卷纳还父亲。老泉一见大惊："这批语如何回复得介甫！必然取怪。"一时污损了卷面，无可奈何，却好堂候官到门："奉相公钧旨，取昨日文卷，面见太爷，还有话禀。"老泉此时，手足无措，只得将卷面割去，重新换过，加上好批语，亲手交与堂候官收讫。堂候官道："相公还分付得有一言动问：贵府小姐曾许人否？倘未许人，相府愿谐秦晋。"老泉道："相府议亲，老夫岂敢不从。只是小女貌丑，恐不足当金屋之选。相烦好言达上，但访问自知，并非老夫推托。"堂候官领命，回复荆公。荆公看见卷面换了，已有三分不悦。又恐怕苏小姐容貌真个不扬，不中儿子之意，密地差人打听。原来苏东坡学士，常与小姐互相嘲戏。东坡是一嘴胡子，小妹嘲云：

口角几回无觅处，忽闻毛里有声传。

小妹额颅凸起，东坡答嘲云：

未出庭前三五步，额头先到画堂前。

小妹又嘲东坡下颏之长云：

去年一点相思泪，至今流不到腮边。

东坡因小妹双眼微抠，复答云：

几回拭脸深难到，留却汪汪两道泉。

访事的得了此言，回复荆公，说："苏小姐才调委实高绝，若论容貌，也只平常。"荆公遂将姻事阁起不题。

然虽如此，却因相府求亲一事，将小妹才名播满了京城。以后闻得相府亲事不谐，慕而来求者，不计其数。老泉都教呈上文字，把与女孩儿自阅。也有一笔涂倒的，也有点不上两三句的。就中只有一卷文字做得好。看他卷面写有姓名，叫做秦观。小妹批四句云：

今日聪明秀才，他年风流学士。

可惜二苏同时，不然横行一世。

这批语明说秦观的文才，在大苏小苏之间，除却二苏，没人及得。老泉看了，已知女儿选中了此人，分付门上："但是秦观秀才来时，快请相见。馀的都与我辞去。"

谁知众人呈卷的，都在讨信，只有秦观不到。却是为何？那秦观秀才字少游，他是扬州府高邮人。腹饱万言，眼空一世。生平敬服的，只有苏家兄弟，以下的都不在意。今日慕小妹之才，虽然衔玉求售，又怕损了自己的名誉，不肯随行逐队，寻消问息。老泉见秦观不到，反央人去秦家寓所致意。少游心中暗喜，又想道："小妹才名得于传闻，未曾面试，又闻得他容貌不扬，额颅凸出，眼睛凹进，不知是何等鬼脸？如何得见他一面，方才放心。"打听得三月初一日，要在岳庙烧香，趁此机会，改换衣装，觑个分晓。正是：

眼见方为的，传闻未必真。

若信传闻语，枉尽世间人。

从来大人家女眷入庙进香，不是早，定是夜。为甚么？早则人未来，夜则人已散。秦少游到三月初一日五更时分，就起来梳洗，打扮个游方道人模样：头裹青布唐巾，耳后露两个石碾的假玉环儿，身穿皂布道袍，腰系黄绦，足穿净袜草履，项上挂一串拇指大的数珠，手中托一个金漆钵盂，侵早就到东岳庙前伺候。天色黎明，苏小姐轿子已到。少游走开一步，让他轿子入庙，歇于左廊之下。小妹出轿上殿，少游已看见了。虽不是妖娆美丽，却也清雅幽闲，全无俗韵。"但不知他才调真正如何？"约莫焚香已毕，少游却循廊而上，在殿左相遇。少游打个问讯云：

小姐有福有寿，愿发慈悲。

小妹应声答云：

道人何德何能，敢求布施！

少游又问讯云：

愿小姐身如药树，百病不生。

小妹一头走，一头答应：

随道人口吐莲花，半文无舍。

少游直跟到轿前，又问讯云：

小娘子一天欢喜，如何撒手宝山？

小妹随口又答云：

风道人恁地贪痴，那得随身金穴！

小妹一头说，一头上轿。少游转身时，口中喃出一句道："'风道人'得对'小娘子'，万千之幸！"小妹上了轿，全不在意。跟随的老院子却听得了，怪这道人放肆，方欲回身寻闹，只见廊下走出一个垂髫的俊童，对着那道人叫道："相公这里来更衣。"那道人便先走，童儿后随。老院子将童儿肩上悄地捻了一把，低声问道："前面是那个相公？"童儿道："是高邮秦少游相公。"老院子便不言语。回来时，就与老婆说知了。这句话就传入内里，小妹才晓得那化缘的道人是秦少游假妆的，付之一笑，嘱付丫鬟们休得多口。

话分两头。再说秦少游那日饱看了小妹，容貌不丑，况且应答如响，其才自不必言。择了吉日，亲往求亲，老泉应允，少不得下财纳币。此是二月初旬的事。少游急欲完婚，小妹不肯。他看定秦观文字，必然中选。试期已近，欲要象简乌纱，洞房花烛，少游只得依他。到三月初三，礼部大试之期，秦观一举成名，中了制科。到苏府来拜丈人，就禀复完婚一事。

因寓中无人，欲就苏府花烛。老泉笑道："今日挂榜，脱白挂绿，便是上吉之日，何必另选日子。只今晚便在小寓成亲，岂不美哉！"东坡学士从旁赞成。是夜与小妹双双拜堂，成就了百年姻眷。正是：

聪明女得聪明婿，大登科后小登科。

其夜月明如昼。少游在前厅筵宴已毕，方欲进房，只见房门紧闭，庭中摆着小小一张桌儿，桌上排列纸墨笔砚，三个封儿，三个盏儿，一个是玉盏，一个是银盏，一个是瓦盏。青衣小鬟守立旁边。少游道："相烦传语小姐，新郎已到，何不开门？"丫鬟道："奉小姐之命，有三个题目在此，三试俱中，方准进房。这三个纸封儿便是题目在内。"少游指着三个盏道："这又是甚的意思？"丫鬟道："那玉盏是盛酒的，那银盏是盛茶的，那瓦盏是盛寡水的。三试俱中，玉盏内美酒三杯，请进香房。两试中了，一试不中，银盏内清茶解渴，直待来宵再试。一试中了，两试不中，瓦盏内呷口淡水，罚在外厢读书三个月。"少游微微冷笑道："别个秀才来应举时，就要告命题容易了，下官曾应过制科，青钱万选，莫说三个题目，就是三百个，我何惧哉！"丫鬟道："俺小姐不比寻常盲试官，之乎者也，应个故事而已。他的题目好难哩！第一题，是绝句一首，要新郎也做一首，合了出题之意，方为中式。第二题四句诗，藏着四个古人，猜得一个也不差，方为中式。到第三题，就容易了，止要做个七字对儿，对得好，便得饮美酒进香房了。"

少游道："请第一题。"丫鬟取第一个纸封拆开，请新郎自看。少游看时，封着花笺一幅，写诗四句道：

铜铁投洪冶，蝼蚁上粉墙。

阴阳无二义，天地我中央。

少游想道："这个题目，别人做定猜不着。则我曾假扮做云游道人，在岳庙化缘，去相那苏小姐。此四句乃含着'化缘道人'四字，明明嘲我。"遂于月下取笔写诗一首于题后云：

"化"工何意把春催？"缘"到名园花自开。

"道"是东风原有主，"人"人不敢上花台。

丫鬟见诗完，将第一幅花笺折做三叠，从窗隙中塞进，高叫道："新郎交卷，第一场完。"小妹览诗，每句顶上一字，合之乃"化缘道人"四字，微微而笑。

少游又开第二封看之，也是花笺一幅，题诗四句：

强爷胜祖有施为，凿壁偷光夜读书。
　　缝线路中常忆母，老翁终日倚门间。

少游见了，略不凝思，一一注明。第一句是孙权，第二句是孔明，第三句是子思，第四句是太公望。丫鬟又从窗隙递进。少游口虽不语，心下想道："两个题目，眼见难我不倒，第三题是个对儿，我五六岁时便会对句，不足为难。"再拆开第三幅花笺，内出对云：

　　闭门推出窗前月。

初看时觉道容易，仔细想来，这对出得尽巧。若对得平常了，不见本事。左思右量，不得其对。听得谯楼三鼓将阑，构思不就，愈加慌迫。

却说东坡此时尚未曾睡，且来打听妹夫消息。望见少游在庭中团团而步，口里只管吟哦"闭门推出窗前月"七个字，右手做推窗之势。东坡想道："此必小妹以此对难之，少游为其所困矣！我不解围，谁为撮合？"急切思之，亦未有好对。庭中有花缸一只，满满的贮着一缸清水，少游步了一回，偶然倚缸看水。东坡望见，触动了他灵机，道："有了！"欲待教他对了，诚恐小妹知觉，连累妹夫体面，不好看相。东坡远远站着咳嗽一声，就地下取小小砖片，投向缸中。那水为砖片所激，跃起几点，扑在少游面上。水中天光月影，纷纷淆乱。少游当下晓悟，遂援笔对云：

　　投石冲开水底天。

丫鬟交了第三遍试卷，只听呀的一声，房门大开，房内又走出个侍儿，手捧银壶，将美酒斟于玉盏之内，献上新郎，口称："才子请满饮三杯，权当花红赏劳。"少游此时意气扬扬，连进三盏，丫鬟拥入香房。这一夜，佳人才子，好不称意。正是：

　　欢娱嫌夜短，寂寞恨更长。

自此夫妻和美，不在话下。

后少游宦游浙中，东坡学士在京，小妹思想哥哥，到京省视。东坡有个禅友，叫做佛印禅师，尝劝东坡急流勇退。一日寄长歌一篇，东坡看时，却也写得怪异，每二字一连，共一百三十对字。你道写的是甚字？

野野	鸟鸟	啼啼	时时	有有	思思	春春
气气	桃桃	花花	发发	满满	枝枝	莺莺
雀雀	相相	呼呼	唤唤	岩岩	畔畔	花花
红红	似似	锦锦	屏屏	堪堪	看看	山山
秀秀	丽丽	山山	前前	烟烟	雾雾	起起

清清	浮浮	浪浪	促促	潺潺	溪溪	水水
景景	幽幽	深深	处处	好好	追追	游游
傍傍	水水	花花	似似	雪雪	梨梨	花花
光光	皎皎	洁洁	玲玲	珑珑	似似	坠坠
银银	花花	折折	最最	好好	柔柔	茸茸
溪溪	畔畔	草草	青青	双双	蝴蝴	蝶蝶
飞飞	来来	到到	落落	花花	林林	里里
鸟鸟	啼啼	叫叫	不不	休休	为为	忆忆
春春	光光	好好	杨杨	柳柳	枝枝	头头
春春	色色	秀秀	时时	常常	共共	饮饮
春春	浓浓	酒酒	似似	醉醉	闲闲	行行
春春	色色	里里	相相	逢逢	竟竟	忆忆
游游	山山	水水	心心	息息	悠悠	归归
去去	来来	休休	役役			

东坡看了两三遍，一时念将不出，只是沉吟。小妹取过，一览了然，便道："哥哥，此歌有何难解！待妹子念与你听。"即时朗诵云：

野鸟啼，野鸟啼时时有思。
有思春气桃花发，春气桃花发满枝。
满枝莺雀相呼唤，莺雀相呼唤岩畔。
岩畔花红似锦屏，花红似锦屏堪看。
堪看山，山秀丽，秀丽山前烟雾起。
山前烟雾起清浮，清浮浪促潺溪水。
浪促潺溪水景幽，景幽深处好，深处好追游。
追游傍水花，傍水花似雪。
似雪梨花光皎洁，梨花光皎洁玲珑。
玲珑似坠银花折，似坠银花折最好。
最好柔茸溪畔草，柔茸溪畔草青青。
双双蝴蝶飞来到，蝴蝶飞来到落花。
落花林里鸟啼叫，林里鸟啼叫不休。
不休为忆春光好，为忆春光好杨柳。
杨柳枝枝春色秀，春色秀时常共饮。
时常共饮春浓酒，春浓酒似醉。

似醉闲行春色里，闲行春色里相逢。
相逢竟忆游山水，竟忆游山水心息。
心息悠悠归去来，归去来，休休役役。

东坡听念，大惊道："吾妹敏悟，吾所不及！若为男子，官位必远胜于我矣！"遂将佛印原写长歌，并小妹所定句读，都写出来，做一封儿寄与少游。因述自己再读不解，小妹一览而知之故。少游初看佛印所书，亦不能解。后读小妹之句，如梦初觉，深加愧叹。答以短歌云：

未及梵僧歌，词重而意复。字字如联珠，行行如贯玉。
想汝惟一览，顾我劳三复。裁诗思远寄，因以真类触。
汝其审思之，可表予心曲。

短歌后制成叠字诗一首，却又写得古怪：

（叠字诗：静思伊久阻归期）

少游书信到时，正值东坡与小妹在湖上看采莲。东坡先拆书看了，递与小妹，问道："汝能解否？"小妹道："此诗乃仿佛印禅师之体也。"即念云：

静思伊久阻归期，久阻归期忆别离。
忆别离时闻漏转，时闻漏转静思伊。

东坡叹道："吾妹真绝世聪明人也！今日采莲胜会，可即事各和一首，寄与少游，使知你我今日之游。"东坡诗成，小妹亦就。小妹诗云：

（叠字诗：采莲人在绿杨津）

东坡诗云：

（叠字诗：赏花归去马如飞）

照少游诗念出，小妹叠字诗，道是：
采莲人在绿杨津，在绿杨津一阕新。
一阕新歌声嗽玉，歌声嗽玉采莲人。

东坡叠字诗道是：
赏花归去马如飞，去马如飞酒力微。
酒力微醒时已暮，醒时已暮赏花归。

二诗寄去，少游读罢，叹赏不已。其夫妇酬和之诗甚多，不能详述。

后来少游以才名被征为翰林学士,与二苏同官。一时郎舅三人,并居史职,古所希有。于是宣仁太后亦闻苏小妹之才,每每遣内官赐以绢帛或饮馔之类,索他题咏。每得一篇,宫中传诵,声播京都。其后小妹先少游而卒,少游思念不置,终身不复娶云。有诗为证:

文章自古说三苏,小妹聪明胜丈夫。

三难新郎真异事,一门秀气世间无。

金海陵纵欲亡身

昨日流莺今日蝉,起来又是夕阳天。
六龙飞辔长相窘,何忍乘危自着鞭。

这四句诗是唐朝司空图所作。他说流光迅速,人寿无多,何苦贪恋色欲,自促其命。看来这还是劝化平人的。平人所有者,不过一身一家,就是好色贪淫,还只心有馀而力不足。若是贵为帝王,富有四海,何令不从,何求不遂,假如商惑妲己,周爱褒姒,汉嬖飞燕,唐溺杨妃,他所宠者止于一人,尚且小则政乱民荒,大则丧身亡国,何况渔色不休,贪淫无度,不惜廉耻,不论纲常?若是安然无恙,皇天福善祸淫之理,也不可信了。

如今说这金海陵,乃是大金国一朝聪明天子。只为贪淫无道,蔑礼败伦,坐了十二年宝位,改了三个年号,初次天德三年,二次贞元也是三年,末次正隆六年。到正隆六年,大举侵宋,被弑于瓜洲。大定帝即位,追废为海陵王。后人将史书所载废帝海陵这事,敷演出一段话文,以为将来之戒。正是:

金海陵纵欲亡身

后人请看前人样,莫使前人笑后人。

话说金废帝海陵王初名迪古,后改名亮,字元功,辽王宗干第二子也。为人善饰诈,慓急多猜忌,残忍任数。年十八,以宗室子为奉国将军,赴梁王宗弼军前任使。梁王以为行军万户,迁骠骑上将军。未几,加龙虎卫上将军,累迁尚书右丞,留守汴京,领行台尚书省事。后召入为丞相。初,熙宗以太祖嫡孙嗣位。海陵念其父辽王,本是长子,己亦是太祖嫡孙,合当有天下之分，遂怀觊觎，专务立威以压伏人心，后竟弑熙宗而篡其位。心忌太宗诸子，恐为后患，欲除去之。与秘书监萧裕密谋。裕倾险巧诈，因构致太傅宗本、秉德等反状。海陵杀宗本，遣使杀秉德、宗懿及太宗子孙七十馀人，秦王宗翰子孙三十馀人。宗本已死，裕乃取宗本门客萧玉，教以具款反状，令作主名上变，遍诏天下。天下冤之。萧裕以诛宗本功为尚书右丞，累迁至平章政事，专恣威福，遂以谋逆赐死。此是后话。

且说海陵初为丞相，假意俭约，妾媵不过三数人。及践大位，侈心顿萌，淫志蛊惑。自徒单皇后而下，有大氏、萧氏、耶律氏，俱以美色被宠。凡平日曾与淫者，悉召入内宫，列之妃位。又广求美色，不论同姓、异姓，名分尊卑，及有夫无夫，但心中所好，百计求淫，多有封为妃嫔者。诸妃名号，共有十二位，昭仪至充媛九位，婕妤、美人、才人三位，殿直最下，其他不可举数。大营宫殿，以处妃嫔。一木之费，至二千万。牵一车之力，至五百人。宫殿之饰，遍傅黄金，而后绚以五采。金屑飞空如落雪，一殿之费，以亿万计。成而复毁，务极华丽。这俱不必题起。

且说昭妃阿里虎，姓蒲察氏，驸马都尉没里野女也。生而妖娆娇媚，嗜酒跌宕。初未嫁时，见其父没里野，修合美女颤声娇、金枪不倒丹、硫磺箍、如意带等春药，不知其何所用，乃窃以问侍婢阿喜留可道："此名何物？何所用？而郎罢囝急急治之？"阿喜留可道："此春药也。男子与妇人交，不能久战者，则用之以取乐。"阿里虎问道："何为交合？"阿喜留可道："鸡踏雄，犬交恋，即交合之状也。"阿里虎道："交合有何妙处，而人为之？"阿喜留可道："初试之时，亦觉难当，试再试三，便觉畅美。"阿里虎闻其言，哂笑不已，情若有不禁者。问道："尔从何处得知如此？"阿喜留可笑道："奴奴曾尝此味来。"无何，阿里虎嫁于宗室子阿虎迭，生女重节，七岁。阿虎迭伏诛，阿里虎不待闭丧，携重节再醮宗室南家。南家故善淫，阿里虎又以父所验方，修合春药，与南家昼夜宣淫。重节熟睹其丑态，阿里虎恬不讳也。久之，南家髓竭而死。南家父突葛速为南京元帅都监，知阿里虎淫荡丑恶，莫能禁止。因南家死，遂携阿里虎往南京，幽闭一室中，不令与人接见。阿里虎向闻海陵善嬲戏，好美色，恨天各一方，不得与之接欢，至是沉郁烦懑，无以自解。且知海陵亦在南京，乃自图其貌，题诗于上。诗曰：

阿里虎，阿里虎，夷光、毛嫱非其伍。一旦夫死来南京，突葛爬灰真吃苦。有人救我出牢笼，脱却从前从后苦。

题毕，封缄固密，拔头上金簪一枝，银十两，贿嘱监守阍人，送于海陵。海陵稔闻阿里虎之美，未之深信。一见此图，不觉手舞足蹈，羡慕不止。于是托人达突葛速，欲取之。突葛速不从。海陵故意扬言，突葛速有新台之行，欲突葛速避嫌而出之。突葛速知海陵之意，只不放出。及篡位三日，诏遣阿里虎归父母家，以礼纳之宫中。阿里虎益嗜酒喜淫，海陵恨相见之晚。数月后，特封贤妃，再封昭妃。

一日，阿里虎迭女重节来朝。重节为海陵再从兄之女，阿里虎其生母也。留宿宫中。海陵猝至，见重节年将及笄，姿色顾眄迥异诸女，不觉情动，思有以中之。而虞阿里虎之沮己，乃高张灯烛，令室中辉煌如昼。自傅淫药，与阿里虎及诸侍嫔裸逐而淫，以动重节。重节闻其嬉笑声，潜起以听，钻穴隙窥之，神痴心醉，几欲破户趋前，羞缩自止。海陵嬲谑至四鼓方止。诸嫔咸灭烛就寝，寂然无声。独重节咬指抚心，倏起倏卧，席不得暖，只得和衣拥被，长叹歪眠。忽闻阿里虎床复有声，欲再起窥之，头岑岑不止，倚枕听之，又闻有击户声。重节不应。击声甚急。重节问为谁，海陵捏作侍嫔取灯声，以促其开。重节强起，拔去门栓。海陵突入，搂抱接唇。重节欲脱身逃去，海陵力挽就榻中，以手探其股间，则单裙无裈，两股滑腻如脂，乃抚摩调弄。重节情亦动，乃以袖掩面，任其作为，不虞创之特甚。争奈海陵兴发如狂，阳巨如杵，略加点破，腥红溅于裙幅。重节于是时，皱眉啮齿，娇声颤作，几不欲生，再三求止。遂轻轻款款，若点水蜻蜓；止止行行，如贪花蜂蝶。盘桓一夜，谑浪千般。置阿里虎于不理者将及旬矣。

阿里虎欲火高烧，情烟陡发，终日焦思，竟忘重节之未出宫也。命诸侍嫔侦察海陵之所在。一侍嫔曰："帝得新人，撇却旧人矣。"阿里虎惊问道："新人为谁？几时取入宫中？"侍嫔答道："帝幸阿虎重节于昭华宫，娘娘因何不知？"阿里虎面皮紫涨，怒发如火，搥胸跌脚，诟詈重节。侍嫔道："娘娘与之争锋，恐惹耻笑。且帝性躁急，祸且不测。"阿里虎道："彼父已死，我身再醮，恩义久绝，我怕谁笑话！我誓不与此淫种俱生！帝亦奈我何哉！"

侍嫔道："重节少艾，帝得之胜百斛明珠。娘娘齿长矣！自当甘拜下风，何必发怒？"阿里虎闻诮，愈怒道："帝初得我，誓不相舍。讵意来此淫种，夺我口食！"乃促步至昭华宫。见重节方理妆，一嫔捧凤钗于侧。遂向前批其颊，骂道："老汉不仁，不顾情分，贪图淫乐，固为可恨！汝小小年纪，又是我亲生儿女，也不顾廉耻，便与老汉苟合，岂是有人心的！"重节亦怒骂道："老贼不知礼义，不识羞耻，明烛张灯，与诸嫔裸裎夺汉，求快于心。我因来朝，踏此淫网，求生不得生，求死不得死，正怨你这老贼，只图利己，不怕害人，造下无边恶孽，如何反来打我！"两下言语不让一句，扭做一团，结做一块。众多侍嫔，从中劝释。阿里虎忿忿归宫。重节大哭一场，闷闷而坐。

顷之，海陵来，见重节面带忧容，两颊泪痕犹湿，便促膝近前，偎其脸问道："汝有恁事，如此烦恼？"重节沉吟不答。侍嫔道："昭妃娘娘批贵人面颊，辱骂陛下，是以贵人失欢。"海陵闻之，大怒道："汝勿烦恼！我当别有处分！"是日，阿里虎回宫，益嗜酒无赖，诋訾海陵不已。海陵遣人责让之。阿里虎恬无忌惮，暗以衣服遗前夫南家之子。海陵侦知之，怒道："身已归我，突葛速之情犹未断也！"由是宠衰。

海陵制，凡诸妃位，皆以侍女服男子衣冠，号"假厮儿"。有胜哥者，身体雄壮若男子，给侍阿里虎本位，见阿里虎忧愁抱病，夜不成眠，知其欲心炽也，乃托宫竖市角先生一具以进。阿里虎使胜哥试之，情若不足，兴更有馀。嗣是，与之同卧起，日夕不须臾离。厨婢三娘者不知其详，密以告海陵道："胜哥实是男子，扮作女耳，给侍昭妃非礼。"海陵曾幸胜哥，知其非男子，不以为嫌，惟使人诫阿里虎勿挞三娘。阿里虎怒三娘之泄其隐也，搒杀之。海陵闻昭妃阁有死者，想道："必三娘也。若果尔，吾必杀阿里虎。"侦之，果然。是月为太子光英生月，海陵私忌不行戮。徒单后又率诸妃嫔为之哀求，乃得免。胜哥畏罪，先仰药而亡。阿里虎闻海陵将杀己，又见胜哥先死，亦绝粒不食，日夕焚香吁天，以冀脱死。逾月，阿里虎已委顿不知所为。海陵乃使人缢杀之，并杀侍婢箠三娘者，因此不复幸昭华宫。出重节为民间妻，后屡召幸，出入昭妃位焉。

柔妃弥勒者，耶律氏之女，生有国色，族中人无不奇之。年十岁，色益丽，人益奇。弥勒亦自谓异于众人，每每沽娇夸诩。其母与邻母善，时时迭为宾主。邻母之子哈密都卢年十二岁，丰姿颇美。闲尝与弥勒儿戏于房中，互相嘲谑，遂及于乱。

说话的，那十二岁的孩儿，和那十岁的女儿，晓得甚么做作，只无过是顽耍而已，怎么就说个"乱"字？看官们有所不知，北方男女，生得长大倜傥，容易知事。况且这些骚挞子干事不瞒着儿女，他们都看得惯熟了，故此小小年纪，便弄出事来。

光阴荏苒，约摸有一年光景。一日也是合当败露。弥勒正在房中洗浴，忘记上了门闩，恰好哈密都卢闯进房来。弥勒忙忙叫他回去，说："娘要来看添汤。"那哈密都卢见弥勒雪白身子在那浴盆中，有如玉柱一般，欢喜得了不得，偏要共盆洗浴，弥勒苦不肯容。正在拘执喧闹，其母突至。哈密都卢乘间逸去。母大怒，将弥勒痛箠戒训，关防严密，再不得与哈密都卢绸缪欢狎。

倏经天德二年，弥勒年已逾笄。海陵闻其美也，使礼部侍郎迪辇阿不取之于汴京。迪辇阿不者，华言萧珙也，为弥勒女兄择特懒之夫，芳年美貌，颇识风情。一见弥勒，心神摇动，惧惮海陵，强自沮遏。不意弥勒久别哈密都卢，欲火甚炽，见迪辇阿不生得标致，心里便有几分爱他。只是船只各居，难以通情达意。弥勒遂心生一计，诈言鬼魅相侵，夜半辄喊叫不止。相从诸婢，无可奈何，只得请迪辇阿不同舟共济，果尔寂然。从婢实不察其隐衷也。于是眉目相调，情兴如火，彼此俱不能遏。遇晚，便同席饮食，谑浪无所不至。所以不遽上手者，迪辇阿不谓弥勒真处子，恐点破其躯，海陵见罪故耳。

一晚，维舟傍岸，大雨倾盆，两下正欲安眠，忽闻歌声聒耳。迪辇阿不虑有穿窬，坐而听之，乃岸上更夫倡和山歌，歌云：

雨落沉沉不见天，八哥儿飞到画堂前。

燕子无窠梁上宿，阿姨相伴姐夫眠。

迪辇阿不听见此歌，叹道："作此歌者，明是讥诮下官。岂知下官并没这样事情。谚云'羊肉不吃得，空惹一身臊'也！"叹息未毕，又闻得窣窣似有人行。定睛一看，只见弥勒踽踽凉凉，缓步至床前矣。迪辇阿不惊问："贵人何所见而来？"弥勒道："闻歌声而来，官人岂年高耳聋乎？"迪辇阿不道："歌声聒耳，下官正无以自明。贵人何不安寝？"弥勒道："我不解歌，欲求官人解一个明白。"迪辇阿不遂将歌词四句逐一分析讲解。弥勒不觉面赤耳热，偎着迪辇阿不道："山歌原来如此，官人岂无意乎？"迪辇阿不跪于床前，告道："下官心非木石，岂能无情，但惧主上闻知，取罪不小。"弥勒便搂抱他起来说道："我和官人是至亲瓜葛，不比别人。到主上跟前，我自有道理支吾，不必惧怕。"当下两个兴发如狂，就在舟中成其云雨。

蜂忙蝶恋，弱态难支。水渗露滋，娇声细作。一个原是惯熟风情，一个也曾略尝滋味。惯熟风情的，到此夜尽呈伎俩；略尝滋味的，喜今番方称情怀。一个道：大汉果胜似孩童，一个道：小姨又强如阿姊。一个顾不得女身点破，一个顾不得王命紧严。鸳鸯云雨百年情，果然色胆天来大。

一路上朝欢暮乐，荏苒耽延。道出燕京，迪辇阿不父萧仲恭为燕京留守，见弥勒面貌，知非处女，乃叹道："上必以疑杀琪矣！"却不知琪之果有染也。

已而入宫，弥勒自揣事必败露，惶悔无地。见海陵来，涕交颐下，战栗不敢迎。海陵淫兴大作，遂列烛两行，使侍嫔脱其衣而淫之。弥勒掩饰不来，只得任其做作。海陵见非处女，大怒道："迪辇阿不乃敢盗尔元红，可恼可恨！"呼宫竖捆绑弥勒，审鞫其详。弥勒泣告道："妾十三岁时，为哈密都卢所淫，以至于是，与迪辇阿不实无干涉。"海陵叱问："哈密都卢何在？"弥勒道："死已久矣。"海陵道："哈密都卢死时几岁？"弥勒道："方十六岁。"海陵怒道："十六岁小孩童，岂能巨创汝耶？"弥勒泣告道："贱妾死罪，实与迪辇阿不无干！"海陵笑道："我知道了。是必哈密都卢取汝元红，迪辇阿不乘机入彀也。"弥勒顿首无言。即日遣出宫，致迪辇阿不于死。弥勒出宫数月，海陵思之，复召入，封为充媛，封其母张氏华国夫人，伯母兰陵郡君萧氏为巩国夫人。越日，海陵诡以弥勒之命，召迪辇阿不妻择特懒入宫乱之，笑曰："迪辇阿不善躐混水，朕亦淫其妻以报之。"进封弥勒为柔妃，以择特懒给侍本位，时行幸焉。

崇义节度使乌带之妻定哥，姓唐姑氏，眼横秋水，如月殿姮娥；眉插春山，似瑶池玉女。说不尽的风流万种，窈窕千般。海陵在汴京时，偶于帘子下瞧见定歌美貌，不觉魄散魂飞，痴呆了半晌，自想道："世上如何有这等一个美妇人！倒落在别人手里，岂不可惜！"便暗暗着人打听是谁家宅眷。探事人回覆："是节度使乌带之妻，极是好风月有情趣的人，只是没人近得他。他家中侍婢极多，止有一个贵哥是他得意丫鬟，常川使用的。这贵哥也有几分姿色。"

海陵就思量一个计策，差人去寻著乌带家中时常走动的一个女待诏，叫他到家里来，与自己篦了头，赏他十两银子。这女待诏晓得海陵是个猜刻的人，又怕他威势，千推万阻，不敢受这十两银子。海陵道："我赏你这几两银子，自有用你处，你不要十分推辞。"女待诏道："但凭老爷分付。若可做的，小妇人尽心竭力去做就是，怎敢望这许多赏赐？"海陵笑道："你不肯收我银子，就是不肯替我尽心竭力做了。你若肯为我做事，日后我还有抬举你处。"女待诏道："不知要妇人做怎么事？"海陵道："大街南首高门楼内，是乌带节度使衙内么？"女待诏答道："是节度使衙。"海陵道："闻你常常在他家中篦头，果然否？"女待诏道："他夫人与侍婢，俱用小妇人篦头。"海陵道："他家中有一个丫鬟叫做贵哥，你认得否？"女待诏道："这个是夫人得意的侍婢，与小妇人极是相好，背地里常常与小妇人东西，照顾着小妇人。"海陵道："夫人心性何如？"女待诏道："夫人端谨严厉，言笑不苟。只是不知为甚么欢喜这贵哥？凭着他十分恼怒，若是贵哥站在面前一劝，天大的事也冰消了。所以衙内大小人都畏惧他。"

海陵道："你既与贵哥相好，我有一句话央你传与贵哥。"女待诏道："贵哥莫非与老爷沾亲带故么？"海陵道："不是。"女待诏道："莫非与衙内女使们是亲眷往来，老爷认得他么？"海陵也说："不是。"女待诏道："莫非原是衙内打发出去的人？"海陵道："也不是。"女待诏道："既然一些没相干，要小妇人去对他说怎么话？"海陵道："我有宝环一双、珠钏一对，央你转送与贵哥，说是我送与他的。你肯拿去么？"女待诏道："拿便小妇人拿去。只是老爷与他既非远亲，又非近邻，平素不相识，平白地送这许多东西与他。倘他细细盘问时，叫小妇人如何答应？"海陵道："你说得有理，难道教他猜哑谜不成？我说与你听，须要替我用心委曲，不可误事。"女待诏道："分付得明白，妇人自有处置。"海陵道："我两日前在帘子下看见他夫人立在那里，十分美貌可爱，只是无缘与他相会。打听得他家只有你在里面走动，夫人也只欢喜贵哥一人，故此赏你银子，央你转送这些东西与他，要他在夫人跟前通一个信儿，引我进去，博他夫人一宵恩爱。"女待诏道："偷寒送暖，大是难事，况且他夫人有些古怪兜搭，妇人如何去做得？"海陵怒道："你这老虔婆，敢说三个不去么？我目下就断送你这老猪狗！"只这一句，吓得女待诏毛发都竖了，抖做一团道："妇人不说不去，只说这件事必须从容缓款，性急不得。怎么老爷就发起恼来？"海陵道："我如今也不恼你了。只限你在一个月内，要圆成这事，不可十分怠缓。"

女待诏唯唯连声，跑到家中，算计了一夜，没法入脚。只得早早起来，梳洗完毕，就把宝环珠钏藏在身边，一径走到乌带家中。迎门撞见贵哥。贵哥问道:"今日有何事?来得恁早?"女待诏道:"有一个亲眷,为些小官事,有两件好首饰,托我来府中变卖些银两,是以早来。"贵哥道:"首饰在那里?我用得的么?"女待诏道:"正是你们用得的,你换了他的倒好。"贵哥道:"要几贯钱?拿与我看一看。"女待诏道:"到房中才把与你看。"贵哥引他到了自家房内,便向厨柜里搬些点心果子请他吃,问他讨首饰看。那女待诏在身边摸出一双宝环放在桌子上,那环上是四颗祖母绿镶嵌的,果然耀日层光,世所罕见。贵哥一见,满心欢喜,便说:"他要多少银子!"女待诏道:"他要二千两一只,四千两一双。"贵哥舐舕道:"我只说几贯钱的东西,我便兑得起。若说这许多银子,莫说我没有,就是我夫人一时间也拿不出来,只好看看罢。"又道:"待我拿去与夫人瞧一瞧,也识得世间有这般好首饰。"女待诏道:"且慢着!我句话与你说个明白,拿去不迟。"贵哥道:"有话尽说,不必隐瞒。"

女待诏道:"我承你日常看顾,感恩不尽。今日有句不识进退的话,说与你听,你不要恼我,不要怪我。"贵哥道:"你今日想是风了。你在府中走动多年,那一日不说几句话,怎的今日说话我就怪你恼你不成?你说!你说!"女待诏道:"这环儿是一个人央我送你的,不要你的银子。还有一双珠钏在此。"连忙向腰间摸出珠钏,放在桌子上。贵哥见了,笑道:"你这婆子说话真个风了!我从幼儿来在府中,再不曾出门去,又不曾与恁人相熟,为何有人送这几千两银子的首饰与我?想是那个要央人做前程,你婆子在外边,指着我老爷的名头,说骗他这些首饰;今日露出马脚,恐怕我老爷知道,你故此早来府中说这话骗我?"女待诏道:"若是这般说,我就该死了。你将耳朵来,我悄悄说与你听。"贵哥道:"这里再没有人来听的,你轻轻说就是了。"

女待诏道:"这宝环珠钏,不是别人送你的,是那辽王宗干第二世子,见做当朝右丞,领行台尚书省事完颜迪古老爷央我送来与你的。"贵哥笑道:"那完颜老爷不是那白白净净没髭须的俊官儿么?"女待诏道:"正是那俊俏后生官儿。"贵哥道:"这到希奇了!他虽然与我老爷往来,不过是人情体面上走动,既非府中族分亲戚,又非通家兄弟,并不曾有杯酌往来。若说起我,一面也不曾相见,他如何肯送我这许多首饰?"

女待诏道:"说来果忒希奇,忒好笑!我若不说,便不是受人之托,终人之事；我若轻轻说出来，连你也吃一个大惊。"贵哥笑道："果是恁么事情？你须说个明白。"女待诏才定了喘息，低了声音，附着贵哥耳朵说道："数日前完颜右丞在街上过，恰好你家夫人立在帘子下面，被他瞧见了。他思量要与你夫人会一会儿，没个进身的路头。打听得只有你在夫人眼前说得一句话，故此央我拿这宝环珠钏送与你，要你做个针儿将线引。你说希奇也不希奇，好笑也不好笑！"贵哥道："癞虾蟆躲在阴沟洞里，指望天鹅肉吃，忒差做梦了！夫人好不兜搭性子！侍婢们谁敢在他跟前道个不字？莫说眼生面不熟的人要见他，就是我老爷与他做了这几年夫妻，他若不欢喜时，等闲不许他近身。怎么完颜右丞做这个大春梦来！"女待诏道："依你这般说，大事成不得了。我依先拿这环钏送还了他，两下撒开，省得他来絮聒。"

　　那贵哥口里虽是这般回复，恰看了这两双好环钏，有些眼黄地黑，心下不割舍得还他，便对女待诏道："你是老人家，积年做马泊六的主子，又不是少年媳妇，不曾经识事的，又不是头生儿，为何这般性急？凡事须从长计较，三思而行。世上那里有一锨掘个井的道理？"女待诏道："不是我性急，你说的话，没有一些儿口风，教我如何去回复右丞？不如送还了他这两件首饰，倒得安静。"贵哥道："说便是这般说。且把这环钏留在我这里，待我慢慢地看觑个方便时节，蹰探一个消息回话你。若有得一线的门路，我便将这物件送了夫人。你对右丞说，另拿两件送我何如？"女待诏道："这个使得。只是你须要小心在意，紧差紧做，不可丢得冰洋了。我过两三日就来讨个消息，好去回复右丞。"说毕，叫声聒噪去了。贵哥便把这东西，放在自己箱内，踌躇算计，不敢提起。

　　一夕晚，月明如昼，玉宇无尘。定哥独自一个坐在那轩廊下，倚着栏杆看月。贵哥也上前去站在那里，细细地瞧他的面庞。果是生得有沉鱼落雁之容，闭月羞花之貌，只是眉目之间，觉道有些不快活的意思。便猜破他的心事八九分，淡淡的说道："夫人独自一个看月，也觉得凄凉，何不接老爷进来，杯酒交欢，同坐一看，更热闹有趣。"定哥皱眉，答道："从来说道人月双清。我独自坐在月下，虽是孤另，还不辜负了这好月。若接这腌臜浊物来，举杯邀月，可不被嫦娥连我也笑得俗了！"贵哥道："夫人在上，小妮子蒙恩抬举，却不晓得怎么样的人叫做趣人，怎么样的叫做俗人？"定哥笑道："你是也不晓得，我说与听。你日后拣一个知趣的才嫁他，若遇着那般俗物,宁可一世没有老公,不要被他污辱了身子。"

贵哥道:"小妮子望夫人指教。"定哥道:"那人生得清标秀丽,倜傥洒脱,儒雅文墨,识重知轻,这便是趣人。那人生得丑陋鄙猥,粗浊蠢恶,取憎讨厌,龌龊不洁,这便是俗人。我前世里不曾栽修得,如今嫁了这个浊物,那眼稍里看得他上!到不如自家看看月,倒还有些趣。"贵哥道:"小妮子不知事,敢问夫人,比如小妮子,不幸嫁了个俗丈夫,还好再寻个趣丈夫么?"定哥哈哈的笑了一声道:"这妮子倒说得有趣!世上妇人只有一个丈夫,那有两个的理?这就是偷情,不正气的勾当了。"贵哥道:"小妮子常听人说有偷情之事,原来不是亲丈夫就叫偷情了。"定哥道:"正是!你他日嫁了丈夫,莫要偷情。"贵哥带笑说道:"若是夫人包得小妮子嫁得个趣丈夫,又去偷什么情!倘或像夫人今日,眼前人不中意,常常讨不快活吃,不如背地里寻一个清雅人物,知轻识重的,与他悄地往来,也晓得人道之乐。终不然人生一世,草生一秋,就只管这般闷昏昏过日子不成?那见得那正气不偷情的就举了节妇,名标青史?"

定哥半晌不语,方才道:"妮子禁口,勿得胡言!恐有人听得,不当稳便。"贵哥道:"一府之中,老爷是主父,夫人是主母,再无以次做得主的人。老爷又趁常不在府中。夫人就真个有些小做作,谁人敢说个不字?况且说话之间,何足为虑。"定哥对着月色,叹了一口气,欲言还止。贵哥又道:"小妮子是夫人心腹之人,夫人有甚心话,不要瞒我。"定哥道:"你方才所言,我非不知。只是我如今好似笼中之鸟,就有此心,眼前也没一个中得我意的人,空费一番神思了。假如我眼里就看得一个人中意,也没个人与我去传递消息,他怎么到得这里来?"贵哥道:"夫人若果有得意的人,小妮子便做个红娘,替夫人传书递柬,怎么夫人说没人敢去?"定哥又迷迷的笑一声,不答应他。贵哥转身就走,定哥叫住他道:"你往那里去?莫不是你见我不答应,心下着了忙么?我不是不答应,只笑你这个小妮子说话倒风得有趣。"贵哥道:"小妮子早间拾得一件宝贝,藏放在房里,要去拿来与夫人识一识宝。"定哥道:"怎么宝贝?那里拾得来的?我又不是识宝的三叔公。"

贵哥也不回言,忙忙的走回房中,拿了宝环珠钏,递与定哥,道:"夫人,这两件首饰,好做得人家的聘礼么?"定哥拿在手里看了一回道:"这东西那里来的?果是好得紧。随你怎么人家下聘,也没这等好首饰落盘。

除非是皇亲国戚、驸马公侯人家，才拿得这样东西出来。你这妮子如何有在身边？实实的说与我听。"贵哥道："不敢瞒夫人说，这是一个人央着女待诏来我府里做媒，先行来的聘礼。"定哥笑道："你这妮子真个害风了！我无男无女，又没姑娘小叔，女待诏来替那个做媒？"贵哥道："他也不说男说女，也不说姑娘小叔。他说的媒远不远千里，近只在目前。"定哥道："难道女待诏来替你做媒？"贵哥道："小妮子那得福来消受这宝环珠钏？"定哥道："难道替侍女中那一个做媒不成？算来这些妮子，一发消受不起了。"贵哥道："使女们如何有福消受这件？只除是天上仙姬，瑶台玉女，像得夫人这般人物，才有福受用他。"

定哥笑道："据你这般说，我如今另寻一个头路去做新媳妇，作兴女待诏做媒人，你这妮子做个从嫁罢。"贵哥跪在地上道："若得夫人作成女待诏，小妮子情愿从嫁夫人。"定哥又嘻嘻地笑了一声，把贵哥打一掌道："我一向好看你，你今日真真害风，说出许多风话来！倘若被人听见，岂不连我也没了体面？"贵哥道："不是妮子胡言乱道，真真实实那女待诏拿这礼物来聘夫人。"定哥柳眉倒竖，星眼圆睁，勃然怒道："我是二品夫人，不是小户人家孤孀嫠妇，他怎敢小觑我，把这样没根蒂的话来奚落我！明日对老爷说，着人去拿他来，拷打他一番，也出这一口气。"贵哥道："夫人且莫恼怒，待小妮子悄悄地说出来，斗夫人一场好笑。俗语云：'不说不笑，不打不叫。'只怕小妮子说出来，夫人又笑又叫。"定哥一向是喜欢贵哥的。大凡有事发怒，见了贵哥就解散了，何况他今日自家的言语唐突，怎肯与他计较？故此顺口说道："你说我听。"那一腔怒气直走到爪哇国去了。

贵哥道："几日前头有一个尚书右丞，打从俺府门首经过，瞧见夫人立在帘子下面，生得娇娆美艳，如毛嫱、飞燕一般。他那一点魂灵儿就掉在夫人身上，归家去整整欣昏迷痴想了两日，再不得凑巧儿遇见夫人。因此上托这女待诏送这两件首饰与夫人，求夫人再见一面。夫人若肯看觑他，便再在帘子下与他一见，也好收他这两件环钏。况这个右丞，就是那完颜迪古，好不生得聪俊洒落，极是有福分的官儿！算来夫人也曾瞧见他来？"定哥回嗔作喜道："莫不是常来探望老爷的那少年官儿么？生得到也清俊文雅。只是这个人心性是不常的。"贵哥哈哈的笑道："从来相面的先生，与人对坐着半日，从头看到脚下，又相手摸腰，还只知面不知心。

夫人略瞧右丞一瞧，连心都瞧见了，岂不是两心相照？"定哥道："丫头莫要嚷！我且问你，那女待诏怎么样对你说？你怎么样回话那女待诏？"

贵哥道："那女待诏是个老作家，恐怕一句说出来，惹是非到了身上，便伸进吐出，团团圈圈，远远地说将来。我说：'老婆子，你不消多说了，以定是有那个人儿看上了我家夫人，你思量做个马百六，何苦扯扯拽拽排布这个大套子？'那女待诏便拍手拍脚的笑起来，说道：'好个乖乖姐姐！像似被人开过聪明孔了，一猜就猜着。'被小妮子照脸一口啐唾，骂他道：'老虔婆，老花娘！你自没廉耻，被千人万人开了聪明孔，才学得这篦头生意。我是天生天化，踏着尾耙头便动的，那个和你这虔婆取笑！'那女待诏道：'好姐姐，你不须发恼，我不过是趁口取笑你，难道你这般决烈索性的姐姐，身边就肯添个影人儿。'小妮子道：'你这般说，且饶你去。不许在些胡缠！'那女待诏又道："我特特为着夫人来，被你抢白这一顿，怎么教我就去了？你且把夫人平日的性格说说我听。我是劈面相、闻声相、揣骨相、麻衣相、达磨相，一下里就知道他的心事了。'小妮子便道：'若问别样心事，我实实不曾晓得。若说我夫人正色治家，严肃待众，见我们一些笑容也是没有的，谁敢在他跟前把身子侧立立儿？'那女待诏道：'若依这般说，就恭喜贺喜我这马百六稳稳地做成了。'小妮子道：'我这般胡嘲乱讲！莫不惹得打下截来！'他道：'我是依着相书上相来的。'小妮子道：'相书上那一本有如此说话？'他道：'俗语说得好！嘻嘻哈哈，不要惹他；脸儿狠狠，一问就肯。'"定哥正呷着一口茶，听见贵哥这些话，不觉笑了一声，喷茶满面，骂道："这虔婆一味油嘴，明日叫他来，打他几个耳聒子才饶他！"说罢话时，炉烟已尽，织女横斜，漏下二鼓矣。

贵哥伏侍定哥归房安置，就问道："这两件宝贝放在那里好？"定哥道："且放在我首饰箱内，好好锁着。"贵哥依言收拾不题。恰说贵哥得了定哥这个光景，心中揣定有八九分稳的事，也安眠了一夜。

到次日清晨，定哥在妆阁梳裹，贵哥站在那里伏侍他。看见他眉眼欣欣，比每日欢喜的不了，便从旁插一嘴道："夫人，今日为何不着人去，叫那虔婆来打他一顿？"定哥笑道："且从容，那婆子自然来。"贵哥道："不是小妮子性急，实是气那老虔婆不过！"定哥道："当怒火炎，惟忍水制，你不消性急。"贵哥又悄悄道："大凡做事，只该一促一成。倘或夜长梦多，这般一个标致人物，被人搂上了，那时便迟了。"定哥道："他自标致，要他做怎么？"贵哥道："不是小妮子多言，老爷常常不在家，夫人独自一个，颇是凄冷。小妮子又要溺尿，掰不得夫人的脚。待这标致人来替夫人掰一掰，也强如冬天用汤婆子，夏天用竹夫人。"定哥道："丫头多嘴，我不要你管！"贵哥道："小妮子蒙夫人抬举，故替夫人耽忧。怎么说个管着夫人？"

定哥也不答应他的说话，向身边钞袋内摸出十两一锭的银子，递与贵哥道："我把这银子赏赐你，拿去打一双镯儿戴在臂膊上，也是伏侍我一场恩念。你不可与众人知道。"贵哥叩头接了银子，对定哥道："一丝为定，万金不移。夫人既酬谢了媒婆，媒婆即着人去寻女待诏，约那人晚上到府中来。"定哥掩口胡卢道："黄花女儿做媒，自身难保！世间那有未出嫁的媒婆？"贵哥道："虔婆也是女儿身，难道女儿就做不得虔婆？"定哥又笑道："你说话真个乖巧好笑！只是人生路不熟，羞答答的，怎好去约他？"贵哥道："别的事怕羞，这事儿只有小妮子、女待诏知道，怕怎么羞！俗语道得好：'羞一羞，抽一抽。羞两羞，抽两抽。只顾羞，只顾抽。若不羞，便不抽。'"定哥道："好女儿，你怎么学得这许多鬼话儿在肚里？"

两个一递一句，说得梳妆事毕。贵哥便走到厅上，分付当直的去叫女待诏来："夫人要篦头绞面。"当直的道："夫人又不出去烧香赴筵席，为何要绞面？"贵哥道："夫人面上的毛，可是养得长的，你休多管闲事！"当直的道："少刻女待诏来，姐姐的毛一发央他绞一绞，省得养长了拖着地。"贵哥啐了一声，进里面去了。

不移时，女待诏到了。见过定哥。定哥领他到妆阁上去篦头，只叫贵哥在旁伏侍，其馀女使一个也不许到阁儿上来。女待诏到得妆阁上头，便打开家伙包儿，把篦箕一个个摆列在桌子上，恰是一个大梳，一个通梳，一个掠儿，四个篦箕，又有剔子、剔帚，一双簪子，共是十一件家伙。才把定哥头发放散了，用手去前前后后，左边右边捕睃摸索，捏了一遍，才把篦箕篦上两三篦箕。贵哥在旁，把嘴一努，那女待诏就知其意，顺口儿开科说道："夫人，头垢气色及时，主有喜事临身。"贵哥插嘴道："应在几时得喜？"女待诏道："只在早晚之间，主有非常喜庆。"定哥道："朝廷没有覃恩，我又不讨封赠，有怎么非常的喜事？"女待诏道："该有个得活宝的喜气。"贵哥插嘴道："除了西洋国出的走盘珠，缅甸国出的缅铃，只有人才是活宝。若说起人时，府中且是多得紧，夫人恰是用不着的。你说怎么活宝不活宝？"女待诏道："人有几等人，物有几等物，宝有几等宝，活也有几等活。你这姐姐只好躲在夫人跟前拆白道绿，喝五吆三，那曾见希奇的活宝来？"

定哥心中虽是热燥得紧，只是口里说不出来。贵哥又问女待诏道："你今日来篦头，还是来献宝？"定哥便把女待诏推了一推道："小妮子多嘴饶舌，你莫听他！"贵哥便向女待诏瞅了一眼。女待诏道："要活宝时尽有，只怕夫人不用。"贵哥道："夫人正用得这活宝。"定哥道："还不噤声！谁许你多说？"贵哥道："我站在此，禁不住口。我且站远些个。"说罢，洋洋的走过一边。定哥便道："婆子，我且问你，那人几时见我来？有恁话对你说？你怎么大胆就敢替他来诱骗我？"

女待诏道："夫人勿罪！待老婆子细细告诉夫人。这个月那一日，夫人立在朱帘下边，瞧看那往来的人。恰好说的那人打从府门过，看见夫人容貌，便叹道：'天下怎么有这等一个美人，倒被别人娶了去，岂不是我没福！'定哥笑道："这不是那人没福。"贵哥听得，又走来插嘴道："不是那人没福，是谁没福？"女待诏道："是我婆子没福。"贵哥道："怎么是你没福？"女待诏道："若是夫人不曾出阁，我去对那人说，做上一头媒，岂不撰那人百十两媒钱？"贵哥道："夫人倒肯作成你撰百十两银子，只怕那人没福享受着夫人。"定哥道："他派演天汉，官居右相，那里少金钗十二，粉黛成行。说他没福，看来倒是我没福！"女待诏道："夫人干净识得人。只是那人情重，眼睛里不轻意看上一个人。夫人如何得没福！"一边说，一边篦头。

三个人说得火滚般热，竟没了一些避忌。这定哥欢天喜地，开箱子取出一套好衣服、十两雪花银，赏与女待诏，道："婆子，今日篦得头好，权赏你这些东西。我日后还要重重酬你。"女待诏千恩万谢，收藏过了，才附着定哥耳朵说道："请问夫人，还是婆子今日去约那人来？还是明日去约他？"定哥面皮通红，答应不出。贵哥道："老虔婆做事颠倒，说话好笑！今日是一个黄道大吉日，诸样顺溜的。况且那人数日前就等你的回复，他心里好不急在那里。你如今忙忙去约他晚上来，他还等不得日落西山，月升东海，怎么说个明日？"

定哥笑道："痴丫头，你又不曾与那人相处几时，怎么连他的心事先瞧破来？"贵哥道："小妮子虽然不曾与那人相处，恰是穿铁草鞋，走得人的肚子过。"定哥又冷笑了一声，低头弄着裙带子。女待诏道："婆子如今去约那人。夫人把怎么物件为信？"贵哥将定哥一枝凤头金簪拿在手里，递与女待诏。那簪儿有何好处：

叶子金出自异邦，色欺火赤；细抽丝攒成双凤，状若天生。顶上嵌猫儿眼，闪一派光芒，冲霄耀日；口中衔金刚钻，垂两条珠结，似舞如飞。常绾青丝，好像乌云中赤龙出现；今藏翠袖，宛然九天降丹诏前来。这女待诏将着这一件东西，明是个消除孽障救苦天尊，解散相思五瘟使者。

贵哥把簪儿递与女待诏道："这个就是信物了。"定哥笑道："这妮子好大胆，擅动我的首饰！"贵哥笑道："小妮子头一次大胆，望夫人饶恕则个。"定哥道："饶你，饶你！"女待诏欢天喜地，接着簪儿出门，一径跑到海陵府中。

海陵正坐在书房里面，女待诏便走到那里，朝着海陵道："老爷恭喜，老爷贺喜！"海陵道："我托你的事，如今已是七八日了，我正在此恼你。你今日来贺怎么喜？"女待诏道："老妇人如今不做待诏了，是一个定三秦扶炎刘的韩信，临潼斗宝尊周室的子胥，怀揣令旨兵符来救那困围城的烈丈夫，怎么还说个恼字！"海陵欣欣然道："早知你干成了功劳，却是错怪了也。"

那女待诏把前前后后的话，细细陈说了一遍，才向袖中取出那同心结的凤头簪儿，递与海陵道："这便是皇王令旨，大将兵符，一到即行，不许迟滞。"欢喜得那海陵满身如虫钻虱咬，皮燥骨轻，坐立不牢，道："这事亏着你了。只是我怎么时候好去？从那一条路入脚？"女待诏道："黄昏时候，老爷把幅巾笼了头，穿上一件缁衣，只说夫人着婆子请来宣卷的尼姑，从左角门进去，万无一失。"海陵笑道："这婆子果然是智赛孙吴，谋欺陆贾。连我也走不出这个圈套了。"忙取银二十两赏他。女待诏道："前日送与贵哥的宝环珠钏，贵哥就送与夫人作聘礼了。老爷今晚过去，须索另寻两件去送与他。"海陵道："环儿钏子，我还有两对，比前日的更好，原留着送夫人的。夫人既收了那两对，我晚上另带这两对去送与他。你须先和他约会一个端正，后头好常常来往。"

女待诏应允，去见定哥，把海陵的说话回复了一遍。定哥满面堆下笑来，叫贵哥送他出门，嘱付道："师父早些来。"女待诏一头走，悄悄地对贵哥说：

"完颜老爷再三嘱谢你，说晚上另有环儿钏子送你，比前日又好。你须要温存抚惜他，不要只推在夫人身上。"贵哥啐了一声，道："好一个包前包后的马百六。"两下散去。

看看天色晚了，定哥便分付前后关门，男妇各归房去。大小侍婢，俱各早早歇息，不许东穿西走，只留贵哥一个在房伏侍。不觉谯楼鼓响，远寺钟鸣。这海陵瞒了徒单夫人，一个从人也不带着，独自一个走到女待诏家中，敲门叫道："待诏在否？"只见女待诏提了一盏小灯笼，走将出来开门。看见海陵黑魆魆的独自立在街上，便道："请进来，坐坐去。"海陵道："这是什么时候了，还说坐坐？"女待诏道："譬如他那里还不招架子，怎的这般性急？"海陵笑一声，拽了手就走。女待诏道："放尊重些，不要连婆子也取笑。"

两个提着这盏小灯笼，遮遮掩掩，走到乌带府衙角门首，轻轻敲上一下。那里面走出一个丫鬟，也拿了一碗小纱灯儿，迎门相叫。海陵走进门去，丫鬟便一地里拴上了门。女待诏扯扯海陵道："颜师父，这个便是贵哥姐姐。"海陵听了女待诏话，便千揖万揖，谢了贵哥；又在袖子里取出两双环共钏，与他道："屡劳姐姐费心，这物件权表寸心，望姐姐勿嫌轻薄。"女待诏从傍撺掇道："老爷仔细看一看，不要错认了。若论这般一个好姐姐，就受老爷这聘礼也不为过。"海陵笑道："原蒙姐姐错爱，才敢唐突。若论小生这般人物，岂不辱莫了姐姐？"女待诏道："老爷不必过谦，姐姐不要害怕。你两个何不先吃个合卺杯儿？"海陵道："婆婆说得极是。只是酒在那里？杯儿在那里？"女待诏辫着他两个的头道："好个不聪明的老爷，杯儿就在嘴上，好酒就在嘴里。你两个香喷喷美甜甜咂一个嘴，就是合卺杯了。"海陵道："果是小生呆蠢，见不到此。"便搂着贵哥，要与他做嘴。那贵哥扭头捏颈，不肯顺从。被海陵拦腰抱住，左凑右凑。贵哥拗不过，只得做了个肥嘴。海陵就取用出那水磨的工夫，咂咂咬咬，多时还不放松。女待诏笑道："好姐姐，酒便少吃些，莫要贪杯吃醉了，撒酒风。"海陵便照女待诏肩胛上拍一下道："老虔婆。一味胡言，全不理论正事。"

三个人说说道道，走到定哥房中。只见灯烛辉煌，杯盘罗列，珍羞毕备，水陆兼陈。恰便似会亲见礼，男男女女斗新妆；庆喜芳筵，色色般般堆美品。海陵近前下拜，定哥慌忙答礼，分宾主坐下。女待诏道："今日该坐床撒帐。你两个又不是亲家翁，如何对面坐着？"拖定哥过来坐在海陵身边。

贵哥嘻嘻地笑道："你才做媒婆，又做搀扶婆了。"海陵道："这个叫做一当两，大家免思想。"他两个并肩同坐，一递一杯，席前各叙相慕之意。女待诏坐在旁边，左斟右劝。贵哥捧着酒壶，立在椅子背后，看他们调情斗口，觉得脸上热了又冷，冷了又热。约莫酒至半酣，女待诏道："欢娱夜短，寂寞更长，早结同心，莫教错过。"便收拾过酒肴几案，拽上了门关，自和贵哥去睡了。他两个携归罗帐，各逞风流，解扣轻摹，卸衣交颈。说不尽百媚千娇，魂飞魄荡。正是：

春意满身扶不起，一双蝴蝶逐人来。

颠倒约有两个更次，还像鳔胶一般，不肯放开。两个狂得无度，方才合眼安息。那女待诏也鼾鼾的睡着不醒。只有贵哥一个听他们一会，又走起来睃他们一会，耳闻目击这许多侮弄的光景，弄得没情没绪，辗转无聊，眼也合不上。看看谯楼上钟鸣漏尽，画角高吹，贵哥只得近前叫道："鸡将鸣矣，请早起身，以图再会。"海陵从魂梦中爬起来，披衣就走。定哥也披了衣服，要送海陵。海陵叫他将息，不要他起来。定哥分付贵哥："好好送爷出去，你就进来。"贵哥便掌了灯，悄悄地一重重开了门送海陵。

海陵走得几步，见侧边一间厢房净荡荡没有人，便搂住贵哥求欢。贵哥道："夫人极是疑心重的，我进去得迟，他岂不怪。"海陵道："你是有功之人。夫人也要酬谢你的，定不作酸。"一头说，一头就抱了贵哥走进厢房。恰好有旧椅子一张靠着壁，海陵就那椅子上，与贵哥行事。原来贵哥年纪只得十五六岁，乌带虽是看上他，几番要偷摸他，怕着定哥，不曾到手。他只睃见定哥与海陵这般恩爱，只道怎地快乐，所以欣然相就。不道初时如此疼痛，连声告饶。海陵亦爱惜他，不敢恣意，却又舍不得放手，摩弄多时，才出角门而去。

却说定哥见贵哥送海陵去，许久不转，疑有别事，忙忙的潜踪蹑足立在角门里等他。见他慢慢地转来，便将身子影在黑地里，听他说些甚话。只见他一路关门，口里喃喃地说道："这桩事有甚好处，却也当一件事去做他，真是好笑。"一头说，一头笑，望房里走，只道没人听见。不料定哥影着身子，跟着他走到房里。转身去关房门，才看见定哥立在房门外，吓了一跌，羞得当不得。定哥扶他起来道："你和他干得好事，我都瞧见了。"贵哥道："并不干怎么事。"定哥道："你赖到那里去？若是别一个，我实是容不得。他是你引进来的，果然不比我那浊物。如今正要和他来往，难道倒多你不成？只是你日后不要僭我的先头。"贵哥道："小妮子安敢僭先。只望夫人饶恕。"说毕，大家欢欢喜喜，坐到天明。不题。

从此以后，海陵不时到定哥那里通宵作乐。贵哥和定哥两个就像姐妹一般，不相嫌忌。渐渐的侍女们也都知道，只是不敢管他闲事。所不知者，乌带一人而已。

光阴似箭，约摸着往来有数个月。海陵是渔色的人，又寻着别个主儿去弄，有好一程不到定哥这里。这定哥偷垂泪眼，懒试新妆，冷落凄凉，埋怨懊悔，叫贵哥着人去寻女待诏，要他寄个信儿与海陵，催他再来。那女待诏又病倒在床上，走来不得。定哥捺不住那春心鼓动，欲念牢骚。过一日有如一年，见了乌带就似眼中钉一般，一发惹动心中烦恼，没法计较。

家奴中有个阎乞儿，年纪不上二十，且是生得干净活脱。定哥看上了他，又怕贵哥不肯，不敢开言。凑着贵哥往娘家去了，便轻移莲步，独自一个走到厅前，只做叫阎乞儿分付说话，就与他结上了私情。怎见得私情好处：

一个是幽闺乍旷，一个是女色初侵。幽闺乍旷，有如饿虎擒羊；女色初侵，好似苍鹰逐兔。鸳鸯枕上，罗袜纵横；翡翠衾中，云鬟散乱。定哥许多欲为之兴趣，此际方酬；乞儿一段鏖战之精神，今宵毕露。惟愿同心天地老，何妨暮暮与朝朝。

如此来往，非止一夜。一日贵哥回来，看见定哥容颜不似前番愁闷，便问："那人是几时来的？"定哥道："那人何曾肯来？不是跳槽，决是奉命往他方去了。我日夜在此想你，怨你，你为何今日才回？"贵哥道："夫人如何是想我，如何是怨我？"定哥道："亏你引得那人来，这便是想你；那人如今再不来，这便是怨你。"贵哥见定哥这样说话，心中有七八分疑惑，只是不敢问。停不移时，定哥叫贵哥到房中，要对他说些怎么话，却又脸红了，不说，半吞半吐的束住了嘴。

贵哥立了一会，只得问道："夫人唤呼小妮子来，毕竟要分付些话。怎的又不开口？"定哥叹口气道："你去得这几日，我惹下一桩事在这里，要和你商议，故此叫你来。及至你到我跟前，我又说不出了。"贵哥道："夫人平日没一句话不对小妮子说的，怎么今日这般含糊疑虑？"定哥道：

"我不好说得，我受了乞儿的亏。"贵哥道："乞儿不过是抄化无赖的人，受了他亏，夫人若肯饶他，便不打紧。若不肯饶他，着当直的送到五城兵马司，打他一顿板子，重重的枷，枷示他两三个月，就出气了。"定哥道："不是这个乞儿，所以要和你计较一个长便。"贵哥道："不是这个乞儿，却是那个乞儿？"定哥道："是家中的阁乞儿。"贵哥道："若是阁乞儿冲激了夫人，一发好惩治的了。夫人自己不耐烦打他，也不消送官府，只待老爷回来，着着实实的打他几百，赶逐他离了府门就勾了，有怎么长便短便要计较得？"

定哥附着贵哥的耳朵道："不是这般说话。数日前我被阁乞儿强奸了，不好对别个说得，只等你回来，和你商议一个长便。"贵哥笑道："府中规矩，从来不许男子擅入中堂。便是那人来，也有个女待诏做牵头，小妮子做脚力，才走得进来。这狗才怎的敢闯进绣房，强奸夫人？真是夫人受亏了，这狗才的胆不知是怎么样大的。但不知他是日间闯来的，是夜间闯来的？"定哥的脸，红了又白，白了又红，羞惭满面道："不瞒你说，是夜里进来的。"贵哥笑道："据夫人说来是和奸，不是强奸了。不要说乞儿有罪，连夫人也有个罪了。"定哥道："我睡着在床上，不知他怎地走将进来把我骗了。"

贵哥笑道："这狗才倒是个啄木鸟。"定哥也笑道："他怎的是个啄木鸟？"贵哥道："小妮子闻得那啄木鸟，把尖嘴在那树上，画了几画，摇了几摇，那树木里头的蠹虫儿，自然钻出来，等这鸟儿吃。夫人的房门谨谨拴上的，房中又有侍妾们相伴着，不知这狗才把甚的在夫人门上，画得几画，摇得几摇，夫人的房门就自开了？岂不是个啄木鸟？"定哥笑道："好姐姐，你又来取笑。我实实与你说，那人许久不来，我心里着实怨他。你又不在家中，没有一个知我心的，我冷落不过，故此将就容纳了乞儿。你如今既回来，我就断绝了他，再不许他进来就是。"贵哥道："萧何律法，和奸也合杖开。夫人这说话，正合着律法，但凭夫人自家裁处。只怕那虫儿不肯躲，又要钻出来凑着他。"他两个正在说话，当直的报说乌带回来，大家惊得面如土色，忙忙出去迎接。不在话下。

当时定哥虽对贵哥说了这一番，心中却不舍得断绝乞儿，依先暗暗地赶着空儿干事，只不敢通宵作乐。贵哥明知其事，也只做不知，不去参破他。婢中有个小底药师奴，一日撞遇定哥和乞儿在轩廊下说话，跑来告诉贵哥。

贵哥叮嘱他，叫他不要多管，惹夫人责罚，故此小底药师奴也不对人说。乞儿常常来撩拨贵哥，要图贵哥打做一家，贵哥只是不理他。一日，乞儿张着眼错抱贵哥，一把搂住了要唚嘴，被贵哥骂道："你这狗才，身上惹下了凌迟的罪儿，还不知死活，又来撩我。我说出来时，只怕你这狗才死无葬身之地。"那乞儿吃了这一场抢白，暗暗对定哥说，才绝了这个念头，再不敢来挑弄贵哥。

后来海陵即了大位，乌带还做崇义节度使。每遇元会生辰，使家奴葛鲁葛温诣阙上寿。定哥亦使贵哥候问两宫太后起居。海陵一见贵哥，就想起昔日的情意，因贵哥传语定哥道："自古天子亦有两后者，能杀汝夫以从我，当以汝为后。"贵哥归，具以海陵言告定哥。定哥笑道："少时丑恶，事已可耻。今儿女已成立，岂可更为此事，以贻儿女羞？"盖与阎乞儿相得，不忍舍之也。海陵闻其言，又使人对定哥说道："汝不忍杀汝夫，我将族灭汝家。"定哥大恐，乃以子乌答补为辞，说："彼常侍其父，无隙可乘。"海陵即召乌答补为符宝祗候。定哥与贵哥商议道："事不可止矣。"因乌带酒醉，令家奴葛鲁葛温缢杀乌带。时天德三年七月也。

乌带死，海陵伪为哀伤，以礼厚葬之。使小底药师奴传旨定哥，告以纳之之意。定哥将行，贵哥为从。小底药师奴谑之曰："夫人行矣，阎乞儿何以为情？"定哥惧其泄于海陵也，以奴婢十八口赂之，使无言与阎乞儿私事。定哥入宫，海陵册为娘子。卢元元年封贵妃，大爱幸，许以为后，赐其家奴孙梅进士及第。海陵每与定哥同辇游瑶池，诸妃步从之。阎乞儿以妃家旧人，得给侍本位。

后海陵嬖幸愈多，定哥希得见。一日独居楼上，海陵与他妃同辇从楼下过。定哥望见，号呼求去，诅骂海陵。海陵佯为不闻而去。定哥益无聊赖，欲复与乞儿通，乃使比丘尼向乞儿索所遗衣服调之。乞儿识其意，笑曰："妃今日富贵，忘我耶？"定哥欲以计纳乞儿于宫中，恐阍者察其隐，乃先令侍儿以大箧盛亵衣其中，遣人载之入宫。阍者索之，见箧中皆亵衣，阍者已悔惧。定哥使人诘责阍者，曰："我天子妃，亲体之衣，尔故玩视，何也？我且奏闻之！"阍者惶惧，甘死罪请，后不敢再视。定哥乃使尼以大箧盛乞儿载入宫。阍者果不敢复索。

乞儿入宫十馀日，定哥得恣情欢谑，喜出望外。然乐不可极，不得已，使衣妇人衣，杂诸侍婢，抵暮混出。贵哥闻其事，以告海陵。海陵乃缢死定哥，搜捕乞儿及比丘尼，皆伏诛。封贵哥莘国夫人。小底药师奴以匿定哥奸事，杖百五十，后亦赐死。

丽妃石哥者，定哥之妹，秘书监文之妻也。海陵与之私，欲纳之宫中，乃使文庶母按都瓜主文家。海陵谓按都瓜曰："必出而妇，不然，我将别有所行。"按都瓜以语文。文难之。按都瓜曰："上谓别有所行，是欲杀汝也。岂以一妻杀其身乎？愚痴谅不至此。"文不得已，乃与石哥相持，恸哭而别。是时海陵至中都迎石哥，于中都纳之。

一日，海陵与石哥坐便殿，召文至前，指石哥问道："卿还思此人否？"文答道："'侯门一入深如海，从此萧郎是路人'。微臣岂敢再萌邪思？"海陵大喜道："卿为人大忠厚。"乃以迪辇阿不之妻择特懒偿之，使为夫妇。及定哥缢死，遣石哥出宫。不数日，复召入，封为昭仪。正隆元年封柔妃，二年进封丽妃。

昭媛察八者，姓耶律氏，尝嫁奚人萧堂古带。海陵闻其美，强纳之，封为昭媛。以萧堂古带为护卫。察八见海陵嫔御甚多，每以新欢间阻旧爱，不得已，勉意承欢，而心实恋恋堂古带也。一日，使侍女以软金鹌鹑袋子数枚，题诗一首，遗萧堂古带。诗云：

一入深宫尽日闲，思君欲见泪阑珊。

今生不结鸳鸯带，也应重过望夫山。

萧堂古带得之，惧祸及己，谒告往河间驿。无何，事觉。海陵召问之。堂古带以实闻。海陵道："此非汝之罪也，罪在思汝者，吾淡汝结来生缘。"乃登宝昌楼，手刃察八，堕楼下死。诸后妃股慄，莫能仰视。并诛侍女之遗软金鹌鹑袋者。

海陵杀诸宗室，择其妇人之美者，皆欲纳入宫中，乃讽宰相道："朕嗣续未广，此党人妇女，有朕中外亲，纳之宫中，何如？"徒单贞以告萧裕。萧裕道："近杀宗室，中外异议纷纭，奈何复为此耶？"徒单贞以其语复海陵。海陵道："吾固知裕不肯从。"乃使贞自以己意讽萧裕，必欲裕等请行此事。贞不获辞，乃对裕说道："上意已有所属。公固止之，祸将及矣。"萧裕道："必不肯已，惟上择一人纳之。"徒单贞道："必须公等白之。"裕知不可止，乃具奏，遂纳秉德弟纥里妻高氏、宗本子莎鲁剌妻、宗固子胡里剌妻、胡失来妻，又纳叔曹国王子宗敏妻阿懒于宫中。贞元元年,封为昭妃。大臣奏宗敏属近尊行,不可。乃令阿懒出宫,而封高氏为修仪,加其父高邪鲁瓦辅国上将军,母完颜氏封密国夫人。又宋王宗望女寿宁县主什古,梁王宗弼女静乐县主蒲剌,及习捻宗隽女师姑儿,皆海陵姊妹也。混同郡君莎里古真及其妹余都,太傅宗本女也,为海陵再从姊妹。表兄张定安妻奈剌忽,丽妃妹蒲鲁胡只皆有夫。惟什古丧夫。

海陵无所忌耻,使高师姑、内哥、阿古等传达言语,皆与之私。内中莎里古真色最美而善淫。高师姑对他说道:"上之好美色,汝所知也。汝之美,主上能舍汝乎?主上于汝为再从姊妹。出阁之日,服制无矣。相遇犹路人。然汝曷不入侍于上,以博恩宠?"莎里古真笑而从之,入见海陵。海陵幸之,竭尽精力,博得古真一笑。次日,以其夫撒速近侍局直宿,海陵谓撒速道:"尔妻年少,遇尔直宿,不可令宿于家,当令宿于妃位。"撒速默然不敢出一语。每召古真入,海陵必亲伺候,于廊下立。久不至,则坐于高师姑膝上,以望之。高师姑道:"陛下尊为天子,嫔御满前,何劳苦如此?"海陵笑道:"我固以天子为易得耳,此等期会乃可贵也。"莎里古真一至,则捧惜拥持,无所不用其极,惟恐古真之不悦已。然古真在外顿恣淫佚,恃宠笞决其夫,其夫亦不能制。见官之尊贵、人之有才者,及美貌而饶于淫具者,必招徕之,与之交合,不以为耻。海陵闻之,大怒道:"尔爱贵官,有贵如天子者乎?尔爱人才,有才兼文武似我者乎?尔爱娱乐,有丰富伟岸过我者乎?"怒甚,气咽不能言。莎里古真恬不为意,嘻嘻的道:"我只笑尔无能耳。"海陵又大怒,遣之出宫。后复思之,屡召入焉。

其妹余都,牌印松古剌妻也。海陵尝私之,谓之曰:"汝貌虽不扬,而肌肤洁白可爱,胜莎里古真多矣。"余都恚曰:"古真既有貌,陛下何不易其肌肤,作一全人?"海陵道:"我又不是阎罗天子,安能取彼易此?"余都道:"从今以后,妾不敢复承幸御矣。"海陵慰之曰:"前言戏之耳。汝毋以我言为实,而生怨恚也。"进封寿阳县主,出入贵妃位。又使内哥召什古,出入昭妃位。

什古者,将军瓦剌哈迷妻也。瓦剌哈迷丰躯伟干,长九尺在奇,力能扛鼎,气可吞牛。一夕常淫二三姬,不则满身抽彻难熬,必提掇重物,以泄其气。每与什古交合,什古辄娇颤逾时,瞑目欲死。后因瓦剌哈迷从征阵亡，什古不耐寡居，遂与门下少年相通，恨不畅意。少年乃觅淫药傅之，通宵不倦，什古笑道："今日差强人意。"后有知之者，遂嘲少年为"差强人"以笑。

海陵闻什古之善嬲也，遂使内哥传语什古道："尔风流跌宕，冠绝一时，然沉溺下僚，未见风流元帅，岂不虚负此生？主上阳尊九五，杰出大僚，尔何不独当一队分沾雨露，以自快乎？"什古笑道："主上虽雄，谅不能敌瓦剌哈迷之半。况且后宫森列，何必召妾？"内哥道："主上属意尔久矣。尔若不往，恐上怒不测。"

什古不得已，乃入宫焉。海陵乘其未至，先于小殿暖位置琴阮其中。什古来朝见礼毕，海陵携其手，坐于膝上，调琴拨阮以悦其心，进封昭宁公主。乃检《洞房春意》一册，戏道："朕今宵与汝将此二十四势次第试之。"什古笑道："陛下既欲挑战，妾敢不为应兵。"海陵未尽其势之半，意欲少息，什古抱持道："陛下可谓善战矣！第恨具少弱耳！"海陵恶然道："瓦剌哈迷之具何如？"什古道："大异于是。"海陵不悦道："汝齿长矣，汝色衰矣，朕不弃汝，汝之大幸，何得云尔。"什古愧恨而罢，翌日出宫，潜以其状对少年说道："帝之交合，果有传授，非空搏也。"少年不谨，以其语泄之于人。人笑谓少年道："帝今作差强人矣。"

奈剌忽者，蒲只哈剌赤女也，修美洁白，见者无不啧啧。及笄，嫁于节度使张定安为妻。定安为海陵表兄，海陵未冠时，常过定安家嬉戏，即与奈剌忽同席，接谈谑笑竟日，遂与之私。无何，张定安受熙宗命，出使于宋。海陵与奈剌忽通宵行乐，遂如夫妇。房中侍婢，无得免者。不料熙宗诏海陵赴梁王军前听用。海陵只得辞别奈剌忽而去，不复再见。直至即位，方才又召奈剌忽出入柔妃位。

女使辟懒有夫在外，海陵欲幸之，封以县君，召之入宫。恶其有娠，乃命人煎麝香汤，躬自灌之，且揉拉其腹。辟懒欲全性命，乃乞哀道："苟得乳娩，当不举，以侍陛下。"海陵道："若待大产，则汝阴宽衍，不可用矣。"竟揉堕其胎。越数日幸之。辟懒恶路不净，海陵之阳，濡染不洁，顾视而笑。

薄察阿虎迭女叉察，海陵姊庆宜公主所生。幼养于辽王宗幹府中，及笄而嫁秉德之弟特里。秉德伏诛，叉察当连坐。太后使梧桐请于海陵，由是得免。海陵遂白太后欲纳之。太后道："是儿始生，先帝亲抱至吾家养之，至于成人。帝虽舅，犹父也。岂可为此非礼之事？"海陵屈于太后而止。叉察跌宕喜淫，不安其室，遂与完颜守诚有奸。守诚本名遏里来，芳年淑艾，白皙过人，更善交接。叉察绝爱之。太后窃知其事，乃以之嫁宗室安达海之子乙补剌。乙补剌不胜其欲，叉察日与之反目。海陵不知其故，数使人讽乙补剌出之，因而纳之。

　　太后初不知也。叉察思念守诚，愁眉不展，每侍海陵，强为笑乐，转背即诅詈不已。侦者以告海陵。海陵怒道："朕反不如完颜守诚耶？"遂挝杀守诚，欲并杀叉察，又得太后求哀，乃释放出宫。无何，叉察家奴告叉察痛守诚之死，日夜诅咒，语涉不道。海陵乃自临问，责叉察道："汝以守诚死詈我耶？守诚不可得见矣。朕今令汝往见之。"遂杀叉察而分其尸。

　　大宗正阿里牙妻蒲速碗，乃元妃之妹也，大有姿色，而持身颇正。因入见元妃，留宿于宫中。迨晚，海陵强之同坐饮宴。蒲速碗正色固拒，退食于元妃之幕，将周身衣服谨系牢结，坐而不卧，以防海陵之辱己。果然，谯楼鼓急，画角声催，银缸半灭半明，神思乍醒乍倦，海陵突至，强抱求欢，蒲速碗再四不从。海陵凌逼不已，相持相拒，将及更馀，海陵乃以力制之，怒发如雷，声如乳虎，喝令侍婢共挟持之，尽断其中外衣带。蒲速碗气索力疲，支撑不住，叫不得撑天的冤屈，只得紧闭着双眼，放开了两手，任凭着海陵百谑千嘲，千抽万送，就像喉咙气断，死了不得知的一般。这海陵像心像意，侮弄了许多时节，见蒲速碗没有一些儿情趣，到也觉得没意思，兴尽而去。

　　元妃问蒲速碗道："妹妹，你平昔的兴在那里去了？今日做出这般模样。"蒲速碗道："姐姐，你可是有人气的？古来那娥皇、女英，都是未出嫁的女子，所以帝尧把他嫁得舜哥天子。我是有丈夫的，若和你合着个老公，岂不惹人笑杀，连姐姐也做人不成了。"元妃道："事到其间，连我也做不得主。俗语说得好：'只好随乡入乡。'那里顾得人笑耻。"蒲速碗道："姐姐，你说得好话儿，这话儿只当不说罢。世上那有百世太平、千年天子？你倘或被人凌辱，你心里过去得否？"元妃惨沮，不出一声。过了一夜，次日早晨，蒲速碗辞朝归去，再不入宫朝见。虽是海陵假托别样名目来宣召他，他也只以疾辞道："臣妾有死而已，不能复见娘娘。"海陵亦付之无可奈何也。

　　张仲轲者，幼名牛儿，乃市井无赖小人，惯说传奇小说，杂以俳优诙谐语为业。其舌尖而且长，伸出可以舔着鼻子。海陵尝引之左右，以资戏笑。

及即位，乃以为秘书郎，使之入直宫中，遇景生情，乘机谑浪，略无一些避忌。

又尝召侍臣聚于一殿，各露其秽，以相比并。大者列为第一，班赏以摧残不用宫女一人，给与阳侯牙牌一面。中者列为第二，班赏以楮钞百锭，给与阳伯牙牌一面。不及二等者为最下，不入选。除正殿朝参奏事、大酺宴常，依次叙爵外，凡入宫直宿，内殿赐饮，即不论官爵崇卑，悉照牙牌，列成班次，以为笑乐。虽徒单贞亦不能免。百人之中，与海陵相伯仲者居其一，父叔事海陵者居其二，奴视海陵者百不得一也。时人为谣歌云：

朝廷做事忒兴阳，自做铨司开选场。
政事文章俱不用，惟须腰下硬帮帮。

那歌谣直传到海陵耳朵里，海陵也只当不得知，一味头只是作乐淫谑。不要说起那宫中妃嫔，就是官庶妇人，曾蒙幸者，海陵也列在宫人数内。虽有丈夫的，皆分番出入，听其淫乱。海陵还不足意，欲把这些妇人随意幸之。限于更番不便，乃尽遣其丈夫往上京去了，恰把这些妇人都留在宫中。每当行幸，即令撤蔽去围帐，教坊司近前奏乐，幸已方止。再幸再奏。一幸必及数妇，徒以尽己之兴，而诸妇皆不畅所欲，人人嗟怨。

尝幸室女，必乘兴狠触，不顾女之创痛。有不遂其情者，令妃嫔牵制其足，使不得动。尝与妃嫔同坐，必自掷一物于地，使近侍环视之，他视者杀。又诫宫中给使男子，于妃嫔位举首者刳其目。出入不得独行，便旋须四人偕往。所司执刀监护，不由路者斩之。日入后，下阶砌行者死。告者赏钱百万。男女仓猝互相触，先声言者赏三品官，后言者死。齐言者皆释之。

有梁琎者，本大杲家奴，随元妃入宫，以阉竖事海陵。琎性便佞，善迎合人意。海陵特见宠信，言无不从。琎尝构求海上仙方，远觅兴阳异物，修合媚药，以奉海陵。海陵试之，颇有效验，益肆淫蛊。中外嫔御妇女殆将万人，犹恨不得绝色以逞心意。琎乃极言宋刘贵妃绝色倾国。海陵道："汝试言其容止。"琎道："鬌发腻理，姿质纤秾，体欺皓雪之容光，脸夺英华之濯艳。顾影徘徊，光彩溢目。承迎盼睐，举止绝伦；智算过人，歌舞出众。"海陵闻言大喜，自此决南征之意。

将行，命县君高师姑预贮紫绡帐、画石床、鹧鸪枕、却尘褥、神丝绣被、瑟瑟幕、纹布巾。帐轻疏而薄，视之如无所碍。虽属隆冬，而风不能入，盛暑则清凉自至。甚色隐隐焉，忽不知其帐也，乃鲛绡之类。床文如锦绣，石体甚轻，郅支国所献。枕以七宝合为鹦鹉，褥色殷鲜，光软无比，云是却尘兽毛所为，出自句骊国。被绣三千鸳鸯，仍间以奇花异叶，上缀灵粟之珠如果粒，五色辉焕。其幕色如瑟瑟，阔三丈，长百尺，轻明虚薄，无以为比，向空张之，则疏朗之纹，如碧丝之贯其珠，虽大雨暴降，不能湿漏，云以蛟人瑞香膏所傅故也。纹布巾，即手巾也，洁白如雪光，软如绵，拭水不濡，用之弥年，不生垢腻，乃得自鬼谷国者。俟得刘贵妃时用之。更带九玉钗、蠲忿犀、如意玉、龙绡衣、龙髯紫拂。钗刻九鸾，皆九色，其上有字"白玉儿"，工巧妙丽，殆非人制。犀圆如弹丸，带之令人蠲忿怒。玉类桃实，上有七孔，云是通明之象。衣重无一二两，傅之不盈一握。拂色紫如烂椹，可长三尺，削水晶为柄，刻红玉为环纽，或风雨晦暝，临流沾洒，则光彩动摇，奋然如怒。置于堂中，则日无蝇虫，夜无蚊蚋。拂之为声，则鸡犬无不惊逸；垂之池潭，则鳞介之属，悉俯伏而至。引水于空中，则成瀑布；烧燕肉熏之，则烨烨焉若生云雾，云得于洞庭湖中者。俟得刘贵妃，则以赐之。海陵件件色色，都打点端正。不想探事人来，报说："刘贵妃已辞世矣。"海陵好不痛惜。忙传下号令，说灭却宋时，把他死尸也抬来瞧一瞧，完了心中一念。这才是：

生前不结鸳鸯带，死后空劳李少君。

世宗时为济南尹，夫人乌林答氏，玉质凝肤，体轻气馥，绰约窈窕，转动照人。海陵闻其美，思有以通之。而乌林答氏端方严悫，无隙可乘。一日，传旨召之。世宗忿忿，抗旨不使之去。乌林答氏泣对世宗道："妾之身，王之身也。一醮不再，妾之志也，宁肯为上所辱，第妾不应召则无君，王不承旨则不臣。上怒是以杀王，王更何辞以免？我行当自勉，不以累王也。"世宗涕泣，不忍分离。乌林答氏毅然就道。一路上凄其沮郁，无以为情。行至良乡地方，乃将周身衣服，缝纫固密，题诗一首于衣裾上，遂自杀。诗云：

世态翻如掌，君心狠似狼。

凶狂图快乐，淫逆灭纲常。

我死身无辱，夫存姓亦香。

敢劳传旨客，持血报君王。

乌林答氏既死，使者以讣闻。海陵伪为哀伤，命归其榇于世宗。世宗发榇视之，面色如生，血凝喉吻，抚尸痛悼，以礼葬焉。后世宗在位二十九年，不复立后者，以乌林答氏之死节也。此是后话。

却说海陵大举南侵,造战船于江上,毁民庐舍以为材,煮死人膏以为油,费财用如泥沙,视人命如草菅。既发兵南下,群臣因万民之嗟怨,立曹国公乌禄为帝,即位辽阳,改名雍,改元大定,遥降海陵为王。海陵闻之,叹道:"朕本欲削平江南,然后改元大定。今日之事,岂非天乎?"因出素所书"一着戎衣,天下大定"改元事以示群臣。遂召诸将,谋帅师北还。至瓜洲,浙西路都统制耶律元宜等谋弑之。箭入帐中,海陵以为宋兵追至,及视箭,曰:"此我兵也。"欲取弓还射,忽又中一箭仆地,延安少尹纳合斡鲁补先刃之。手足犹动,遂缢杀之。妃嫔等数十人皆遇害。后世宗数海陵过恶,不当有王封土,不当在诸王茔域。乃降废为海陵侯,复降为庶人。改葬于西南四十里。后人有诗叹云:

世上谁人不爱色?惟有海陵无止极。

未曾立马向吴山,大定改元空叹息。

空叹息,空叹息,国破家亡回不得。

孤身客死倩人怜,万古传名为逆贼。

马当神风送滕王阁

山藏异宝山含秀,沙有黄金沙放光。
好事若藏人肺腑,言谈语话不寻常。

这四句诗单说着自古至今,有那一等怀才抱德、韬光晦迹的文人秀才,就比那奇珍异宝,良金美玉,藏于土泥之中,一旦出世,遇良工巧匠,切磋琢磨,方始成器,故秀才二字不可乱称。秀者江山之秀,才者天下之才。但凡人胸中有秀气,腹内有才识,出言吐语,自不一般所以谓之不寻常。说话的,兀的说这才学则甚?因在下今日要说一桩"风送滕王阁"的故事。

那故事出在大唐高宗朝间,有一秀士姓王名勃,字子安,祖贯晋州龙门人氏,幼有大才,通贯九经,诗书满腹。时年一十三岁,常随母舅游于江湖。一日从金陵欲往九江,路经马当山下,此乃九江第一险处。怎见得?有陆鲁望《马当山铭》为证:

山之险莫过于太行,水之险莫过于吕梁,合二险而为一,吾又闻乎马当。

王勃舟至马当,忽然风涛乱滚,碧波际天,云阴罩野,水响翻空。那船将次倾覆,满船的人尽皆恐惧,虔诚祷告江神,许愿保护。惟有王勃端坐船上,毫无惧色,朗朗读书。舟人怪异,问道:"满船之人,死在须臾,今郎君全无惧色,却是为何?"王勃笑道:"我命在天,岂在龙神!"舟人大惊道:"郎君勿出此言!"王勃道:"我当救此数人之命。"道罢,遂取纸笔,吟诗一首,掷于水中。须臾云收雾散,风浪俱息。其诗曰:

马当神风送滕王阁

唐圣非狂楚，江渊异汨罗。
　　平生仗忠节，今日任风波。
　　此时满船人相贺道："郎君奇才，能动江神，乃得获安，不然，诸人皆不免水厄。"王勃道："生死在天，有何可避！"众人深服其言。少顷，船皆泊岸，舟人视时，即马当山也。舟人皆登岸。王勃上岸，独自闲游。正行之间，只见当道路边，青松影里，绿桧阴中，见一古庙。王勃向前看时，上面有朱红漆牌金篆书字，写着"敕赐中源水府行宫"。王勃一见，就身边取笔，吟诗一首于壁上。诗曰：
　　马当山下泊孤舟，岸侧芦花簇翠流。
　　忽睹朱门斜半掩，层层瑞气锁清幽。
　　诗罢，走入庙中，四下看时，真个好座庙宇。怎见得？有诗为证：
　　碧瓦连云起，朱门映日开。
　　一团金作栋，千片玉为阶。
　　帝子亲书额，名人手篆碑。
　　庇民兼护国，风雨应时来。
　　王勃行至神前，焚香祝告已毕，又赏玩江景多时。正欲归舟，忽于江水之际，见一老叟，坐于块石之上，碧眼长眉，须鬓皤然，颜如莹玉，神清气爽，貌若神仙。王勃见而异之，乃整衣向前，与老人作揖。老叟道："子非王勃乎？"王勃大惊道："某与老叟素不相识，亦非亲友，何以知勃名姓？"老叟道："我知之久矣！"王勃知老叟不是凡人，遂拱手立于块石之侧。老叟命勃同坐，王勃不敢，再三相让方坐。老叟道："吾早来闻尔于船内作诗，义理可观。子有如此清才，何不进取，身达青霄之上；而困于家食，受此旅况之凄凉乎？"王勃答道："家寒窘迫，缺乏盘费，不能特达，以此流落穷途，有失青云之望。"
　　老叟道："来日重阳佳节，洪都阎府君欲作《滕王阁记》。子有绝世之才，何不竟往献赋，可获资财数千，且能垂名后世。"王勃道："此到洪都，有几多路程？"老叟道："水路共七百馀里。"王勃道："今已晚矣！止有一夕，焉能得达？"老叟道："子但登舟，我当助清风一帆，使子明日早达洪都。"王勃再拜道："敢问老丈，仙耶神耶？"老叟道："吾即中源水君，适来山上之庙，便是我的香火。"王勃大惊，又拜道："勃乃三尺童稚，一介寒儒，肉眼凡夫，冒渎尊神，请勿见罪！"老叟道："是何言也！但到洪都，若得润笔之金，可以分惠。"王勃道："果有所赠，岂敢自私？"老叟笑道："吾戏言耳！"须臾有一舟至，老叟令王勃乘之。勃乃再拜，辞别老叟上船。方才解缆张帆，但见祥风缥缈，瑞气盘旋，红光罩岸，紫雾笼堤。王勃骇然回视江岸，老叟不知所在，已失故地矣。只见：

风声飒飒，浪势淙淙。帆开若翅展，舟去似星飞。回头已失千山，眨眼如趋百里。晨鸡未唱，须臾忽过鄱阳；漏鼓犹传，仿佛已临江右。这叫做：运去雷轰荐福碑，时来风送滕王阁。

顷刻天明，船头一望，果然已到洪都。王勃心下且惊且喜，分付舟人："只于此相等。"揽衣登岸，徐步入城。看那洪都果然好景。有诗为证：

洪都风景最繁华，仿佛参差十万家。
水绿山蓝花似锦，连城带阁锁烟霞。

是日正是九月九日，王勃直诣帅府，正见本府阎都督果然开宴，遍请江左名儒，士夫秀士，俱会堂上。太守开筵命坐，酒果排列，佳肴满席。请各处来到名儒，分尊卑而坐。当日所坐之人，与阎公对席者，乃新除沣州牧学士宇文钧，其间亦有赴任官，亦有进士刘祥道、张禹锡等。其他文词超绝，抱玉怀珠者百馀人，皆是当世名儒。王勃年幼，坐于座末。

少顷，阎公起身，对诸儒道："帝子旧阁，乃洪都绝景。是以相屈诸公至此，欲求大才，作此《滕王阁记》，刻石为碑，以记后来，留万世佳名，使不失其胜迹。愿诸名士勿辞为幸！"遂使左右朱衣吏人，捧笔砚纸至诸儒之前。诸人不敢轻受，一个让一个，从上至下。却好轮到王勃面前，王勃更不推辞，慨然受之。满座之人，见勃年幼，却又面生，心各不美，相视私语道："此小子是何氏之子？敢无礼如是耶！"此时阎公见王勃受纸，心亦怏怏，遂起身更衣，至一小厅之内。阎公口中不言，自思道："吾有婿乃长沙人也，姓吴名子章，此人有冠世之才。今日邀请诸儒作此记，若诸儒相让，则使吾婿作此文以光显门庭也。是何小子，辄敢欺在堂名儒，无分毫礼让！"分付吏人，观其所作，可来报知。

良久，一吏报道："南昌故郡，洪都新府。"阎公道："此乃老生常谈，谁人不会！"一吏又报道："星分翼轸，地接衡庐。"阎公道："此故事也。"又一吏报道："襟三江而带五湖，控蛮荆而引瓯越。"阎公不语。又一吏报道："物华天宝，龙光射牛斗之墟；人杰地灵，徐孺下陈蕃之榻。"阎公道："此子意欲与吾相见也。"又一吏报道："雄州雾列，俊彩星驰。台隍枕夷夏之邦，宾主接东南之美。"阎公心中微动，想道："此子之才，信亦可人！"数吏分驰报句，阎公暗暗称奇。又一吏报道："落霞与孤鹜齐飞，秋水共长天一色。"阎公听罢，不觉以手拍几道："此子落笔若有神助，真天才也！"遂更衣复出至座前。宾主诸儒，尽皆失色。阎公视王勃道："观子之文，乃天下奇才也！"欲邀勃上座。王勃辞道："待俚语成篇，然后请教。"须臾文成，呈上阎公。公视之大喜，遂令左右从上至下，遍示诸儒。一个个面如土色，莫不惊伏，不敢拟议一字。其全篇刻在古文中，至今为人称诵。

阎公乃自携王勃之手，坐于左席道："帝子之阁，风流千古，有子之文，使吾等今日雅会，亦得闻于后世。从此洪都风月，江山无价，皆子之力也。吾当厚报。"正说之间，忽有一个，离席而起，高声道："是何三尺童稚，将先儒遗文伪言自己新作，瞒昧左右？当以盗论，兀自扬扬得意耶！"王勃闻言大惊。太守阎公举目视之，乃其婿吴子章也。子章道："此乃旧文，吾取之久矣。"阎公道："何以知之？"子章道："恐诸儒不信，吾试念一遍。"当下子章遂对众客之前，朗朗而诵，从头至尾，无一字差错。念毕，座间诸儒失色，阎公亦疑，众犹豫不决。

王勃听罢，颜色不变，徐徐说道："观公之记问，不让杨修之学，子建之能，王平之阅市，张松之一览。"吴子章道："是乃先儒旧文，吾素所背诵耳。"王勃又道："公言先儒旧文，别有诗乎？"子章道："无诗。"道罢，王勃遂起身离席，对诸儒问道："此文果新文旧文乎？后有诗八句，诸公莫有记之者否？"问之再三，人皆不答。王勃乃拂纸如飞，有如宿构。其诗曰：

滕王高阁临江渚，佩玉鸣鸾罢歌舞。
画栋朝飞南浦云，珠帘暮卷西山雨。
闲云潭影日悠悠，物换星移几度秋。
阁中帝子今何在？槛外长江空自流。

诗罢呈上，太守阎公，并座间诸儒、其婿吴子章看毕。王勃道："此新文旧文乎？"子章见之，大惭惶恐而退。众宾齐起座向阎公道："王子之作性，令婿之记性，皆天下罕有，真可谓双璧矣！"阎公曰："诸公之言诚然也！"于是吴子章与王勃互相钦敬，满座欢然，饮宴至暮方散。众宾去后，阎公独留勃饮。

次日王勃告辞，阎公乃赐五百缣及黄白酒器，共值千金。勃拜谢辞归，阎公使左右相送下船，舟人解缆而行。勃但闻水声潺潺，疾如风雨。诘旦，船复至马当山下，维舟泊岸。王勃将阎公所赠金帛，携至庙中，陈于中源水君之前，叩头称谢。起身，见壁上所题之诗，宛然如新。遂依前韵，复作诗一道：

好风一夜送轻舟，倏忽征帆达上流。
深感神功知凤契，来生愿得伴清幽。

王勃题诗已毕，步出庙门，欲买牲牢酒礼以献，看岸边船已不见了，其舟人亦不知所在。正犹豫间，忽然祥云瑞霭，笼罩庙堂，香风起处，见一老人，坐于石矶之上，即前日所见中源水君。勃向前再拜，谢道："前日得蒙上圣助一帆之风，到于洪都，使勃得获厚利。勃当备牲牢酒礼至庙下，拜谢尊神，以表吾心。"老人见说，俯首而笑："子适来言供备牲牢者，何牢也？吾闻少牢者羊，太牢者牛。礼，诸侯无故不杀牛，大夫无故不杀羊。吾岂可以一帆风，而受子之厚献乎！吾水府以好生为德，杀生以祀，吾亦不敢享也，更不必费子措置。适来观子庙下留题，有伴我清幽之意，吾亦甚喜。但子命数未终，凡限未绝，更候数年，吾当图相会耳。"王勃遂稽首拜谢道："愿从尊命！然勃之寿算前程，可得闻乎？"老叟道："寿算者阴府主之，不敢轻泄天机，而招阴祸。吾言子之穷通，无害也。吾观子之躯，神强而骨弱，气清而体羸，况子脑骨亏陷，目睛不全，子虽有子建之才、高士之俊，终不能贵矣。况富贵乃神主之，人之一钟一粟，皆由分定，何况卿相乎？昔孔子大圣，为帝王师范，尚不免陈、蔡之厄，所谓秀而不实者也。子但力行善事，自有天曹注福，穷通寿夭，皆不足计矣！子切记之。"于是与勃作别。

叟行数步，复又走回，对王勃道："吾有少意相托：子若过长芦之祠，当买阴帛，与我焚之。"王勃道："此何由也？"老叟道："吾昔负长芦之神薄债未偿，子可与吾偿之。"王勃道："非勃不舍，适来观上圣殿上金钱堆积如山，何不以此还之？"老叟道："汝不知殿上之钱，皆是贪利酷求之人，害物私心之辈，损人益己，克众成家，偶一过此，妄求非福，神不危而心自危之，所以求献于庙。此乃枉物，譬如吾之赃矣，焉敢用哉？"王勃再拜受教。老叟即化清风而去。王勃骇然，仍携金帛之类，离马当出，趁船径往长芦。每思神所说"脑骨亏陷，目睛不全，终不能贵"，心怀怏怏不乐。

船至长芦，正忘神叟所嘱化财还债之言，忽然寒风大作，雪浪翻空，群鸦绕船，噪声不绝。其鸦或歇桅橹，或落船头，船不能进。满船人莫不惊骇畏惧。王勃亦自骇然，乃问舟人："此是何处？"舟人道："此是长芦地方。"王勃听了，方想江神之言，遂焚香默祷江神，候风息上岸，买金钱答还。祝毕，香烟未绝，群鸦皆散，浪息风平，于是一船人莫不欣喜。次日舟人以船泊岸，王勃买金钱十万下船，复至夜来风起之处焚化，船乃前进。后来罗隐先生到此，曾作八句诗道：

江神有意怜才子，倏忽威灵助去程。
一夕清风雷电疾，满碑佳句雪冰清。
直教丽藻传千古，不但雄名动两京。
不是明灵佑祠客，洪都佳景绝无声。

王勃亲远任海隅，策骑往省，至一驿舍，欲求暂歇。方询问驿吏，忽闻驿堂上一人口呼："王君，久不拜见，今日何由至此？"王勃闻言大惊，视之略有面善，似曾相识，忘其姓名。只见其人道："王君何忘乎？昔日洪府相会，学士宇文钧也。"勃大喜，乃整衣而揖。遂邀王勃同坐。叙话间，命驿吏献茶。茶罢，学士道："某想昔日洪府之乐，安知今日有海道之忧，岂不悲哉！"王勃道："学士因何至此？"学士道："钧累任教授，后越阙为右司谏官。唐天子欲征高丽，钧直谏，触犯龙颜，将钧迁于海岛。千里独行，方悲寂寞，何期旅邸，得遇故人。某有《迁客诗》一首，为君诵之。"诗曰：

万里为迁客，孤舟泛渺茫。
湖田多种藕，海岛半收粮。
愿遂归秦计，劳收辟瘴方。
每思缄口者，帝德在君旁。

王勃道："有犯无隐，事君之礼。学士虽为迁客，直声播于千古矣！"遂答诗一道。诗曰：

食禄只忧贫，何名是直臣！
能言真为国，获罪岂惭人。
海驿程程远，霜髯日日新。
史官如下笔，应也泪沾巾。

当夜二人互相吟咏至半夜，同宿于驿舍。次日，学士置酒管待王勃毕。至第三日，学士邀勃同行，俄然天色下雨，复留海驿。二人谈论，终日不倦。

至第五日，方始天晴，二人同下海船，饮食宿卧，皆于一处。船开数日，至大洋深波之中，忽然狂风怒吼，怪浪波番，其舟在水，飘飘如一叶，似欲倾覆。舟人皆大恐。学士宇文钧心大惊骇，叹道："远谪海隅，不想又遭风波，此实命也！"王勃面不改容，因述昔年马当山遇风始末，并叙中源水君两次相遇之语，真个是死生有命，富贵在天。风波虽有，不足介意！谈论方终，却见波涛暂息，风浪不生，舟人皆喜。

　　满船之人，忽闻水上仙乐飘然而至，五色祥云从天降下，浮于水面，看看来到王勃船边。众人皆惊。只见祥云影里，幢幡宝盖，绛节旌旗，锦衣对对，绣袄攒攒，花帽双双，朱衣簇簇，两行摆开。前面有数十人，皆仙娥玉女，仙衣灼灼，玉珮珊珊。前有一青衣女童，手执碧符，遂呼王勃道："奉娘娘之命，特来召子。"王勃愕然，问女童道："娘娘是何人也？"女童道："乃掌天下水籍文簿上仙，高贵玉女吴彩鸾便是，今于蓬莱方丈翠华居止。其内有马当山水君，举子文章贯古今，特来请子同往蓬莱方丈，作词文记，以表蓬莱之佳景。可速往。不可违娘娘之命！"王勃道："与君人神异途，焉有相召之言？我闻生死分定于天，寿算乃阴府所主，岂有玉女召我作文？何召之有？吾实不从。"道罢，女童道："君如不去，中源水君必自至矣。"

　　道犹未了，只见一朵乌云，自东南角上而来，看看至近，到于船边，从空坠下；就水面之上，见一神人，头戴黄罗包巾，身穿百花绣袍，手仗除妖七星剑，高声大叫："王勃！吾奉蓬莱仙女敕，召汝作文词，何不往也？况中源水君亦在蓬莱赴会，今众仙等之久矣。子亦有仙骨之分，昔日你曾庙下题诗，愿伴清幽，岂可忘之！"王勃听言自思："马当山中源水君曾言日后遇于海岛，岂非前定乎？"遂忻然道："愿从命矣！"神人见说，遂召鬼卒，牵马来至舟侧。王勃甚喜，亦忘深渊，意为平地，乃回身与学士及满船之人作别，牵衣出舱，望水面攀鞍上马。但见乌云惨惨，黑雾漫漫，云霄隐隐，满船之人及宇文钧学士无不惊骇。同视王勃，不知所在。须臾，雾散云收，风恬浪静，满船之人俱各无事，唯有王勃乃作神仙去矣。

　　　从来才子是神仙，风送南昌岂偶然。
　　　赋就滕王高阁句，便随仙仗伴中源。